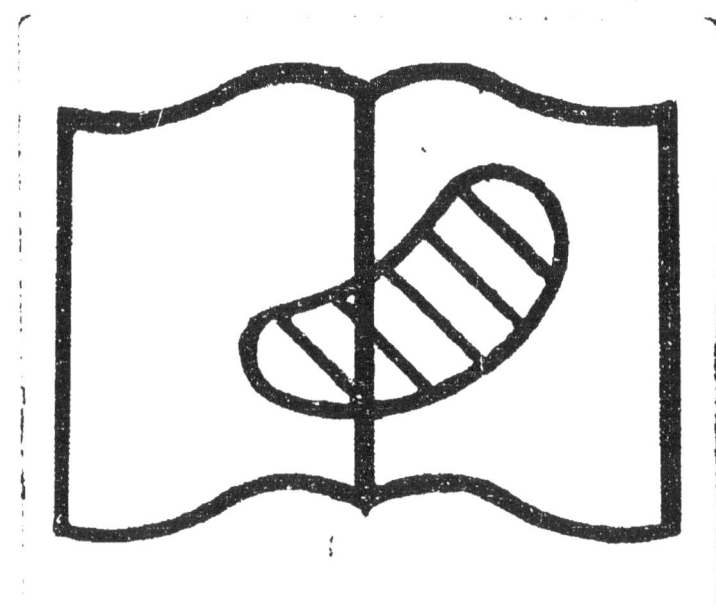

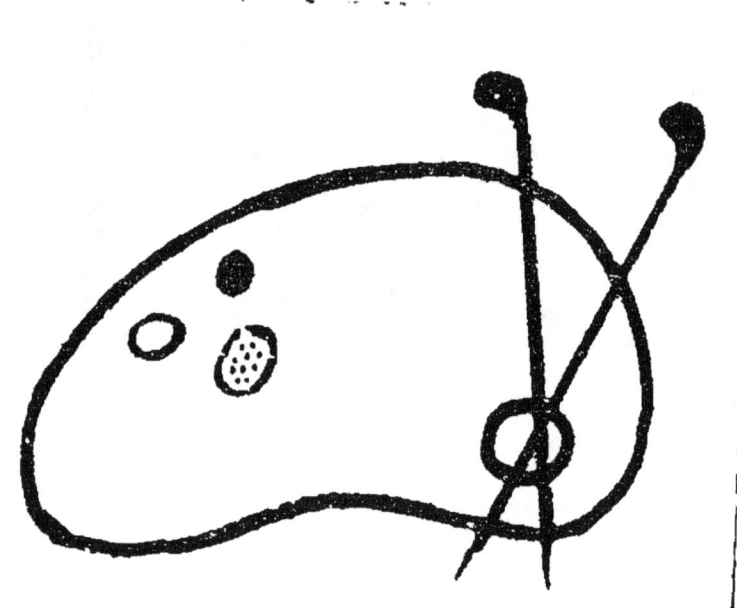

Début d'une série de documents
en couleur

LES ENFANTS

DU

CAPITAINE GRANT

VOYAGE

AUTOUR DU MONDE

PAR

JULES VERNE

Ouvrage couronné par l'Académie française.

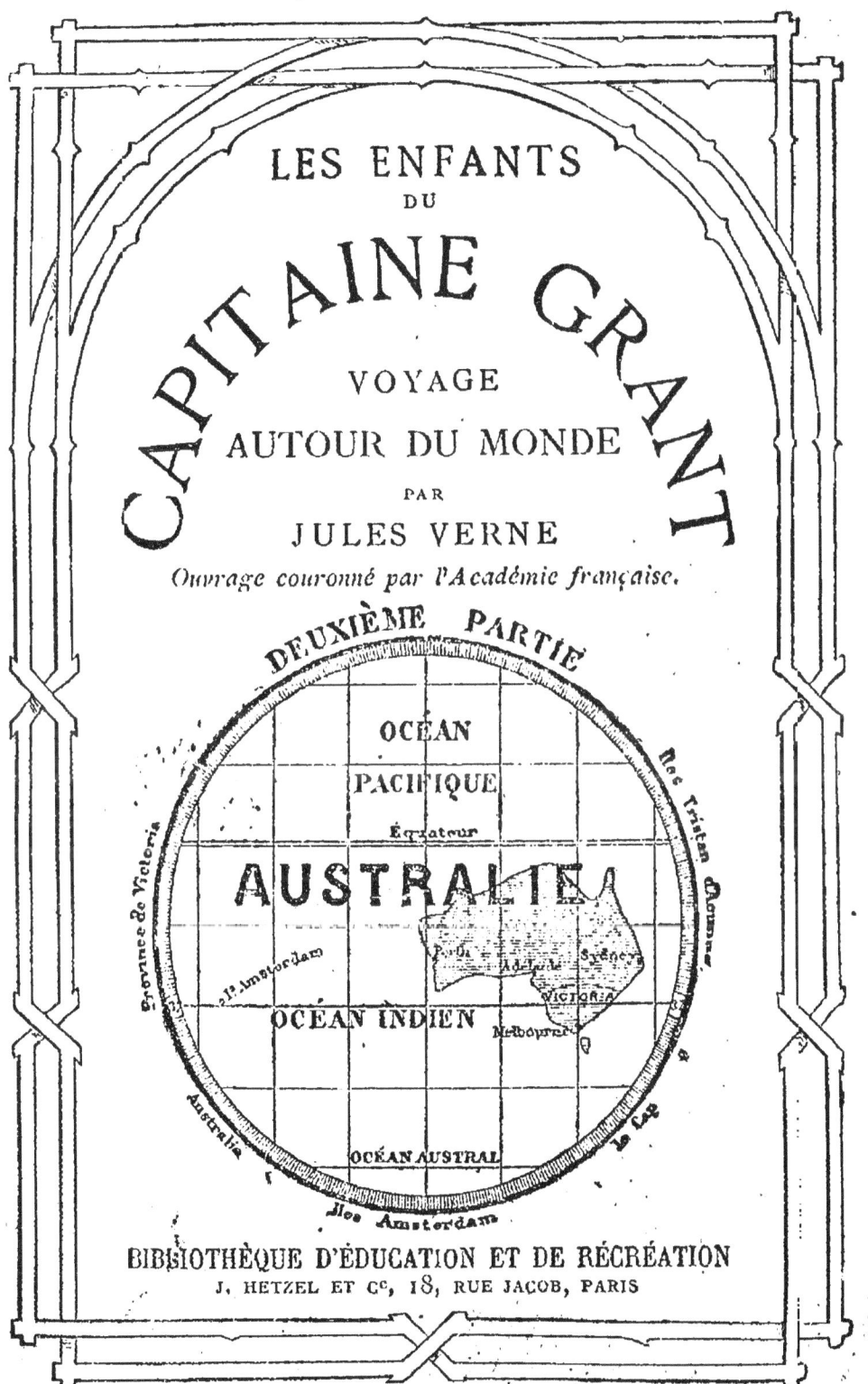

BIBLIOTHÈQUE D'ÉDUCATION ET DE RÉCRÉATION

J. HETZEL ET Cᵉ, 18, RUE JACOB, PARIS

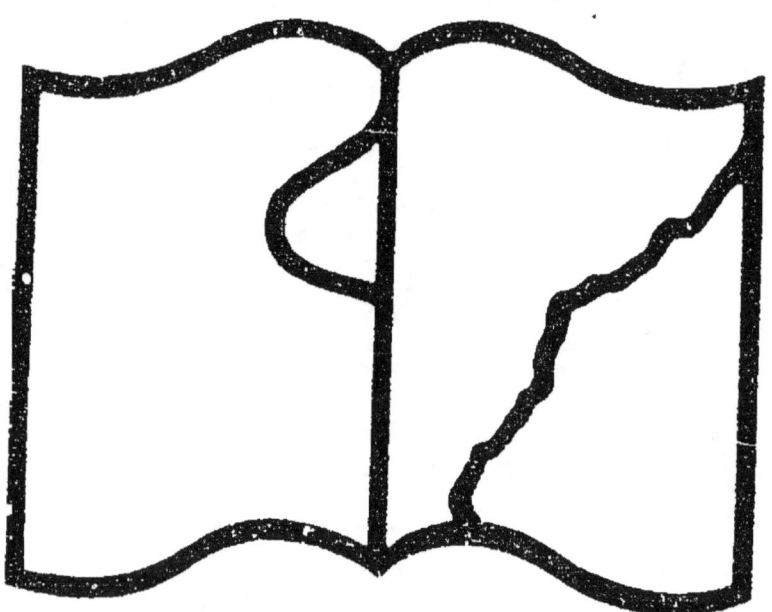

Texte détérioré — reliure défectueuse

NF Z 43-120-11

LIBRAIRIE J. HETZEL ET C⁰, 18, RUE JACOB

BIBLIOTHÈQUE D'ÉDUCATION ET DE RÉCRÉATION

VOLUMES IN-18

Brochés, **3 fr.** — Cartonnés toile, tranches dorées, **4 fr.**

SÉRIE DES VOLUMES IN-18, AVEC GRAVURES

Brochés, **3 fr. 50.** — Cartonnés, tr. dorées, **4 fr. 50**

SÉRIE IN-18. — PRIX DIVERS

Paris. — Imp. Gauthier-Villars.

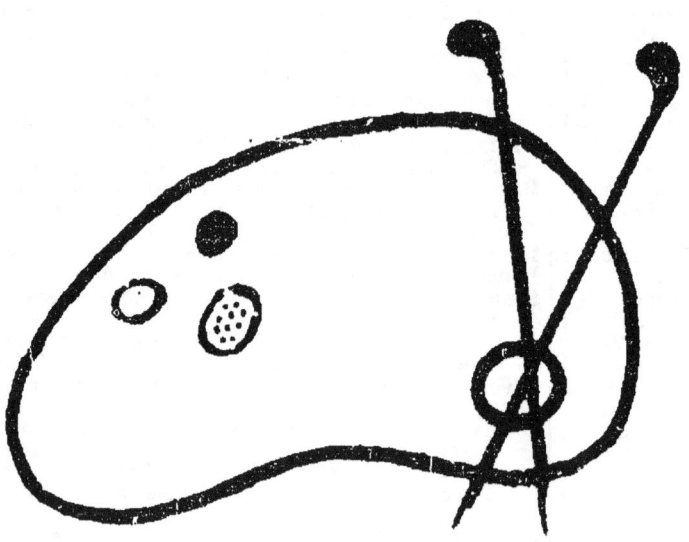

Fin d'une série de documents
en couleur

LES ENFANTS

DU

CAPITAINE GRANT

8° Y² 965

OUVRAGES DU MÊME AUTEUR

VOLUMES IN-18 A 3 FR.

AVENTURES DU CAPITAINE HATTERAS :
— Les Anglais au pôle Nord, 21ᵉ éd. . . . . 1 vol.
— Le Désert de glace, 21ᵉ éd. . . . . 1 vol.
LES ENFANTS DU CAPITAINE GRANT :
— L'Amérique du Sud, 16ᵉ éd. . . . . 1 vol.
— L'Australie, 16ᵉ éd. . . . . 1 vol.
— L'océan Pacifique, 15ᵉ éd. . . . . 1 vol.
Aventures de 3 Russes et de 3 Anglais, 15ᵉ éd. . . . 1 vol.
De la Terre à la Lune, 21ᵉ éd. . . . . 1 vol.
Autour de la Lune, 17ᵉ éd. . . . . 1 vol.
Cinq Semaines en ballon, 36ᵉ éd. . . . . 1 vol.
Histoire des grands voyages et des grands voyageurs, 10ᵉ éd. 1 vol.
Une Ville flottante, suivie des Forceurs de blocus, 14ᵉ éd. . 1 vol.
Vingt mille lieues sous les mers, 18ᵉ éd. . . . . . 2 vol.
Voyage au centre de la Terre, 22ᵉ éd. . . . . . . 1 vol.
Le Pays des fourrures, 14ᵉ éd. . . . . 2 vol.
Le Tour du monde en 80 jours, 42ᵉ éd. . . . . . 1 vol.
Le Docteur Ox, 16ᵉ éd. . . . . 1 vol.
L'Ile mystérieuse, 1ʳᵉ partie. Les Naufragés de l'air, 21ᵉ éd. 1 vol.
— 2ᵉ partie. L'Abandonné, 20ᵉ éd. . . . . 1 vol.
— 3ᵉ partie. Le Secret de l'île, 19ᵉ éd. . . . 1 vol.
Le Chancellor, 17ᵉ éd. . . . . 1 vol.
Michel Strogoff, 16ᵉ éd. . . . . 2 vol.
Les Indes-Noires, 19ᵉ éd. . . . . 1 vol.
Hector Servadac, 17ᵉ éd. . . . . 2 vol.
Un Neveu d'Amérique, comédie. Prix. . . . . . . 1 fr. 50

VOLUMES IN-8ᵒ ILLUSTRÉS

Aventures du capitaine Hatteras. Prix : broché. . . . 7 fr. »
Cinq Semaines en ballon. . . . . 4 »
Voyage au centre de la Terre. . . . . 4 »
   Ces deux ouvrages réunis en un seul volume. . . . 7 »
De la Terre à la Lune. . . . . 4 »
Autour de la Lune. . . . . 4 »
   Ces deux ouvrages réunis en un seul volume. . . . 7 »
Une Ville flottante, suivie des Forceurs de blocus. . . 4 »
Aventures de 3 Russes et de 3 Anglais. . . . . . 4 »
   Ces deux ouvrages réunis en un seul volume. . . . 7 »
Vingt mille lieues sous les mers. . . . . 9 »
Le Pays des fourrures. . . . . 7 »
Le Tour du monde en 80 jours. . . . . 5 »
Le Docteur Ox. . . . . 4 »
   Ces deux ouvrages réunis en un seul volume. . . . 9 »
Les Enfants du capitaine Grant. . . . . 10 »
L'Ile mystérieuse. . . . . 10 »
Le Chancellor. . . . . 4 »
Les Indes-Noires. . . . . 4 »
   Ces deux ouvrages réunis en un seul volume. . . . 7 »
Michel Strogoff. . . . . 7 »
Hector Servadac. . . . . 9 »
Géographie illustrée de la France, par Jules VERNE et Théophile LAVALLÉE. . . . . 10 »

SOUS PRESSE :

Un Capitaine de quinze ans.

702 — Imp. Laloux fils et Guillot, 7, rue des Canettes.

LES ENFANTS

DU

CAPITAINE GRANT

VOYAGE

AUTOUR DU MONDE

PAR

JULES VERNE

QUINZIÈME ÉDITION

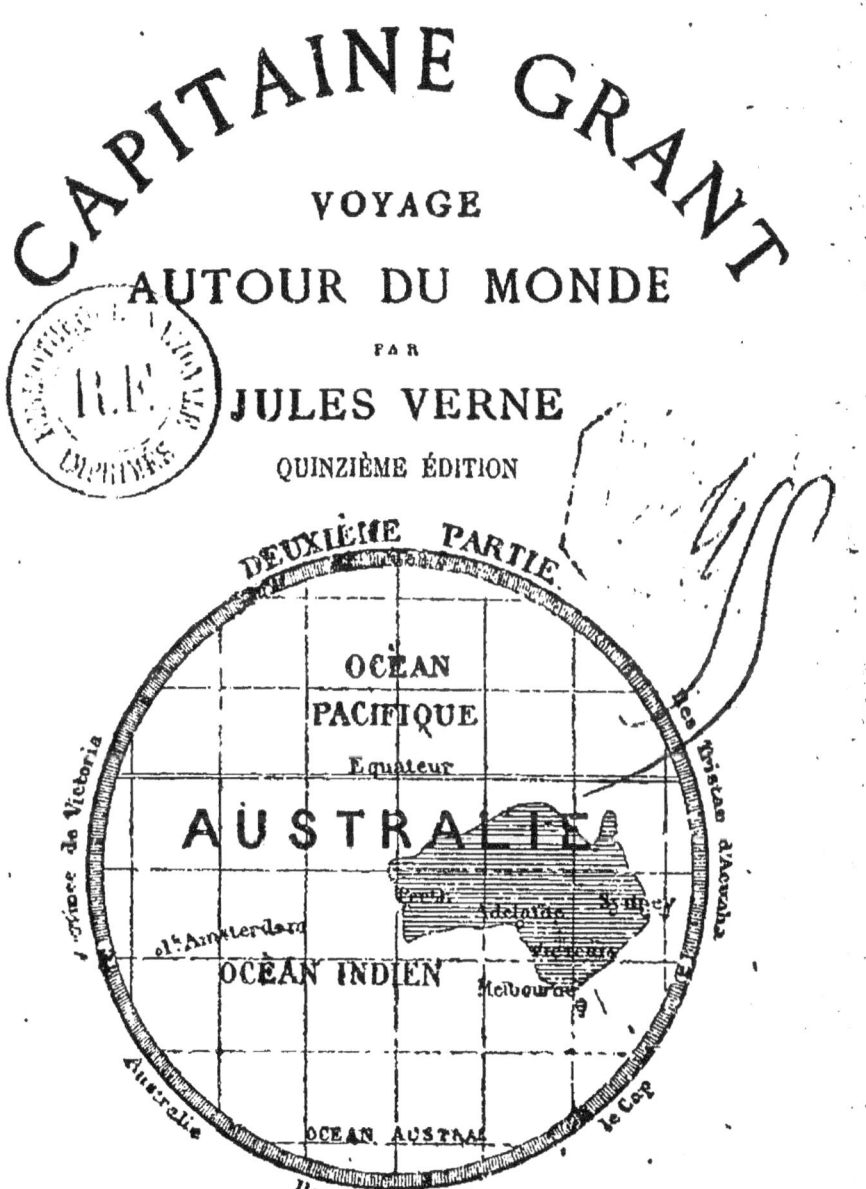

DEUXIÈME PARTIE

BIBLIOTHÈQUE D'ÉDUCATION ET DE RÉCRÉATION

PARIS. — J. HETZEL ET Cie, RUE JACOB, 18

LES ENFANTS

DU

CAPITAINE GRANT

___

CHAPITRE PREMIER.

LE RETOUR A BORD.

Les premiers instants furent consacrés au bonheur de se revoir. Lord Glenarvan n'avait pas voulu que l'insuccès des recherches refroidît la joie dans le cœur de ses amis. Aussi ses premières paroles furent-elles celles-ci : « Confiance, mes amis, confiance! Le capitaine Grant n'est pas avec nous, mais nous avons la certitude de le retrouver. »

Il ne fallait rien moins qu'une telle assurance pour rendre l'espoir aux passagères du *Duncan*.

En effet, lady Helena et Mary Grant, pendant que l'embarcation ralliait le yacht, avaient éprouvé les mille angoisses de l'attente. Du haut de la dunette, elles essayaient de compter ceux qui revenaient à bord.

Tantôt la jeune fille se désespérait; tantôt, au contraire, elle s'imaginait voir Harry Grant. Son cœur palpitait; elle ne pouvait parler, elle se soutenait à peine. Lady Helena l'entourait de ses bras. John Mangles, en observation près d'elle, se taisait; ses yeux de marin, si habitués à distinguer les objets éloignés, ne voyaient pas le capitaine.

« Il est là ! il vient ! mon père ! » murmurait la jeune fille.

Mais, la chaloupe se rapprochant peu à peu, l'illusion devint impossible. Les voyageurs n'étaient pas à cent brasses du bord, que non-seulement lady Helena et John Mangles, mais Mary elle-même, les yeux baignés de larmes, avaient perdu tout espoir. Il était temps que lord Glenarvan arrivât et fît entendre ses rassurantes paroles.

Après les premiers embrassements, lady Helena, Mary Grant et John Mangles furent instruits des principaux incidents de l'expédition, et, avant tout, Glenarvan leur fit connaître cette nouvelle interprétation du document due à la sagacité de Jacques Paganel. Il fit aussi l'éloge de Robert, dont Mary devait être fière à bon droit. Son courage, son dévouement, les dangers qu'il avait courus, tout fut mis en relief par Glenarvan, au point que le jeune garçon n'aurait su où se cacher si les bras de sa sœur ne lui eussent offert un refuge.

« Il ne faut pas rougir, Robert, dit John Mangles, tu t'es conduit en digne fils du capitaine Grant ! »

Il tendit ses bras au frère de Mary, et appuya ses lèvres sur ses joues encore humides des larmes de la jeune fille.

On ne parle ici que pour mémoire de l'accueil que reçurent le major et le géographe, et du souvenir dont fut honoré le généreux Thalcave. Lady Helena regretta de ne pouvoir presser la main du brave Indien. Mac Nabbs, après les premiers épanchements, avait gagné sa cabine où il se faisait la barbe d'une main calme et assurée. Quant à Paganel, il voltigeait de l'un à l'autre, comme une abeille, butinant le suc des compliments et des sourires. Il voulut embrasser tout l'équipage du *Duncan,* et, soutenant que lady Helena en faisait partie aussi bien que Mary Grant, il commença sa distribution par elles pour finir à Mr. Olbinett.

Le stewart ne crut pouvoir mieux reconnaître une telle politesse, qu'en annonçant le déjeuner.

« Le déjeuner! s'écria Paganel.

— Oui, monsieur Paganel, répondit Mr. Olbinett.

— Un vrai déjeuner, sur une vraie table, avec un couvert et des serviettes?

— Sans doute, monsieur Paganel.

— Et on ne mangera ni charqui, ni œufs durs, ni filets d'autruche?

— Oh! monsieur! répondit le maître d'hôtel, humilié dans sa profession.

— Je n'ai pas voulu vous blesser, mon ami, dit le savant avec un sourire. Mais, depuis un mois, tel était notre ordinaire, et nous dînions, non pas assis à table, mais étendus sur le sol, à moins que nous ne fussions à califourchon sur des arbres. Ce déjeuner que vous venez d'annoncer a donc pu me paraître un rêve, une fiction, une chimère !

— Eh bien, allons constater sa réalité, monsieur Paganel, répondit lady Helena, qui ne se retenait pas de rire.

— Voici mon bras, dit le galant géographe.

— Votre Honneur n'a pas d'ordres à me donner pour le *Duncan?* demanda John Mangles.

— Après déjeuner, mon cher John, répondit Glenarvan, nous discuterons en famille le programme de notre nouvelle expédition. »

Les passagers du yacht et le jeune capitaine descendirent dans le carré. Ordre fut donné à l'ingénieur de maintenir sa vapeur en pression, afin de partir au premier signal. Le major, rasé de frais, et les voyageurs, après une rapide toilette, prirent place à la table.

On fit fête au déjeuner de Mr. Olbinett. Il fut déclaré excellent, et même supérieur aux splendides festins de la Pampa. Paganel revint deux fois à chacun des plats, « par distraction, » dit-il.

Ce mot malencontreux amena lady Glenarvan à demander si l'aimable Français était quelquefois retombé dans son péché habituel. Le major et lord Glenarvan se regardèrent en souriant. Quant à Paganel, il éclata de rire, franchement, et s'engagea « sur l'honneur » à ne plus commettre une seule distraction pendant tout le voyage; puis, il fit d'une très-plaisante façon le récit de sa déconvenue et de ses profondes études sur l'œuvre de Camoëns.

« Après tout, ajouta-t-il en terminant, à quelque chose malheur est bon, et je ne regrette pas mon erreur.

— Et pourquoi, mon digne ami? demanda le major.

— Parce que non-seulement je sais l'espagnol, mais aussi le portugais. Je parle deux langues au lieu d'une!

— Par ma foi, je n'y avais pas songé, répondit Mac Nabbs. Mes compliments, Paganel, mes sincères compliments! »

On applaudit Paganel, qui ne perdait pas un coup de dent. Il mangeait et causait tout ensemble. Mais il ne remarqua pas une particularité qui ne put échapper à Glenarvan : ce furent les attentions de John Mangles pour sa voisine Mary Grant. Un léger signe de lady Helena à son mari lui apprit que c'était « comme cela! » Glenarvan regarda les deux jeunes gens avec une affectueuse sympathie, et il interpella John Mangles, mais à un tout autre propos.

« Et votre voyage, John, lui demanda-t-il, comment s'est-il accompli?

— Dans les meilleures conditions, répondit le capitaine. Seulement j'apprendrai à Votre Honneur que nous n'avons pas repris la route du détroit de Magellan,

— Bon ! s'écria Paganel, vous avez doublé le cap Horn, et je n'étais pas là !

— Pendez-vous ! dit le major.

— Égoïste ! c'est pour avoir de ma corde, que vous me donnez ce conseil ! répliqua le géographe.

— Voyons, mon cher Paganel, répondit Glenarvan, à moins d'être doué du don d'ubiquité, on ne saurait être partout. Or, puisque vous couriez la plaine des Pampas, vous ne pouviez pas en même temps doubler le cap Horn.

— Cela ne m'empêche pas de le regretter, » répliqua le savant.

Mais on ne le poussa pas davantage, et on le laissa sur cette réponse. John Mangles reprit alors la parole, et fit le récit de sa traversée. En prolongeant la côte américaine, il avait observé tous les archipels occidentaux sans trouver aucune trace du *Britannia*. Arrivé au cap Pilares, à l'entrée du détroit, et trouvant les vents debout, il donna dans le sud ; le *Duncan* longea les îles de la Désolation, s'éleva jusqu'au soixante-septième degré de latitude australe, doubla le cap Horn, rangea la Terre-de-Feu, et, passant le détroit de Le Maire, il suivit les côtes de la Patagonie. Là, il éprouva des coups de vent terribles à la hauteur du cap Corrientes, ceux-là mêmes qui assaillirent si violemment les voyageurs pendant l'orage. Mais le yacht se comporta bien, et depuis trois jours John Mangles courait des bordées au large, lorsque les détonations de la carabine lui signalèrent l'arrivée des voyageurs impatiemment attendus. Quant à lady Glenarvan et à miss Grant, le capitaine du *Duncan* serait injuste en méconnaissant leur rare intrépidité. La tempête ne les effraya pas, et si elles manifestèrent quelques craintes, ce fut en songeant à leurs amis, qui erraient alors dans les plaines de la République argentine.

Ainsi se termina le récit de John Mangles ; il fut suivi des félicitations de lord Glenarvan. Puis, celui-ci s'adressant à Mary Grant :

« Ma chère miss, dit-il, je vois que le capitaine John rend hommage à vos grandes qualités, et je suis heureux de penser que vous ne vous déplaisez point à bord de son navire !

— Comment pourrait-il en être autrement ? répondit Mary, en regardant lady Helena, et peut-être aussi le jeune capitaine.

— Oh ! ma sœur vous aime bien, monsieur John, s'écria Robert, et moi, je vous aime aussi !

— Et je te le rends, mon cher enfant, » répondit John Mangles un peu déconcerté des paroles de Robert, qui amenèrent une légère rougeur au front de Mary Grant.

Puis, mettant la conversation sur un terrain moins brûlant, John Mangles ajouta :

« Puisque j'ai fini de raconter le voyage du *Duncan*, Votre Honneur voudra-t-il nous donner quelques détails sur sa traversée de l'Amérique et sur les exploits de notre jeune héros ? »

Nul récit ne pouvait être plus agréable à lady Helena et à miss Grant. Aussi, lord Glenarvan se hâta de satisfaire leur curiosité. Il reprit, incident par incident, tout son voyage d'un océan à l'autre. Le passage de la Cordillère des Andes, le tremblement de terre, la disparition de Robert, l'enlèvement du condor, le coup de fusil de Thalcave, l'épisode des loups rouges, le dévouement du jeune garçon, le sergent Manuel, l'inondation, le refuge sur l'ombu, la foudre, l'incendie, les caïmans, la trombe, la nuit au bord de l'Atlantique, ces divers détails, gais ou terribles, vinrent tour à tour exciter la joie et l'effroi de ses auditeurs. Mainte circonstance fut rapportée, qui valut à Robert les caresses de sa sœur et de lady Helena. Jamais enfant ne se vit si bien embrassé, et par des amies plus enthousiastes.

Lorsque lord Glenarvan eut terminé son histoire, il ajouta ces paroles :

« Maintenant, mes amis, songeons au présent; le passé est passé, mais l'avenir est à nous; revenons au capitaine Harry Grant. »

Le déjeuner était terminé; les convives rentrèrent dans le salon particulier de lady Glenarvan; ils prirent place autour d'une table chargée de cartes et de plans, et la conversation s'engagea aussitôt.

« Ma chère Helena, dit lord Glenarvan, en montant à bord, je vous ai annoncé que si les naufragés du

Britannia ne revenaient pas avec nous, nous avions plus que jamais l'espoir de les retrouver. De notre passage à travers l'Amérique est résultée cette conviction, je dirai mieux, cette certitude : que la catastrophe n'a eu lieu ni sur les côtes du Pacifique, ni sur les côtes de l'Atlantique. De là cette conséquence naturelle, que l'interprétation tirée du document était erronée en ce qui touche la Patagonie. Fort heureusement, notre ami Paganel, illuminé par une soudaine inspiration, a découvert l'erreur. Il a démontré que nous suivions une voie fausse, et il a interprété le document de manière à ne plus laisser aucune hésitation dans notre esprit. Il s'agit du document écrit en français, et je prierai Paganel de l'expliquer ici, afin que personne ne conserve le moindre doute à cet égard. »

Le savant, mis en demeure de parler, s'exécuta aussitôt ; il disserta sur les mots *gonie* et *indi* de la façon la plus convaincante ; il fit sortir rigoureusement du mot *austral* le mot Australie ; il démontra que le capitaine Grant, en quittant la côte du Pérou pour revenir en Europe, avait pu, sur un navire désemparé, être entraîné par les courants méridionaux du Pacifique jusqu'aux rivages australiens ; enfin, ses ingénieuses hypothèses, ses plus fines déductions, obtinrent l'approbation complète de John Mangles lui-même, juge difficile en pareille matière, et qui ne se laissait pas detraîner à des écarts d'imagination.

Lorsque Paganel eut achevé sa dissertation, Glenarvan

annonça que le *Duncan* allait immédiatement route pour l'Australie.

Cependant, le major, avant que l'ordre ne fût donné de mettre le cap à l'est, demanda à faire une simple observation

« Parlez, Mac Nabbs, répondit Glenarvan.

— Mon but, dit le major, n'est point d'affaiblir les arguments de mon ami Paganel, encore moins de les réfuter ; je les trouve sérieux, sagaces, dignes de toute notre attention, et ils doivent à juste titre former la base de nos recherches futures. Mais je désire qu'ils soient soumis à un dernier examen, afin que leur valeur soit incontestable et incontestée. »

On ne savait où voulait en venir le prudent Mac Nabbs, et ses auditeurs l'écoutaient avec une certaine anxiété.

« Continuez, major, dit Paganel. Je suis prêt à répondre à toutes vos questions.

— Rien ne sera plus simple, dit le major. Quand, il y a cinq mois, dans le golfe de la Clyde, nous avons étudié les trois documents, leur interprétation nous a paru évidente. Nulle autre côte que la côte occidentale de la Patagonie ne pouvait avoir été le théâtre du naufrage. Nous n'avions même pas à ce sujet l'ombre d'un doute.

— Réflexion fort juste, répondit Glenarvan.

— Plus tard, reprit le major, lorsque Paganel, dans un moment de providentielle distraction, s'embarqua à notre bord, les documents lui furent soumis, et il approuva sans réserve nos recherches sur la côte américaine.

— J'en conviens, répondit le géographe.

— Et cependant, nous nous sommes trompés, dit le major.

— Nous nous sommes trompés, répéta Paganel. Mais pour se tromper, Mac Nabbs, il ne faut qu'être homme, tandis qu'il est fou celui qui persiste dans son erreur.

— Attendez, Paganel, répondit le major, ne vous animez pas. Je ne veux point dire que nos recherches doivent se prolonger en Amérique.

— Alors que demandez-vous? dit Glenarvan.

— Un aveu, rien de plus, l'aveu que l'Australie paraît être maintenant le théâtre de naufrage du *Britannia* aussi évidemment que l'Amérique le semblait naguère.

— Nous l'avouons volontiers, répondit Paganel.

— J'en prends acte, reprit le major, et j'en profite pour engager votre imagination à se défier de ces évidences successives et contradictoires. Qui sait si, après l'Australie, un autre pays ne nous offrira pas les mêmes certitudes, et si, ces nouvelles recherches vainement faites, il ne semblera pas « évident » qu'elles doivent être recommencées ailleurs? »

Glenarvan et Paganel se regardèrent. Les observations du major les frappaient par leur justesse.

« Je désire donc, reprit Mac Nabbs, qu'une dernière épreuve soit faite avant de faire route pour l'Australie.

Voici les documents, voici des cartes. Examinons successivement tous les points par lesquels passe le trente-septième parallèle, et voyons si quelque autre pays ne se rencontrerait pas, dont le document donnerait l'indication précise.

— Rien de plus facile et de moins long, répondit Paganel, car, heureusement, les terres n'abondent pas sous cette latitude.

— Voyons, » dit le major, en déployant un planisphère anglais dressé suivant la projection de Mercator, qui offrait à l'œil tout l'ensemble du globe terrestre.

La carte fut placée devant lady Helena, et chacun se plaça de façon à suivre la démonstration de Paganel.

« Ainsi que je vous l'ai déjà appris, dit le géographe, après avoir traversé l'Amérique du Sud, le trente-septième degré de latitude rencontre les îles Tristan d'Acunha. Or, je soutiens que pas un des mots du document ne peut se rapporter à ces îles. »

Les documents scrupuleusement examinés, on dut reconnaître que Paganel avait raison. Tristan d'Acunha fut rejeté à l'unanimité.

« Continuons, reprit le géographe. En sortant l'Atlantique, nous passons à deux degrés au-dess du cap de Bonne-Espérance, et nous pénétrons dans la mer des Indes. Un seul groupe d'îles se trouve sur notre route, le groupe des îles Amsterdam. Soumettons-les au même examen que Tristan d'Acunha. »

Après un contrôle attentif, les îles Amsterdam furent évincées à leur tour. Aucun mot, entier ou non, français, anglais ou allemand, ne s'appliquait à ce groupe de l'océan Indien.

« Nous arrivons maintenant à l'Australie, reprit Paganel; le trente-septième parallèle rencontre ce continent au cap Bernouilli; il en sort par la baie Twofold. Vous conviendrez comme moi, et sans forcer les textes, que le mot anglais *stra* et le mot français *austral* peuvent s'appliquer à l'Australie. La chose est assez évidente pour que je n'insiste pas. »

Chacun approuva la conclusion de Paganel. Ce système réunissait toutes les probabilités en sa faveur.

« Allons au delà, dit le major.

— Allons, répondit le géographe, le voyage est facile. En quittant la baie Twofold, on traverse le bras de mer qui s'étend à l'est de l'Australie, et on rencontre la Nouvelle-Zélande. Tout d'abord, je vous rappellerai que le mot *contin* du document français indique un « continent » d'une façon irréfragable. Le capitaine Grant ne peut donc avoir trouvé refuge sur la Nouvelle-Zélande, qui n'est qu'une île. Quoi qu'il en soit, examinez, comparez, retournez les mots, et voyez si, par impossible, ils pourraient convenir à cette nouvelle contrée.

— En aucune façon, répondit John Mangles, qui fit une minutieuse observation des documents et du planisphère.

— Non, dirent les auditeurs de Paganel et le major lui-même, non, il ne peut s'agir de la Nouvelle-Zélande.

— Maintenant, reprit le géographe, sur tout cet immense espace qui sépare cette grande île de la côte américaine le trente-septième parallèle ne traverse qu'un îlot aride et désert.

— Qui se nomme?... demanda le major.

— Voyez la carte. C'est Maria-Thérésa, nom dont je ne trouve aucune trace dans les trois documents.

— Aucune, répondit Glenarvan.

— Je vous laisse donc, mes amis, à décider si toutes les probabilités, pour ne pas dire les certitudes, ne sont point en faveur du continent australien?

— Évidemment, répondirent à l'unanimité les passagers et le capitaine du *Duncan*.

— John, dit alors Glenarvan, vous avez des vivres et du charbon en suffisante quantité?

— Oui, Votre Honneur, je me suis amplement approvisionné à Talcahuano, et d'ailleurs, la ville du Cap nous permettra de renouveler très-facilement notre combustible.

— Eh bien, alors, donnez la route...

— Encore une observation, dit le major, interrompant son ami.

— Faites, Mac Nabbs.

— Quelles que soient les garanties de succès que nous offre l'Australie, ne serait-il pas à propos de relâcher un jour ou deux aux îles Tristan d'Acunha et d'Amsterdam? Elles sont situées sur notre parcours, et ne s'éloignent aucunement de notre route. Nous saurons alors si le *Britannia* n'y a pas laissé trace de son naufrage.

— L'incrédule major! s'écria Paganel, il y tient!

— Je tiens surtout à ne pas revenir sur nos pas, si l'Australie, par hasard, ne réalise pas les espérances qu'elle fait concevoir.

— La précaution me paraît bonne, répondit Glenarvan.

— Et ce n'est pas moi qui vous dissuaderai de la prendre, répliqua Paganel. Au contraire.

— Alors, John, dit Glenarvan, faites mettre le cap sur Tristan d'Acunha.

— A l'instant, Votre Honneur, » répondit le capitaine et il remonta sur le pont, tandis que Robert et Mary Gran adressaient les plus vives paroles de reconnaissance à lord Glenarvan.

Bientôt le *Duncan*, s'éloignant de la côte américaine et courant dans l'est, fendit de sa rapide étrave les flots de l'océan Atlantique.

CHAPITRE II.

TRISTAN D'ACUNHA.

Si le yacht eût suivi la ligne de l'équateur, les cent quatre-vingt-seize degrés qui séparent l'Australie de l'Amérique, ou, pour mieux dire, le cap Bernouilli du cap Corrientes, auraient valu onze mille sept cent soixante milles géographiques[1]. Mais sur le trente-septième parallèle, ces cent quatre-vingt-seize degrés, par suite de la forme du globe, ne représentent que neuf mille quatre cent quatre-vingt milles[2]. De la côte américaine à Tristan d'Acunha, on compte deux mille cent milles[3], distance que John Mangles espérait franchir en dix jours, si les vents d'est ne retardaient pas la marche du yacht. Or, il eut précisément lieu d'être satisfait, car vers le soir la brise calmit sensiblement, puis changea, et le *Duncan* put déployer sur une mer tranquille toutes ses incomparables qualités.

Les passagers avaient repris le jour même leurs

1. 4900 lieues.
2. 4000 lieues.
3. 875 lieues.

habitudes du bord. Il ne semblait pas qu'ils eussent quitté le navire pendant un mois. Après les eaux du Pacifique, les eaux de l'Atlantique s'étendaient sous leurs yeux, et, à quelques nuances près, tous les flots se ressemblent. Les éléments, après les avoir si terriblement éprouvés, unissaient maintenant leurs efforts pour les favoriser. L'océan était paisible, le vent soufflait du bon côté, et tout le jeu de voiles, tendu sous les brises de l'ouest, vint en aide à l'infatigable vapeur emmagasinée dans la chaudière.

Cette rapide traversée s'accomplit donc sans accident ni incident. On attendait avec confiance la côte australienne. Les probabilités se changeaient en certitudes. On causait du capitaine Grant comme si le yacht allait le prendre dans un port déterminé. Sa cabine et les cadres de ses deux compagnons furent préparés à bord. Mary Grant se plaisait à la disposer de ses mains, à l'embellir. Elle lui avait été cédée par Mr. Olbinett, qui partageait actuellement la chambre de mistress Olbinett. Cette cabine confinait au fameux numéro six, retenu à bord du *Scottia* par Jacques Paganel.

Le savant géographe s'y tenait presque toujours enfermé. Il travaillait du matin au soir à un ouvrage intitulé : *Sublimes impressions d'un géographe dans la Pampasie argentine.* On l'entendait essayer d'une voix émue ses périodes élégantes avant de les confier aux blanches pages de son calepin, et plus d'une fois, infidèle à Clio, la muse de l'histoire, il invoqua dans ses transports la divine Calliope, qui préside aux grandes choses épiques. '

Paganel, d'ailleurs, ne s'en cachait pas. Les chastes filles d'Apollon quittaient volontiers pour lui les sommets du Parnasse ou de l'Hélicon. Lady Helena lui en faisait ses sincères compliments. Le major le félicitait aussi de ces visites mythologiques.

« Mais surtout, ajoutait-il, pas de distractions, mon cher Paganel, et si, par hasard, il vous prend fantaisie d'apprendre l'australien, n'allez pas l'étudier dans une grammaire chinoise! »

Les choses allaient donc parfaitement à bord. Lord et lady Glenarvan observaient avec intérêt John Mangles et Mary Grant. Ils n'y trouvaient rien à redire, et, décidément, puisque John ne parlait point, mieux valait n'y pas prendre garde.

« Que pensera le capitaine Grant? dit un jour Glenarvan à lady Helena.

— Il pensera que John est digne de Mary, mon cher Edward, et il ne se trompera pas. »

Cependant, le yacht marchait rapidement vers son but. Cinq jours après avoir perdu de vue le cap Corrientes, le 16 novembre, de belles brises d'ouest se firent sentir, celles-là mêmes dont s'accommodent fort les navires qui doublent la pointe africaine contre les vents réguliers du sud-est. Le *Duncan* se couvrit de toile, et sous sa misaine, sa brigantine, son hunier, son perroquet, ses bonnettes, ses voiles de flèche et l'étais, il courut bâbord amures avec une audacieuse rapidité. C'est à peine si son hélice mordait sur les eaux fuyantes que coupait son étrave, et il semblait qu'il luttait alors avec les yachts de course du Royal-Thames-Club.

Le lendemain, l'océan se montra couvert d'immenses goëmons, semblable à un vaste étang obstrué par les herbes. On eût dit une de ces mers de sargasses formées de tous les débris d'arbres et de plantes arrachés aux continents voisins. Le commandant Maury les a spécialement signalées à l'attention des navigateurs. Le *Duncan* paraissait glisser sur une longue prairie que Paganel compara justement aux Pampas, et sa marche fut un peu retardée.

Vingt-quatre heures après, au lever du jour, la voix du matelot de vigie se fit entendre.

« Terre! cria-t-il.

— Dans quelle direction? demanda Tom Austin, qui était de quart.

— Sous le vent à nous, » répondit le matelot.

A ce cri toujours émotionnant, le pont du yacht se peupla subitement. Bientôt une longue-vue sortit de la dunette, et fut immédiatement suivie de Jacques Paganel.

Le savant braqua son instrument dans la direction indiquée, et ne vit rien qui ressemblât à une terre.

« Regardez dans les nuages, lui dit John Mangles.

— En effet, répondit Paganel, on dirait une sorte de pic presque imperceptible encore.

— C'est Tristan d'Acunha, reprit John Mangles.

—Alors, si j'ai bonne mémoire, répliqua le savant, nous devons en être à quatre-vingts milles, car le pic de Tristan, haut de sept mille pieds, est visible à cette distance.

— Précisément, » répondit le capitaine John.

Quelques heures plus tard, le groupe d'îles très-hautes et très-escarpées fut parfaitement visible à l'horizon. Le piton conique de Tristan se détachait en noir sur le fond resplendissant du ciel, tout bariolé des rayons du soleil levant. Bientôt l'île principale se dégagea de la masse rocheuse, au sommet d'un triangle incliné vers le nord-est.

Tristan d'Acunha est situce par 37° 8' de latitude australe, et 10° 44' de longitude à l'ouest du méridien de Greenwich [1]. A dix-huit milles au sud-ouest, l'île Inaccessible, et à dix milles au sud-est, l'île du Rossignol, complètent ce petit groupe isolé dans cette partie de l'Atlantique. Vers midi, on releva les deux principaux amers qui servent aux marins de point de reconnaissance, savoir, à un angle de l'île Inaccessible, une roche qui figure fort exactement un bateau sous voile, et, à la pointe nord de l'île du Rossignol, deux îlots semblables à un fortin en ruine. A trois heures, le *Duncan* donnait dans la baie Falmouth de Tristan d'Acunha,

1. 13° 4' à l'ouest du méridien de Paris. La différence entre ces deux méridiens est de 2° 20'.

que la pointe de Help ou de Bon-Secours abrite contre les vents d'ouest.

Là, dormaient à l'ancre quelques baleiniers occupés de la pêche des phoques et autres animaux marins, dont ces côtes offrent d'innombrables échantillons.

John Mangles s'occupa de chercher un bon mouillage, car ces rades foraines sont très-dangereuses par les coups de vents de nord-ouest et de nord, et précisément à cette place, le brick anglais *Julia* se perdit corps et biens en 1829. Le *Duncan* s'approcha à un demi-mille du rivage, et mouilla par vingt brasses sur fond de roches. Aussitôt, passagères et passagers s'embarquèrent dans le grand canot et prirent pied sur un sable fin et noir, impalpable débris des roches calcinées de l'île.

La capitale de tout le groupe de Tristan d'Acunha consiste en un petit village situé au fond de la baie sur un gros ruisseau fort murmurant. Il y avait là une cinquantaine de maisons assez propres et disposées avec cette régularité géométrique qui paraît être le dernier mot de l'architecture anglaise. Derrière cette ville en miniature s'étendaient quinze cents hectares de plaines, bornées par un immense remblai de laves; au-dessus de ce plateau, le piton conique montait à sept mille pieds dans les airs.

Lord Glenarvan fut reçu par un gouverneur qui relève de la colonie anglaise du Cap. Il s'enquit immédiatement d'Harry Grant et du *Britannia*. Ces noms étaient entièrement inconnus. Les îles Tristan d'Acunha sont hors de la route des navires, et par conséquent peu fréquentées. Depuis le célèbre naufrage du *Blendon-Hall*, qui toucha en 1821 sur les rochers de l'île Inaccessible, deux bâtiments avaient fait côte à l'île principale, le *Primauguet* en 1845, et le trois-mâts américain *Philadelphia* en 1857. La statistique acunhienne des sinistres maritimes se bornait à ces trois catastrophes.

Glenarvan ne s'attendait pas à trouver des renseignements plus précis, et il n'interrogeait le gouvernement de l'île que par acquit de conscience. Il envoya même les embarcations du bord faire le tour de l'île, dont la circonférence est de dix-sept milles au plus. Londres ou Paris n'y tiendrait pas, quand même elle serait trois fois plus grande.

Pendant cette reconnaissance, les passagers du *Duncan* se promenèrent dans le village et sur les côtes voisines. La population de Tristan d'Acunha ne s'élève pas à cent cinquante habitants. Ce sont des Anglais et des Américains mariés à des négresses et à des Hottentotes du Cap, qui ne laissent rien à désirer sous le rapport de la laideur. Les enfants de ces ménages hétérogènes présentaient un mélange très-désagréable de la roideur saxonne et de la noirceur africaine.

Cette promenade de touristes, heureux de sentir la terre ferme sous leurs pieds, se prolongea sur le rivage auquel confine la grande plaine cultivée qui n'existe que dans cette partie de l'île. Partout ailleurs, la côte

est faite de falaises de laves, escarpées et arides. Là,
d'énormes albatros et des pingouins stupides se comp-
tent par centaines de mille.

Les visiteurs, après avoir examiné ces roches d'origine ignée, remontèrent vers la plaine; des sources
vives et nombreuses, alimentées par les neiges éternelles
du cône, murmuraient çà et là; de verts buissons, où
l'œil comptait presque autant de passereaux que de
fleurs, égayaient le sol; un seul arbre, sorte de phylique,
haut de vingt pieds, et le « tusseh, » plante arondinacée
gigantesque, à tige ligneuse, sortaient du verdoyant
pâturage; une acène sarmenteuse à graine piquante,
des lomaries robustes à filaments enchevêtrés, quelques
plantes frutescentes très-vivaces, des ancérines dont les
parfums balsamiques chargeaient la brise de senteurs
pénétrantes, des mousses, des céleris sauvages et des
fougères formaient une flore peu nombreuse, mais
opulente. On sentait qu'un printemps éternel versait
sa douce influence sur cette île privilégiée. Paganel
soutint avec son enthousiasme habituel que c'était là
cette fameuse Ogygie chantée par Fénelon. Il proposa à
lady Glenarvan de chercher une grotte, de succéder à
l'aimable Calypso, et ne demanda d'autre emploi pour
lui-même que d'être « une des nymphes qui la ser-
vaient. »

Ce fut ainsi que, causant et admirant, les promeneurs
revinrent au yacht à la nuit tombante; aux environs du
village paissaient des troupeaux de bœufs et de mou-

tons; les champs de blé, de maïs, et de plantes pota-
gères importées depuis quarante ans, étalaient leurs
richesses naturelles jusque dans les rues de la capitale.

Au moment où lord Glenarvan rentrait à son bord,
les embarcations du *Duncan* ralliaient le yacht. Elles
avaient fait en quelques heures le tour de l'île. Aucune
trace du *Britannia* ne s'était rencontrée sur leur parcours. Ce voyage de circumnavigation ne produisit
donc d'autre résultat que de faire rayer définitivement
l'île Tristan du programme des recherches.

Le *Duncan* pouvait, dès lors, quitter ce groupe d'îles
africaines et continuer sa route à l'est. S'il ne partit
pas le soir même, c'est que Glenarvan autorisa son
équipage à faire la chasse aux phoques innombrables
qui, sous le nom de veaux, de lions, d'ours et d'élé-
phants marins, encombrent les rivages de la baie
Falmouth. Autrefois, les baleines franches se plaisaient
dans les eaux de l'île; mais tant de pêcheurs les avaient
poursuivies et harponnées, qu'il en restait à peine. Les
amphibies, au contraire, s'y rencontraient par troupeaux. L'équipage du yacht résolut d'employer la nuit
à les chasser, et le jour suivant à faire une ample provision d'huile. Aussi le départ du *Duncan* fut-il remis
au surlendemain, 20 novembre.

Pendant le souper, Paganel donna quelques détails
sur les îles Tristan qui intéressèrent ses auditeurs.
Ils apprirent que ce groupe, découvert en 1506 par
le Portugais Tristan d'Acunha, un des compagnons

d'Albuquerque, demeura inexploré pendant plus d'un siècle. Ces îles passaient, non sans raison, pour des nids à tempêtes, et n'avaient pas meilleure réputation que les Bermudes. Donc, on ne les approchait guère, et jamais navire n'y atterrissait, qui n'y fût jeté malgré lui par les ouragans de l'Atlantique.

En 1697, trois bâtiments hollandais de la Compagnie des Indes y relâchèrent, et en déterminèrent les coordonnées, laissant au grand astronome Halley le soin de revoir leurs calculs en l'an 1700. De 1712 à 1767, quelques navigateurs français en eurent connaissance, et principalement la Pérouse, que ses instructions y conduisirent pendant son célèbre voyage de 1785.

Ces îles, si peu visitées jusqu'alors, étaient demeurées désertes, quand, en 1811, un Américain, Jonathan Lambert, entreprit de les coloniser. Lui et deux compagnons y abordèrent au mois de janvier, et firent courageusement leur métier de colons. Le gouverneur anglais du cap de Bonne-Espérance, ayant appris qu'ils prospéraient, leur offrit le protectorat de l'Angleterre. Jonathan accepta, et hissa sur sa cabane le pavillon britannique. Il semblait devoir régner paisiblement sur « ses peuples, » composés d'un vieil Italien et d'un mulâtre portugais, quand, un jour, dans une reconnaissance des rivages de son empire, il se noya ou fut noyé, on ne sait trop. 1816 arriva. Napoléon fut emprisonné à Sainte-Hélène, et, pour le mieux garder, l'Angleterre établit une garnison à l'île de l'Ascension.

2

et une autre à Tristan d'Acunha. La garnison de Tristan consistait en une compagnie d'artillerie du Cap et un détachement de Hottentots. Elle y resta jusqu'en 1821, et, à la mort du prisonnier de Sainte-Hélène, elle fut rapatriée au Cap.

« Un seul Européen, ajouta Paganel, un caporal, un Écossais...

— Ah! un Écossais! dit le major, que ses compatriotes intéressaient toujours plus spécialement.

— Il se nommait William Glass, répondit Paganel, et resta dans l'île avec sa femme et deux Hottentots. Bientôt, deux Anglais, un matelot et un pêcheur de la Tamise, ex-dragon dans l'armée argentine, se joignirent à l'Écossais, et enfin, en 1821, un des naufragés du *Blendon-Hall*, accompagné de sa jeune femme, trouva refuge dans l'île Tristan. Ainsi donc, en 1821, l'île comptait six hommes et deux femmes. En 1829, elle eut jusqu'à sept hommes, six femmes et quatorze enfants. En 1835, le chiffre s'élevait à quarante, et maintenant il est triplé.

— Ainsi commencent les nations, dit Glenarvan.

— J'ajouterai, reprit Paganel, pour compléter l'histoire de Tristan d'Acunha, que cette île me paraî mériter autant que Juan Fernandez la renommée d'il à Robinsons. En effet, si deux marins furent successivement abandonnés à Juan Fernandez, deux savants faillirent l'être à Tristan d'Acunha. En 1793, un de mes compatriotes, le naturaliste Aubert Dupetit-Thouars, emporté par la fougue de l'herborisation, se perdit, et ne put rejoindre son bâtiment qu'au moment où le capitaine levait l'ancre. En 1824, un de vos compatriotes, mon cher Glenarvan, un dessinateur habile, Auguste Earle, resta pendant huit mois abandonné dans l'île. Son capitaine, oubliant qu'il était à terre, avait fait voile pour le Cap.

— Voilà ce qu'on peut appeler un capitaine distrait, répondit le major. C'était sans doute un de vos parents, Paganel ?

— S'il ne l'était pas, major, il méritait de l'être ! »

La réponse du géographe termina cette conversation.

Pendant la nuit, l'équipage du *Duncan* fit bonne chasse, et une cinquantaine de gros phoques passèrent de vie à trépas. Après avoir autorisé la chasse, Glenarvan ne pouvait en interdire le profit. La journée suivante fut donc employée à recueillir l'huile et à préparer les peaux de ces lucratifs amphibies. Les passagers employèrent naturellement ce second jour de relâche à faire une nouvelle excursion dans l'île. Glenarvan et le major emportèrent leur fusil pour tâter le gibier acunhien. Pendant cette promenade, on poussa jusqu'au pied de la montagne, sur un sol semé de débris décomposés, de scories, de laves poreuses et noires, et de tous les détritus volcaniques. Le pied du mont sortait d'un chaos de roches branlantes. Il était difficile de se méprendre sur la nature de l'énorme cône, et le capi-

taine anglais Carmichaël avait eu raison de le reconnaître pour un volcan éteint.

Les chasseurs aperçurent quelques sangliers. L'un
d'eux tomba frappé sous la balle du major. Glenarvan
se contenta d'abattre plusieurs couples de perdrix noires
dont le cuisinier du bord devait faire un excellent
salmis. Une grande quantité de chèvres furent entre
vues au sommet des plateaux élevés. Quant aux chats
sauvages, fiers, hardis et robustes, redoutables aux
chiens eux-mêmes, ils pullulaient et promettaient de
faire un jour des bêtes féroces très-distinguées.

A huit heures, tout le monde était de retour à bord,
et dans la nuit le *Duncan* quittait l'île Tristan d'Acunha,
qu'il ne devait plus revoir.

CHAPITRE III.

L'ILE AMSTERDAM.

L'intention de John Mangles était d'aller faire du
charbon au cap de Bonne-Espérance. Il dut donc s'écarter un peu du trente-septième parallèle, et remonter
de deux degrés vers le nord. Le *Duncan* se trouvait
au-dessous de la zone des vents alizés et rencontra de

grandes brises de l'ouest très-favorables à sa marche[1]. En moins de six jours, il franchit les treize cents milles[2] qui séparent Tristan d'Acunha de la pointe africaine. Le 24 novembre, à trois heures du soir, on eut connaissance de la montagne de la Table, et un peu plus tard John releva la montagne des Signaux qui marque l'entrée de la baie. Il y donna vers huit heures, et jeta l'ancre dans le port de Cap-Town.

Paganel, en sa qualité de membre de la Société de géographie, ne pouvait ignorer que l'extrémité de l'Afrique fut entrevue pour la première fois en 1486 par l'amiral portugais Barthélemy Diaz, et doublée seulement en 1497 par le célèbre Vasco de Gama. Et comment Paganel l'aurait-il ignoré, puisque Camoëns chanta dans ses *Lusiades* la gloire du grand navigateur ? Mais à ce propos il fit une remarque curieuse : c'est que si Diaz en 1486, six ans avant le premier voyage de Christophe Colomb, eût doublé le cap de Bonne-Espérance, la découverte de l'Amérique aurait pu être indéfiniment retardée. En effet, la route du cap était la plus courte et la plus directe pour aller aux Indes orientales. Or, en s'enfonçant vers l'ouest, que cherchait le grand marin génois, sinon à abréger les voyages au pays des Épices ? Donc, le cap une fois doublé, son expédition

1. Ce sont ces contre-alizés dont la limite semble déterminée par le trentième parallèle.
2. 6C0 lieues environ.

demeurait sans but, et il ne l'eût probablement pas entreprise.

La ville du Cap, située au fond de Cap-Bay, fut fondée en 1652 par le Hollandais Van-Riebeck. C'était la capitale d'une importante colonie, qui devint décidément anglaise après les traités de 1815. Les passagers du *Duncan* profitèrent de leur relâche pour la visiter. Ils n'avaient que douze heures à dépenser en promenade, car un jour suffisait au capitaine John pour renouveler ses approvisionnements, et il voulait repartir le 26, dès le matin.

Il n'en fallut pas davantage, d'ailleurs, pour parcourir les cases régulières de cet échiquier qui s'appelle Cap-Town, sur lequel trente mille habitants, les uns blancs et les autres noirs, jouent le rôle de rois, de reines, de cavaliers, de pions, de fous peut-être. C'est ainsi, du moins, que s'exprima Paganel. Quand on a vu le château qui s'élève au sud-est de la ville, la maison et le jardin du gouvernement, la bourse, le musée, la croix de pierre plantée par Barthélemy Diaz au temps de sa découverte, et lorsqu'on a bu un verre de Pontai, le premier cru des vins de Constance, il ne reste plus qu'à partir. C'est ce que firent les voyageurs, le lendemain, au lever du jour. Le *Duncan* appareilla sous son foc, sa trinquette, sa misaine, son hunier, et quelques heures après il doublait ce fameux cap des Tempêtes, auquel l'optimiste roi de Portugal, Jean II, donna fort maladroitement le nom de Bonne-Espérance.

Deux mille neuf cents milles[1] à franchir entre le Cap et l'île Amsterdam, par une belle mer, et sous une brise bien faite, c'était l'affaire d'une dizaine de jours. Les navigateurs, plus favorisés que les voyageurs des Pampas, n'avaient pas à se plaindre des éléments. L'air et l'eau, ligués contre eux en terre ferme, se réunissaient alors pour les pousser en avant.

« Ah! la mer! la mer! répétait Paganel, c'est le champ par excellence où s'exercent les forces humaines, et le vaisseau est le véritable véhicule de la civilisation! Réfléchissez, mes amis. Si le globe n'eût été qu'un immense continent, on n'en connaîtrait pas encore la millième partie au xix⁰ siècle! Voyez ce qui se passe à l'intérieur des grandes terres. Dans les steppes de la Sibérie, dans les plaines de l'Asie centrale, dans les déserts de l'Afrique, dans les prairies de l'Amérique, dans les vastes terrains de l'Australie, dans les solitudes glacées des pôles, l'homme ose à peine s'y aventurer; le plus hardi recule, le plus courageux succombe. On ne peut passer. Les moyens de transport sont insuffisants. La chaleur, les maladies, la sauvagerie des indigènes, forment autant d'infranchissables obstacles. Vingt milles de désert séparent plus les hommes que cinq cents milles d'océan! On est voisin d'une côte à une autre; étranger, pour peu qu'une forêt vous sépare! L'Angleterre confine à l'Australie, tandis que

1. Douze cents lieues.

l'Égypte, par exemple, semble être à des millions de lieues du Sénégal, et Péking aux antipodes de Saint-Pétersbourg! La mer se traverse aujourd'hui plus aisément que le moindre Sahara, et c'est grâce à elle, comme l'a fort justement dit un savant américain [1], qu'une parenté universelle s'est établie entre toutes les parties du monde. »

Paganel parlait avec chaleur, et le major lui-même ne trouva pas à reprendre un seul mot de cet hymne à l'Océan. Si, pour retrouver Harry Grant, il eût fallu suivre à travers un continent la ligne du trente-septième parallèle, l'entreprise n'aurait pu être tentée; mais la mer était là pour transporter les courageux chercheurs d'une terre à l'autre, et, le 6 décembre, aux premières lueurs du jour, elle laissa une montagne nouvelle émerger du sein de ses flots.

C'était l'île Amsterdam, située par 37° 47' de latitude, et 77° 24' [1] de longitude, dont le cône élevé est, par un temps serein, visible à cinquante milles. A huit heures, sa forme encore indéterminée reproduisait assez exactement l'aspect de Ténériffe.

« Et par conséquent, dit Glenarvan, elle ressemble à Tristan d'Acunha.

— Très-judicieusement conclu, répondit Paganel, d'après cet axiome géométrographique, que deux îles

1. Le commandant Maury.
1. 75° 4' à l'est du méridien de Paris.

semblables à une troisième se ressemblent entre elles. J'ajouterai que, comme Tristan d'Açunha, l'île Amsterdam est et a été également riche en phoques et en Robinsons.

— Il y a donc des Robinsons partout? demanda lady Helena.

— Ma foi, madame, répondit Paganel, je connais peu d'îles qui n'aient eu leur aventure en ce genre, et le hasard avait déjà réalisé bien avant lui le roman de votre immortel compatriote, Daniel de Foë.

— Monsieur Paganel, dit Mary Grant, voulez-vous me permettre de vous faire une question?

— Deux, ma chère miss, et je m'engage à y répondre.

— Eh bien, reprit la jeune fille, est-ce que vous vous effrayeriez beaucoup à l'idée d'être abandonné dans une île déserte?

— Moi! s'écria Paganel.

— Allons, mon ami, dit le major, n'allez pas avouer que c'est votre plus cher désir!

— Je ne prétends pas cela, répliqua le géographe, mais enfin, l'aventure ne me déplairait pas trop. Je me referais une vie nouvelle. Je chasserais, je pêcherais, j'élirais domicile dans une grotte, l'hiver, sur un arbre, l'été; j'aurais des magasins pour mes récoltes; enfin je coloniserais mon île.

— A vous tout seul?

— A moi tout seul, s'il le fallait. D'ailleurs, est-on

jamais seul au monde? Ne peut-on choisir des amis dans la race animale, apprivoiser un jeune chevreau, un perroquet éloquent, un singe aimable? Et si le hasard vous envoie un compagnon, comme le fidèle Vendredi, que faut-il de plus pour être heureux? Deux amis sur un rocher, voilà le bonheur! Supposez le major et moi...

— Merci, répondit le major, je n'ai aucun goût pour les rôles de Robinson, et je les jouerais fort mal.

— Cher monsieur Paganel, répondit lady Helena, voilà encore votre imagination qui vous emporte dans les champs de la fantaisie. Mais je crois que la réalité est bien différente du rêve. Vous ne songez qu'à ces Robinsons imaginaires, soigneusement jetés dans une île bien choisie, et que la nature traite en enfants gâtés! Vous ne voyez que le beau côté des choses!

— Quoi! madame, vous ne pensez pas qu'on puisse être heureux dans une île déserte?

— Je ne le pense pas. L'homme est fait pour la société, non pour l'isolement. La solitude ne peut engendrer que le désespoir. C'est une question de temps. Que d'abord les soucis de la vie matérielle, les besoins de l'existence, distraient le malheureux à peine sauvé des flots, que les nécessités du présent lui dérobent les menaces de l'avenir, c'est possible! Mais ensuite, quand il se sent seul, loin de ses semblables, sans espérance de revoir son pays et ceux qu'il aime, que doit-il penser, que doit-il souffrir? Son îlot, c'est le monde entier. Toute l'humanité se renferme en lui, et, lorsque la mort arrive, mort effrayante dans cet abandon, il est là comme le dernier homme au dernier jour du monde. Croyez-moi, monsieur Paganel, il vaut mieux ne pas être cet homme-là ! »

Paganel se rendit, non sans regrets, aux arguments de lady Helena, et la conversation se prolongea ainsi sur les avantages et les désagréments de l'isolement, jusqu'au moment où le *Duncan* mouilla à un mille du rivage de l'île Amsterdam.

Ce groupe isolé dans l'océan Indien est formé de deux îles distinctes situées à trente-trois milles environ l'une de l'autre, et précisément sur le méridien de la péninsule indienne; au nord, est l'île Amsterdam ou Saint-Pierre, au sud, l'île Saint-Paul; mais il est bon de dire qu'elles ont été souvent confondues par les géographes et les navigateurs.

Ces îles furent découvertes en décembre 1796 par le Hollandais Vlaming, puis reconnues par d'Entrecasteaux qui menait alors l'*Espérance* et la *Recherche* à la découverte de la Pérouse. C'est de ce voyage que date la confusion des deux îles. Le marin Barrow, Beautemps-Beaupré dans l'atlas de d'Entrecasteaux, puis Horsburg, Pinkerton, et d'autres géographes, ont constamment décrit l'île Saint-Pierre pour l'île Saint-Paul, et réciproquement. En 1859, les officiers de la frégate autrichienne la *Novara*, dans son voyage de circumnavigation, évitèrent de commettre cette erreur, que Paganel tenait particulièrement à rectifier.

L'île Saint-Paul, située au sud de l'île Amsterdam, n'est qu'un îlot inhabité, formé d'une montagne conique qui doit être un ancien volcan. L'île Amsterdam, au contraire, à laquelle la chaloupe conduisit les passagers du *Duncan,* peut avoir douze milles de circonférence. Elle est habitée par quelques exilés volontaires qui se sont faits à cette triste existence Ce sont les gardiens de la pêcherie, qui appartient, ainsi que l'île, à un certain M. Otovan, négociant de la Réunion. Ce souverain, qui n'est pas encore reconnu par les grandes puissances européennes, se fait là une liste civile de soixante-quinze à quatre-vingt mille francs, en pêchant, salant et expédiant un « cheilodactylus, » connu moins savamment sous le nom de morue de mer.

Du reste, cette île Amsterdam était destinée à devenir et à demeurer française. En effet, elle appartint tout d'abord, par droit de premier occupant, à M. Camin, armateur de Saint-Denis à Bourbon ; puis, elle fut cédée, en vertu d'un contrat international quelconque, à un Polonais qui la fit cultiver par des esclaves Malgaches. Qui dit Polonais dit Français, si bien que de polonaise l'île redevint française entre les mains du sieur Otovan.

Lorsque le *Duncan* l'accosta, le 6 décembre 1864, sa population s'élevait à trois habitants, un Français et deux mulâtres, tous les trois commis du négociant-propriétaire. Paganel put donc serrer la main à un compatriote dans la personne du respectable M. Viot, alors très-âgé. Ce « sage vieillard » fit avec beaucoup de politesse les honneurs de son île. C'était pour lui un heureux jour que celui où il recevait d'aimables étrangers. Saint-Pierre n'est fréquenté que par des pêcheurs de phoques, de rares baleiniers, gens fort grossiers d'habitude, et qui n'ont pas beaucoup gagné à la fréquentation des chiens de mer.

M. Viot présenta ses sujets, les deux mulâtres; ils formaient toute la population vivante de l'île, avec quelques sangliers baugés à l'intérieur et plusieurs milliers de pingouins naïfs. La petite maison où vivaient les trois insulaires était située au fond d'un port naturel du sud-ouest formé par l'écroulement d'une portion de la montagne.

Ce fut bien avant le règne d'Otovan Ier que l'île Saint-Pierre servit de refuge à des naufragés. Paganel intéressa fort ses auditeurs en commençant son premier récit par ces mots : *Histoire de deux Écossais abandonnés dans l'île Amsterdam.*

C'était en 1827. Le navire anglais *Palmira,* passant en vue de l'île, aperçut une fumée qui s'élevait dans les airs. Le capitaine s'approcha du rivage, et vit bientôt deux hommes qui faisaient des signaux de détresse. Il envoya son canot à terre, qui recueillit Jacques Paine, un garçon de vingt-deux ans, et Robert Proudfoot, âgé de quarante-huit ans. Ces deux infortunés étaient méconnaissables. Depuis dix-huit mois, presque sans

3

aliments, presque sans eau douce, vivant de coquilla,
ges, pêchant avec un mauvais clou recourbé, attrapant
de temps à autre quelque marcassin à la course, demeu-
rant jusqu'à trois jours sans manger, veillant comme
des vestales près d'un feu allumé de leur dernier morceau d'amadou, ne le laissant jamais s'éteindre et l'em-
portant dans leurs excursions comme un objet du plus
haut prix, ils vécurent ainsi de misère, de privations,
de souffrances. Paine et Proudfoot avaient été débarqués dans l'île par un schooner qui faisait la pêche des
phoques. Suivant la coutume des pêcheurs, ils devaient
pendant un mois s'approvisionner de peaux et d'huile,
en attendant le retour du schooner. Le schooner ne
reparut pas. Cinq mois après, le *Hope*, qui se rendait à
Van-Diemen, vint atterrir à l'île; mais son capitaine,
par un de ces barbares caprices que rien n'explique,
refusa de recevoir les deux Écossais; il repartit sans
leur laisser ni un biscuit, ni un briquet, et certainement
les deux malheureux fussent morts avant peu, si la
Palmira, passant en vue de l'île Amsterdam, ne les eût
recueillis à son bord.

La seconde aventure que mentionne l'histoire de l'île
Amsterdam, — si pareil rocher peut avoir une histoire,
— est celle du capitaine Péron, un Français cette fois.

Cette aventure d'ailleurs débute comme celle des deux
Écossais et finit de même: une relâche volontaire dans
l'île, un navire qui ne revient pas, et un navire étranger
que le hasard des vents porte sur ce groupe, après

quarante mois d'abandon. Seulement, un drame san-
glant marqua le séjour du capitaine Péron, et offre de
curieux points de ressemblance avec les événements
imaginaires qui attendaient à son retour dans son île
le héros de Daniel de Foë.

Le capitaine Péron s'était fait débarquer avec quatre
matelots, deux Anglais et deux Français; il devait, pendant quinze mois, se livrer à la chasse des lions marins.
La chasse fut heureuse, mais quand, les quinze mois
écoulés, le navire ne reparut pas, lorsque les vivres
s'épuisèrent peu à peu, les relations internaticnales
devinrent difficiles. Les deux Anglais se révoltèrent
contre le capitaine Péron, qui eût péri de leurs mains,
sans le secours de ses compatriotes. A partir de ce
moment, les deux partis, se surveillant nuit et jour,
sans cesse armés, tantôt vainqueurs, tantôt vaincus
tour à tour, menèrent une épouvantable existence de
misère et d'angoisses. Et, certainement, l'un aurait fini
par anéantir l'autre, si quelque navire anglais n'eût
rapatrié ces malheureux qu'une misérable question de
nationalité divisait sur un roc de l'océan Indien.

Telles furent ces aventures. Deux fois l'île Amsterdam
devint ainsi la patrie de matelots abandonnés, que la
Providence sauva deux fois de la misère et de la mort.
Mais, depuis lors, aucun navire ne s'était perdu sur ses
côtes. Un naufrage eût jeté ses épaves à la grève;
les naufragés seraient parvenus aux pêcheries de
M. Viot. Or, le vieillard habitait l'île depuis de longues

années, et jamais l'occasion ne s'offrit à lui d'exercer son hospitalité envers des victimes de la mer. Du *Britannia* et du capitaine Grant, il ne savait rien. Ni l'île Amsterdam, ni l'îlot Saint-Paul que les baleiniers et pêcheurs visitaient souvent, n'avaient été le théâtre de cette catastrophe.

Glenarvan ne fut ni surpris ni attristé de sa réponse. Ses compagnons et lui, dans ces diverses relâches, cherchaient où n'était pas le capitaine Grant, non où il était. Ils voulaient constater son absence de ces différents points du parallèle, voilà tout. Le départ du *Duncan* fut donc décidé pour le lendemain.

Jusqu'au soir, les passagers visitèrent l'île, dont l'apparence est fort attrayante. Mais sa faune et sa flore n'auraient pas rempli l'in-octavo du plus prolixe des naturalistes. L'ordre des quadrupèdes, des oiseaux, des poissons et des cétacés, ne renfermait que quelques sangliers sauvages, des pétrels « des neiges, » des albatros, des perches et des phoques. Les eaux thermales et les sources ferrugineuses s'échappaient çà et là de laves noirâtres, et promenaient leurs épaisses vapeurs au-dessus du sol volcanique. Quelques-unes de ces sources étaient portées à une très-haute température. John Mangles y plongea un thermomètre Fahrenheit qui marqua cent soixante-seize degrés [1]. Les poissons pris dans la mer, à quelques pas de là, cuisaient en

1. 80 degrés centigrades.

cinq minutes dans ces eaux presque bouillantes; ce qui décida Paganel à ne pas s'y baigner.

Vers le soir, après une bonne promenade, Glenarvan fit ses adieux à l'honnête M. Viot. Chacun lui souhaita tout le bonheur possible sur son îlot désert. En retour, le vieillard fit des vœux pour le succès de l'expédition, et l'embarcation du *Duncan* ramena ses passagers à bord.

CHAPITRE IV.

LES PARIS DE JACQUES PAGANEL ET DU MAJOR MAC NABBS.

Le 7 décembre, à trois heures du matin, les fourneaux du *Duncan* ronflaient déjà; on vira au cabestan; l'ancre vint à pic, quitta le fond sableux du petit port, remonta au bossoir, l'hélice se mit en mouvement, et le yacht prit le large. Lorsque les passagers montèrent sur le pont, à huit heures, l'île Amsterdam disparaissait dans les brumes de l'horizon. C'était la dernière étape sur la route du trente-septième parallèle, et trois mille milles[1] seulement la séparaient de

1. 1300 lieues.

la côte australienne. Que le vent d'ouest tînt bon une douzaine de jours encore, que la mer se montrât favorable, et le *Duncan* atteindrait le but de son voyage.

· Mary Grant et Robert ne considéraient pas sans émotion ces flots que le *Britannia* sillonnait sans doute quelques jours avant son naufrage. Là peut-être, le capitaine Grant, son navire déjà désemparé, son équipage réduit, luttait contre les redoutables ouragans de la mer des Indes, et se sentait entraîné à la côte avec une irrésistible force. John Mangles montrait à la jeune fille les courants indiqués sur les cartes du bord; il lui expliquait leur direction constante. L'un, entre autres, le courant traversier de l'océan Indien, porte au continent australien, et son action se fait sentir de l'ouest à l'est dans le Pacifique non moins que dans l'Atlantique. Ainsi donc, le *Britannia*, rasé de sa mâture démonté de son gouvernail, c'est-à-dire désarmé contre les violences de la mer et du ciel, avait dû courir à la côte et s'y briser.

Cependant, une difficulté se présentait ici. Les dernières nouvelles du capitaine Grant étaient du Callao, 30 mai 1862, d'après la *Mercantile and Shipping Gazette*. Comment, le 7 juin, huit jours après avoir quitté la côte du Pérou, le *Britannia* pouvait-il se trouver dans la mer des Indes? Paganel, consulté à ce sujet, fit une réponse très-plausible, et dont de plus difficiles se fussent montrés satisfaits.

C'était un soir, le 12 décembre, six jours après le

départ de l'île Amsterdam. Lord et lady Glenarvan, Robert et Mary Grant, le capitaine John, Mac Nabbs et Paganel causaient sur la dunette. Suivant l'habitude, on parlait du *Britannia*, car c'était l'unique pensée du bord. Or, précisément, la difficulté susdite fut soulevée incidemment, et eut pour effet immédiat d'enrayer les esprits sur cette route de l'espérance.

Paganel, à cette remarque inattendue que fit Glenarvan, releva vivement la tête. Puis, sans répondre, il alla chercher le document. Lorsqu'il revint, il se contenta de hausser les épaules, comme un homme honteux d'avoir pu être arrêté un instant par une « semblable misère. »

« Bon, mon cher ami, dit Glenarvan, mais faites-nous au moins une réponse.

— Non, répondit Paganel. je ferai une question seulement, et je l'adresserai au capitaine John.

— Parlez monsieur Paganel, dit John Mangles.

— Un navire bon marcheur peut-il traverser en un mois toute la partie de l'océan Pacifique comprise entre l'Amérique et l'Australie ?

— Oui, en faisant deux cents milles par vingt-quatre heures.

— Est-ce une marche extraordinaire ?

— Nullement. Les clippers à voiles obtiennent souvent des vitesses supérieures.

— Eh bien, reprit Paganel, au lieu de lire « 7 juin » sur le document, supposez que la mer ait rongé un

chiffre de cette date, lisez « 17 juin » ou « 27 juin, »
et tout s'explique.

— En effet, répondit lady Helena, du 31 mai au
27 juin...

— Le capitaine Grant a pu traverser le Pacifique et
se trouver dans la mer des Indes ! »

Un vif sentiment de satisfaction accueillit cette conclusion de Paganel.

« Encore un point éclairci ! dit Glenarvan, et grâce
à notre ami. Il ne nous reste donc plus qu'à atteindre
l'Australie, et à rechercher les traces du *Britannia* sur
sa côte occidentale.

— Ou sa côte orientale, dit John Mangles.

— En effet, vous avez raison, John. Rien n'indique
dans le document que la catastrophe ait eu lieu plutôt
sur les rivages de l'ouest que sur ceux de l'est. Nos
recherches devront donc porter à ces deux points où
l'Australie est coupée par le trente-septième parallèle.

— Ainsi, mylord, dit la jeune fille, il y a doute à cet
égard ?

— Oh ! non, miss, se hâta de répondre John Mangles, qui voulut dissiper cette appréhension de Mary
Grant. Son Honneur voudra bien remarquer que si le
capitaine Grant eût atterri aux rivages est de l'Australie,
il aurait presque aussitôt trouvé secours et assistance.
Toute cette côte est anglaise, pour ainsi dire, et peuplée
de colons. L'équipage du *Britannia* n'avait pas dix milles
à faire pour rencontrer des compatriotes.

— Bien, capitaine John, répliqua Paganel. Je me range à votre opinion. A la côte orientale, à la baie Twofold, à la ville d'Eden, Harry Grant eût non-seulement reçu asile dans une colonie anglaise, mais les moyens de transport ne lui auraient pas manqué pour retourner en Europe.

— Ainsi, dit lady Helena, les naufragés n'ont pu trouver les mêmes ressources sur cette partie de l'Australie vers laquelle le *Duncan* nous mène?

— Non, madame, répondit Paganel, la côte est déserte. Nulle voie de communication ne la relie à Melbourne ou Adélaïde. Si le *Britannia* s'est perdu sur les récifs qui la bordent, tout secours lui a manqué, comme s'il se fût brisé sur les plages inhospitalières de l'Afrique.

— Mais alors, demanda Mary Grant, qu'est devenu mon père, depuis deux ans?

— Ma chère Mary, répondit Paganel, vous tenez pour certain, n'est-il pas vrai, que le capitaine Grant a gagné la terre australienne après son naufrage?

— Oui, monsieur Paganel, répondit la jeune fille.

— Eh bien, une fois sur ce continent, qu'est devenu le capitaine Grant? Les hypothèses ici ne sont pas nombreuses. Elles se réduisent à trois. Ou Harry Grant et ses compagnons ont atteint les colonies anglaises, ou ils sont tombés aux mains des indigènes, ou enfin ils se sont perdus dans les immenses solitudes de l'Australie. »

3.

Paganel se tut, et chercha dans les yeux de ses auditeurs une approbation de son système.

« Continuez, Paganel, dit lord Glenarvan.

— Je continue, répondit Paganel; et d'abord, je repousse la première hypothèse. Harry Grant n'a pu arriver aux colonies anglaises, car son salut était assuré, et depuis longtemps déjà il serait auprès de ses enfants dans sa bonne ville de Dundee.

— Pauvre père! murmura Mary Grant, depuis deux ans, séparé de nous!

— Laisse parler monsieur Paganel, ma sœur, dit Robert, il finira par nous apprendre...

— Hélas! non, mon garçon! Tout ce que je puis affirmer, c'est que le capitaine Grant est prisonnier des Australiens, ou...

— Mais ces indigènes, demanda vivement lady Glenarvan, sont-ils?...

— Rassurez-vous, madame, répondit le savant, qui comprit la pensée de lady Helena, ces indigènes sont sauvages, abrutis, au dernier échelon de l'intelligence humaine, mais de mœurs douces, et non sanguinaires comme leurs voisins de la Nouvelle-Zélande. S'ils ont fait prisonniers les naufragés du *Britannia,* ils n'ont jamais menacé leur existence, vous pouvez m'en croire. Tous les voyageurs sont unanimes sur ce point que les Australiens ont horreur de verser le sang, et maintes fois ils ont trouvé en eux de fidèles alliés pour repousser l'attaque des bandes de convicts bien autrement cruels.

—Vous entendez ce que dit monsieur Paganel, reprit lady Helena en s'adressant à Mary Grant. Si votre père est entre les mains des indigènes, ce que fait pressentir d'ailleurs le document, nous le retrouverons...

—Et s'il est perdu dans cet immense pays? répondit la jeune fille dont les regards interrogeaient Paganel.

—Eh bien! s'écria le géographe d'un ton confiant, nous le retrouverons encore! N'est-ce pas, mes amis?

—Sans doute, répondit Glenarvan, qui voulut donner à la conversation une moins triste allure. Je n'admets pas qu'on se perde...

— Ni moi non plus, répliqua Paganel.

— Est-ce grand, l'Australie? demanda Robert.

— L'Australie, mon garçon, a quelque chose comme sept cent soixante-quinze millions d'hectares, autant dire les quatre cinquièmes de l'Europe.

— Tant que cela? dit le major.

— Oui, Mac Nabbs, à un yard près. Croyez-vous qu'un pareil pays ait le droit de prendre la qualification de « continent » que le document lui donne?

— Certes, Paganel.

— J'ajouterai, reprit le savant, que l'on cite peu de voyageurs qui se soient perdus dans cette vaste contrée. Je crois même que Leichardt est le seul dont le sort soit ignoré, et encore, j'avais été informé à la Société de géographie, quelque temps avant mon départ, que Mac Intyre croyait avoir retrouvé ses traces.

— Est-ce que l'Australie n'a pas été parcourue dans toutes ses parties? demanda lady Glenarvan.

— Non, madame, répondit Paganel, tant s'en faut! Ce continent n'est pas mieux connu que l'intérieur de l'Afrique, et, cependant, ce n'est pas faute de voyageurs entreprenants. De 1606 jusqu'en 1862, plus de cinquante, à l'intérieur et sur les côtes, ont travaillé à la reconnaissance de l'Australie.

— Oh! cinquante, dit le major d'un air de doute.

— Oui! Mac Nabbs, tout autant. J'entends parler des marins qui ont délimité les rivages australiens au milieu des dangers d'une navigation inconnue, et des voyageurs qui se sont lancés à travers ce vaste continent.

— Néanmoins, cinquante, c'est beaucoup dire, répliqua le major.

— Et j'irai plus loin, Mac Nabbs, reprit le géographe, toujours excité par la contradiction.

— Allez plus loin, Paganel.

— Si vous m'en défiez, je vous citerai ces cinquante noms sans hésiter.

— Oh! oh! fit tranquillement le major. Voilà bien les savants! ils ne doutent de rien.

— Major, dit Paganel, pariez-vous votre carabine de Purdey Moore et Dickson contre ma longue-vue de Secretan?

— Pourquoi pas, Paganel, si cela vous fait plaisir! répondit Mac Nabbs.

— Bon! major, s'écria le savant, voilà une carabine avec laquelle vous ne tuerez plus guère de chamois ou de renards, à moins que je ne vous la prête, ce que je ferai toujours avec plaisir !

— Paganel, répondit sérieusement le major, quand vous aurez besoin de ma longue-vue, elle sera toujours à votre disposition.

— Commençons donc, répliqua Paganel. Mesdames et messieurs, vous composez la galerie qui nous juge. Toi, Robert, tu marqueras les points. »

Lord et lady Glenarvan, Mary et Robert, le major et John Mangles, que la discussion amusait, se préparèrent à écouter le géographe. Il s'agissait, d'ailleurs, de l'Australie, vers laquelle les conduisait le *Duncan*, et son histoire ne pouvait venir plus à propos. Paganel fut donc invité à commencer sans retard ses tours de mnémotechnie.

« Mnémosyne! s'écria-t-il, déesse de la mémoire, mère des chastes Muses, inspire ton fidèle et fervent adorateur! Il y a deux cent cinquante-huit ans, mes amis, l'Australie était encore inconnue. On soupçonnait bien l'existence d'un grand continent austral; deux cartes conservées dans la bibliothèque de votre Musée britannique, mon cher Glenarvan, et datées de 1550, mentionnent une terre au sud de l'Asie, qu'elles appellent la Grande Java des Portugais. Mais ces cartes ne sont pas suffisamment authentiques. J'arrive donc au XVIIe siècle. en 1606. Cette année-là. un navigateur espagnol, Quiros, découvrit une terre qu'il nomma Australia de Espiritu Santo. Quelques auteurs ont prétendu qu'il s'agissait du groupe des Nouvelles-Hébrides, et non de l'Australie. Je ne discuterai pas la question. Compte ce Quiros, Robert, et passons à un autre.

— Un, dit Robert.

— Dans la même année, Luiz Vaz de Torres, qui commandait en second la flotte de Quiros, poursuivit plus au sud la reconnaissance des nouvelles terres. Mais c'est au Hollandais Théodoric Hertoge que revient l'honneur de la grande découverte. Il atterrit à la côte occidentale de l'Australie par 25° de latitude, et lui donna le nom d'*Eendracht,* que portait son navire. Après lui, les navigateurs se multiplient. En 1618, Zeachen reconnaît sur la côte septentrionale les terres d'Arnheim et de Diemen. En 1619, Jan Edels prolonge et baptise de son propre nom une portion de la côte ouest. En 1622, Leuwin descend jusqu'au cap devenu son homonyme. En 1627, de Nuitz et de Witt, l'un à l'ouest, l'autre au sud, complètent les découvertes de leurs prédécesseurs, et sont suivis par le commandant Carpenter, qui pénètre avec ses vaisseaux dans cette vaste échancrure encore nommée Golfe de Carpentarie. Enfin, en 1642, le célèbre marin Tasman contourne l'île de Van-Diemen, qu'il croit rattachée au continent, et lui donne le nom du gouverneur général de Batavia, nom que la postérité, plus juste, a changé pour celui de Tasmanie. Alors le continent australien était tourné ;

on savait que l'océan Indien et le Pacifique l'entouraient de leurs eaux, et, en 1665, le nom de Nouvelle-Hollande qu'elle ne devait pas garder était imposé à cette grande île australe, précisément à l'époque où le rôle des navigateurs hollandais allait finir. A quel nombre sommes-nous?

— A dix, répondit Robert.

— Bien, reprit Paganel, je fais une croix, et je passe aux Anglais. En 1686, un chef de boucaniers, un frère de la Côte, un des plus célèbres flibustiers des mers du sud, Williams Dampier, après de nombreuses aventures mêlées de plaisirs et de misères, arriva sur le navire le *Cygnet* au rivage nord-ouest de la Nouvelle-Hollande par 16° 50′ de latitude; il communiqua avec les naturels, et fit de leurs mœurs, de leur pauvreté, de leur intelligence, une description très-complète. Il revint en 1699, à la baie même ou Hertoge avait débarqué, non plus en flibustier, mais en commandant du *Roebuck,* un bâtiment de la marine royale. Jusqu'ici, cependant, la découverte de la Nouvelle-Hollande n'avait eu d'autre intérêt que celui d'un fait géographique. On ne pensait guère à la coloniser, et pendant trois quarts de siècle, de 1699 à 1770, aucun navigateur n'y vint aborder. Mais alors apparut le plus illustre des marins du monde entier, le capitaine Cook, et le nouveau continent ne tarda pas à s'ouvrir aux émigrations européennes. Pendant ses trois voyages célèbres, James Cook accosta les terres de la Nouvelle-Hollande, et pour la première fois le 31 mars 1770. Après avoir heureusement observ à Otahiti le passage de Vénus sur le soleil[1], Cook lanç son petit navire l'*Endeavour* dans l'ouest de l'océan Pacifique. Ayant reconnu la Nouvelle-Zélande, il arriva dans une baie de la côte ouest de l'Australie, et il la trouva si riche en plantes nouvelles qu'il lui donna le nom de Baie botanique. C'est le Botany-Bay actuel. Ses relations avec des naturels à demi abrutis furent peu intéressantes. Il remonta vers le nord, et par 16° de latitude, près du cap Tribulation, l'*Endeavour* toucha sur un fond de corail, à huit lieues de la côte. Le danger de couler bas était imminent. Vivres et canons furent jetés à la mer, mais dans la nuit suivante la marée remit à flot le navire allégé, et s'il ne coula pas, c'est qu'un morceau de corail, engagé dans l'ouverture, aveugla suffisamment sa voie d'eau. Cook put conduire son bâtiment à une petite crique où se jetait une rivière qui fut nommée Endeavour. Là, pendant trois mois que durèrent leurs réparations, les Anglais essayèrent d'établir des communications utiles avec les indigènes; mais ils y réussirent peu, et remirent à la voile. L'*Endeavour* continua sa route vers le nord. Cook voulait savoir si un détroit existait entre la Nouvelle-Guinée et la Nouvelle-Hollande; après de nouveaux

1. Le passage de la planète Vénus sur le disque du soleil devait avoir lieu en 1769. Ce phénomène, assez rare, présentait un très-grand intérêt astronomique; il devait permettre, en effet, de calculer exactement la distance qui sépare la terre du soleil.

dangers, après avoir sacrifié vingt fois son navire, il aperçut la mer qui s'ouvrait largement dans le sud-ouest. Le détroit existait. Il fut franchi. Cook descendit dans une petite île, et, prenant possession au nom de l'Angleterre de la longue étendue de côtes qu'il avait reconnues, il leur donna le nom très-britannique de Nouvelle-Galles du Sud. Trois ans plus tard, le hardi marin commandait l'*Aventure* et la *Résolution*; le capitaine Furneaux alla sur l'*Aventure* reconnaître les côtes de la terre de Van-Diemen, et revint en supposant qu'elle faisait partie de la Nouvelle-Hollande. Ce ne fut qu'en 1777, lors de son troisième voyage, que Cook mouilla avec ses vaisseaux la *Résolution* et la *Découverte* dans la baie de l'Aventure sur la terre de Van-Diemen, et c'est de là qu'il partit pour aller, quelques mois plus tard, mourir aux îles Sandwich.

— C'était un grand homme, dit Glenarvan.

— Le plus illustre marin qui ait jamais existé. Ce fut Banks, son compagnon, qui suggéra au gouvernement anglais la pensée de fonder une colonie pénitentiaire à Botany-Bay. Après lui, s'élancent des navigateurs de toutes les nations. Dans la dernière lettre reçue de la Pérouse, écrite de Botany-Bay et datée du 7 février 1787, l'infortuné marin annonce son intention de visiter le golfe Carpentarie et toute la côte de la Nouvelle-Hollande jusqu'à la terre de Van-Diemen. Il part, et ne revient plus. En 1788, le capitaine Philipp établit à Port-Jackson la première colonie anglaise. En 1791.

Vancouver relève un périple considérable de côtes
méridionales du nouveau continent. En 1792, d'Entrecasteaux, expédié à la recherche de la Pérouse, fait
le tour de la Nouvelle-Hollande, à l'ouest et au sud,
découvrant des îles inconnues sur sa route. En 1797
et 1797, Flinders et Bass, deux jeunes gens, poursui-
vent courageusement dans une barque longue de huit
pieds la reconnaissance des côtes du sud, et en 1797,
Bass passe entre la terre de Van-Diemen et la Nouvelle-
Hollande, par le détroit qui porte son nom. Cette même
année, Vlaming, le découvreur de l'île Amsterdam,
reconnaissait sur les rivages orientaux la rivière Swan-
River, où s'ébattaient des cygnes noirs de la plus belle
espèce. Quant à Flinders, il reprit en 1801 ses curieuses
explorations, et par 138° 58′ de longitude et 35° 40′ de
latitude, il se rencontra dans Encounter-Bay avec le
Geographe, et le *Naturaliste,* deux navires français que
commandaient les capitaines Baudin et Hamelin.

— Ah! le capitaine Baudin? dit le major.

— Oui! pourquoi cette exclamation? demanda
Paganel.

— Oh! rien, continuez, mon cher Paganel.

— Je continue donc en ajoutant aux noms de ces
navigateurs celui du capitaine King, qui, de 1817 à
1822, compléta la reconnaissance des côtes intertropi-
cales de la Nouvelle-Hollande.

— Cela fait vingt-quatre noms, dit Robert.

— Bon, répondit Paganel, j'ai déjà la moitié de la

carabine du major. Et maintenant, que j'en ai fini avec les marins, passons aux voyageurs.

— Très-bien, monsieur Paganel, dit lady Helena. Il faut avouer que vous avez une mémoire étonnante.

— Ce qui est fort singulier, ajouta Glenarvan, chez un homme si...

— Si distrait, se hâta de dire Paganel. Oh! je n'ai que la mémoire des dates et des faits. Voilà tout.

— Vingt-quatre, répéta Robert.

— Eh bien, vingt-cinq, le lieutenant Daws. C'était en 1789, un an après l'établissement de la colonie à Port-Jackson. On avait fait le tour du nouveau continent, mais ce qu'il renfermait, personne n'eût pu le dire. Une longue rangée de montagnes parallèles au rivage oriental semblait interdire tout accès à l'intérieur. Le lieutenant Daws, après neuf journées de marche, dut rebrousser chemin et revenir à Port-Jackson. Pendant la même année, le capitaine Tench essaya de franchir cette haute chaîne, et ne put y parvenir. Ces deux insuccès détournèrent pendant trois ans les voyageurs de reprendre cette tâche difficile. En 1792, le colonel Paterson, un hardi explorateur africain, cependant, échoua dans la même tentative. L'année suivante, un simple quartier-maître de la marine anglaise, le courageux Hawkins, dépassa de vingt milles la ligne que ses devanciers n'avaient pu franchir. Pendant dix-huit ans, je n'ai que deux noms à citer, ceux du célèbre marin Bass et de M. Bareiller, un ingénieur de la colonie,

qui ne furent pas plus heureux que leurs prédécesseurs, et j'arrive à l'année 1813, où un passage fut
enfin découvert à l'ouest de Sydney. Le gouverneur
Macquarie s'y hasarda en 1815, et la ville de Bathurst
fut fondée au delà des montagnes Bleues. A partir de
ce moment, Throsby en 1819, Oxley qui traversa trois
cents milles de pays, Howel et Hume dont le point de
départ fut précisément Twofold-Bay où passe le trente
septième parallèle, et le capitaine Sturt qui, en 1829 et
1830, reconnut les cours du Darling et du Murray,
enrichirent la géographie de faits nouveaux et aidèrent
au développement des colonies.

— Trente-six, dit Robert.

— Parfait! J'ai de l'avance, répondit Paganel. Je
cite pour mémoire Eyre et Leichardt qui parcoururent
une portion du pays en 1840 et 1841; Sturt, en 1845;
les frères Grégory et Helpman, en 1846, dans l'Australie
occidentale; Kennedy, en 1847, sur le fleuve Victoria,
et en 1848, dans l'Australie du nord; Grégory, en 1852;
Austin, en 1854; les Grégory, de 1855 à 1858, dans
le nord-ouest du continent; Babbage, du lac Torrens
au lac Eyre, et j'arrive enfin à un voyageur célèbre
dans les fastes australiens, à Stuart, qui traça trois
fois ses audacieux itinéraires à travers le continent.
Sa première expédition à l'intérieur est de 1860. Plus
tard, si vous le voulez, je vous raconterai comment
l'Australie fut quatre fois traversée du sud au nord.
Aujourd'hui, je me borne à achever cette longue nomen-

clature, et de 1860 à 1862, j'ajouterai aux noms de tant de hardis pionniers de la science ceux des frères Dempster, de Clarckson et Harper, ceux de Burke et Wills, ceux de Neilson, de Walker, Landsborough, Mackinlay, Howit...

— Cinquante-six ! s'écria Robert.

— Bon ! major, reprit Paganel, je vais vous faire bonne mesure, car je ne vous ai cité ni Duperrey, ni Bougainville, ni Fitz-Roy, ni de Wickam, ni Stokes...

— Assez, fit le major, accablé sous le nombre.

— Ni Pérou, ni Quoy, reprit Paganel lancé comme un express, ni Bennett, ni Cuningham, ni Nutchell, ni Tiers...

— Grâce !

— Ni Dixon, ni Strelesky, ni Reid, ni Wilkes, ni Mitchell...

— Arrêtez, Paganel, dit Glenarvan, qui riait de bon cœur, n'accablez pas l'infortuné Mac Nabbs. Soyez généreux ! Il s'avoue vaincu.

— Et sa carabine? demanda le géographe d'un air triomphant.

— Elle est à vous, Paganel, répondit le major, et je la regrette bien. Mais vous avez une mémoire à gagner tout un musée d'artillerie.

— Il est certainement impossible, dit lady Helena, de mieux connaître son Australie. Ni le plus petit nom, ni le plus petit fait...

— Oh! le plus petit fait! dit le major en secouant la tête.

— Hein ! qu'est-ce, Mac Nabbs? s'écria Paganel.

— Je dis que les incidents relatifs à la découverte de l'Australie ne vous sont peut-être pas tous connus.

— Par exemple! fit Paganel avec un suprême mouvement de fierté.

— Et si je vous en cite un que vous ne sachiez pas, me rendrez-vous ma carabine? demanda Mac Nabbs.

— A l'instant, major.

— Marché conclu?

— Marché conclu !

— Bien. Savez-vous, Paganel, pourquoi l'Australie n'appartient pas à la France?

— Mais, il me semble...

— Ou, tout au moins, quelle raison en donnent les Anglais?

— Non, major, répondit Paganel d'un air vexé.

— C'est tout simplement parce que le capitaine Baudin, qui n'était pourtant pas timide, eut tellement peur en 1802 du croassement des grenouilles australiennes, qu'il leva l'ancre au plus vite et s'enfuit pour ne jamais revenir.

— Quoi! s'écria le savant, dit-on cela en Angleterre? Mais c'est une mauvaise plaisanterie !

— Très-mauvaise, je l'avoue, répondit le major, mais elle est historique dans le Royaume-Uni.

— C'est une indignité! s'écria le patriotique géographe. Et cela se répète sérieusement?

— Je suis forcé d'en convenir, mon cher Paganel,

répondit Glenarvan au milieu d'un éclat de rire général. Comment ! vous ignoriez cette particularité ?

— Absolument. Mais je proteste ! D'ailleurs, les
Anglais nous appellent « mangeurs de grenouilles ! »
Or, généralement, on n'a pas peur de ce que l'on
mange.

— Cela ne se dit pas moins, Paganel, » répondit le
major en souriant modestement.

Et voilà comment cette fameuse carabine de Purdey
Moore et Dickson resta la propriété du major Mac
Nabbs.

CHAPITRE V.

LES COLÈRES DE L'OCÉAN INDIEN.

Deux jours après cette conversation, John Mangles,
ayant fait son point à midi, annonça que le *Duncan*
se trouvait par 113° 37' de longitude. Les passagers
consultèrent la carte du bord et virent, non sans
grande satisfaction, que cinq degrés à peine les séparaient du cap Bernouilli. Entre ce cap et la pointe
d'Entrecasteaux, la côte australienne décrit un arc
que sous-tend le trente-septième parallèle. Si alors

le *Duncan* fût remonté vers l'Équateur, il aurait eu promptement connaissance du cap Chathàm qui lui restait à cent vingt milles dans le nord. Il naviguait alors dans cette partie de la mer des Indes abritée par le continent australien. On pouvait donc espérer que, sous quatre jours, le cap Bernouilli se relèverait à l'horizon.

Le vent d'ouest avait jusqu'alors favorisé la marche du yacht; mais depuis quelques jours il montrait une tendance à diminuer; peu à peu, il calmit; le 13 décembre, il tomba tout à fait, et les voiles inertes pendirent le long des mâts. Le *Duncan*, sans sa puissante hélice, eût été enchaîné par les calmes de l'Océan.

Cet état de l'atmosphère pouvait se prolonger indéfiniment. Le soir, Glenarvan s'entretenait à ce sujet avec John Mangles. Le jeune capitaine, qui voyait se vider ses soutes à charbon, paraissait fort contrarié de cette tombée du vent. Il avait couvert son navire de toiles, hissé ses bonnettes et ses voiles d'étai pour profiter des moindres souffles; mais, suivant l'expression des matelots, il n'y avait pas d'air de quoi remplir un chapeau.

« En tout cas, dit Glenarvan, il ne faut pas trop se plaindre; mieux vaut absence de vent que vent contraire.

— Votre Honneur a raison, répondit John Mangles; mais, précisément, ces calmes subits amènent des chan-

gements de temps. Aussi je les redoute; nous navi-
guons sur la limite des moussons[1] qui, d'octobre à
avril, soufflent du nord-est, et pour peu qu'elles nous
prennent debout, notre marche sera fort retardée.

— Que voulez-vous, John? Si cette contrariété arrivait, il faudrait bien s'y soumettre. Ce ne serait
qu'un retard, après tout.

— Sans doute, si la tempête ne s'en mêlait pas.

— Est-ce que vous craignez le mauvais temps? dit
Glenarvan, en examinant le ciel, qui, cependant,
de l'horizon au zénith, apparaissait libre de nuage.

— Oui, répondit le capitaine, je le dis à Votre Honneur, mais je ne voudrais pas effrayer lady Glenarvan,
ni miss Grant.

— Et vous agissez sagement. Qu'y a-t-il?

— Des menaces certaines de gros temps. Ne vous
fiez pas à l'apparence du ciel, mylord. Rien n'est
plus trompeur. Depuis deux jours, le baromètre baisse
d'une manière inquiétante; il est en ce moment à
vingt-sept pouces[2]. C'est un avertissement que je ne
puis négliger. Or, je redoute particulièrement les colères de la mer australe, car je me suis déjà trouvé

1. Vents qui règnent dans l'océan Indien avec une extrême
violence. Leur direction n'est pas constante; elle varie suivant
les saisons, et les moussons d'été sont en général opposées aux
moussons de l'hiver.

2. 73,09 centimètres. La hauteur normale de la colonne barométrique est de 76 centimètres.

aux prises avec elles. Les vapeurs qui vont se condenser dans les immenses glaciers du pôle sud produisent un appel d'air d'une extrême violence. De là une lutte dès vents polaires et équatoriaux qui crée les cyclones, les tornades, et ces formes multiples des te mpêtes contre lesquelles un navire ne lutte pas sans désavantage.

— John, répondit Glenarvan, le *Duncan* est un bâtiment solide, son capitaine un habile marin. Que l'orage vienne, et nous saurons nous défendre. »

John Mangles, en exprimant ses craintes, obéissait à son instinct d'homme de mer. C'est un habile « w_i.ther-wise, » expression anglaise qui s'applique aux observateurs du temps. La baisse persistante du baromètre lui fit prendre toutes les mesures de prudence à son bord. Il s'attendait à une tempête violente que l'état du ciel n'indiquait pas encore, mais son infaillible instrument ne pouvait le tromper; les courants atmosphériques accourent des lieux où la colonne de mercure est haute vers ceux où elle s'abaisse; plus ces lieux sont rapprochés, plus le niveau se rétablit rapidement dans les couches aériennes, et plus la vitesse du vent est grande.

John resta sur le pont pendant toute la nuit. Vers onze heures, le ciel s'encrassa dans le sud. John fit monter tout son monde en haut et amener ses petites voiles; il ne conserva que sa misaine, sa brigantine, son hunier et ses focs. A minuit, le vent fraîchit. Il ventait grand frais, c'est-à-dire que les molécules d'air étaient chassées avec une vitesse de six toises par seconde. Le craquement des mâts, le battement des manœuvres courantes, le bruit sec des voiles parfois prises en ralingues, le gémissement des cloisons intérieures, apprirent aux passagers ce qu'ils ignoraient encore. Paganel, Glenarvan, le major, Robert, apparurent sur le pont, les uns en curieux, les autres prêts à agir. Dans ce ciel qu'ils avaient laissé limpide et constellé roulaient des nuages épais, séparés par des bandes tachetées comme une peau de léopard.

« L'ouragan ? demanda simplement Glenarvan à John Mangles.

— Pas encore, mais bientôt, » répondit le capitaine.

En ce moment, il donna l'ordre de prendre le bas ris du hunier. Les matelots s'élancèrent dans les enfléchures du vent, et, non sans peine, ils diminuèrent la surface de la voile en l'enroulant de ses garcettes sur la vergue amenée. John Mangles tenait à conserver le plus de toile possible afin d'appuyer le yacht et d'adoucir ses mouvements de roulis.

Puis, ces précautions prises, il donna des ordres à Austin et au maître d'équipage pour parer à l'assaut de l'ouragan qui ne pouvait tarder à se déchaîner. Les saisines des embarcations et les amarres de la drome furent doublées. On renforça les palans de côté du canon. On roidit les haubans et galhaubans. Les écoutilles furent condamnées. John, comme un officier sur

le couronnement d'une brèche, ne quittait le bord
du vent, et du haut de la dunette il essayait d'arracher
ses secrets à ce ciel orageux.

En ce moment, le baromètre était tombé à vingt-six
pouces, abaissement qui se produit rarement dans la
colonne barométrique, et le *storm-glass*[1] indiquait la
tempête.

Il était une heure du matin. Lady Helena et miss
Grant, violemment secouées dans leur cabine, se
hasardèrent à venir sur le pont. Le vent avait alors
une vitesse de quatorze toises par seconde. Il sifflait
dans les manœuvres dormantes avec une extrême
violence. Ces cordes de métal, pareilles à celles
d'un instrument, résonnaient comme si quelque gigantesque archet eût provoqué leurs rapides oscillations;
les poulies se choquaient; les manœuvres couraient
avec un bruit aigu dans leurs gorges rugueuses; les
voiles détonaient comme des pièces d'artillerie; des
vagues déjà monstrueuses accouraient à l'assaut du
yacht, qui se jouait comme un alcyon sur leur crète
écumante.

Lorsque le capitaine John aperçut les passagères,
il alla rapidement à elles, et les pria de rentrer dans
la dunette; quelques paquets de mer embarquaient

1. Verres contenant un mélange chimique qui change d'aspect
suivant la direction du vent et selon la tension électrique de
l'atmosphère. Les meilleurs sont fabriqués par MM. Négretti
et Zambra, opticiens de la marine britannique

déjà, et le pont pouvait être balayé d'un instant à l'au
tre. Le fracas des éléments était si éclatant alors,
que lady Helena entendait à peine le jeune capitaine.

« Il n'y a aucun danger? put-elle cependant lui dire
pendant une légère accalmie.

— Aucun, madame, répondit John Mangles; mais
vous ne pouvez rester sur le pont, ni vous, miss
Mary. »

Lady Glenarvan et miss Grant ne résistèrent pas à
un ordre qui ressemblait à une prière, et elles rentrèrent sous la dunette au moment où une vague,
déferlant au-dessus du tableau d'arrière, fit tressaillir
dans leurs compartiments les vitres du capot. En ce
moment, la violence du vent redoubla; les mâts pliè-
rent sous la pression des voiles, et le yacht sembla se
soulever sur les flots.

« Cargue la misaine! cria John Mangles; amène le
hunier et les focs! »

Les matelots se précipitèrent à leur poste de
manœuvre; les drisses furent larguées, les cargues
pesées, les focs halés bas avec un bruit qui dominait
celui du ciel, et le *Duncan*, dont la cheminée vomissait
des torrents d'une fumée noire, frappa inégalement la
mer des branches parfois émergées de son hélice.

Glenarvan, le major, Paganel et Robert contemplaient
avec une admiration mêlée d'effroi cette lutte du
Duncan contre les flots; ils se cramponnaient fortement aux râteliers des bastingages, sans pouvoir

4.

échanger un seul mot, et regardaient les bandes de pétrels-satanicles, ces funèbres oiseaux des tempêtes, qui se jouaient dans les vents déchaînés. .

En ce moment, un sifflement assourdissant se fit entendre au-dessus des bruits de l'ouragan. La vapeur fusa avec violence, non du tuyau d'échappement, mais des soupapes de la chaudière; le sifflet d'alarme retentit avec une force inaccoutumée; le yacht donna une bande effroyable, et Wilson, qui tenait la roue, fut renversé par un coup de barre inattendu. Le *Duncan* venait en travers à la lame et ne gouvernait plus.

« Qu'y a-t-il? s'écria John Mangles en se précipitant sur la passerelle.

— Le navire se couche! répondit Tom Austin.

— Est-ce que nous sommes démontés de notre gouvernail?

— A la machine! à la machine! » cria la voix de l'ingénieur.

John se précipita vers la machine et s'affala par l'échelle. Une nuée de vapeur remplissait la chambre; les pistons étaient immobiles dans les cylindres; les bielles n'imprimaient aucun mouvement à l'arbre de couche. En ce moment, le mécanicien, voyant leurs efforts inutiles et craignant pour ses chaudières, ferma l'introduction et laissa fuir la vapeur par le tuyau d'échappement.

« Qu'est-ce donc? demanda le capitaine.

— L'hélice est faussée, ou engagée, répondit le mécanicien ; elle ne fonctionne plus.

— Quoi ? il est impossible de la dégager ?

— Impossible. »

Ce n'était pas le moment de chercher à remédier à cet accident ; il y avait un fait incontestable : l'hélice ne pouvait marcher, et la vapeur, ne travaillant plus, s'était échappée par les soupapes. John devait donc en revenir à ses voiles, et chercher un auxiliaire dans ce vent qui s'était fait son plus dangereux ennemi.

Il remonta, et dit en deux mots la situation à lord Glenarvan ; puis il le pressa de rentrer dans la dunette avec les autres passagers. Glenarvan voulut rester sur le pont.

« Non, Votre Honneur, répondit John Mangles d'une voix ferme, il faut que je sois seul ici avec mon équipage. Rentrez ! Le navire peut s'engager et les lames vous balayeraient sans merci.

— Mais nous pouvons être utiles...

— Rentrez, rentrez, mylord, il le faut ! Il y a des circonstances où je suis le maître à bord ! Retirez-vous, je le veux ! »

Pour que John Mangles s'exprimât avec une telle autorité, il fallait que la situation fût suprême. Glenarvan comprit que c'était à lui de donner l'exemple de l'obéissance. Il quitta donc le pont, suivi de ses trois compagnons, et rejoignit les deux passagères, qui attendaient avec anxiété le dénoûment de cette lutte avec les éléments.

« Un homme énergique que mon brave John, dit Glenarvan, en entrant dans le carré.

— Oui, répondit Paganel, il m'a rappelé ce bosseman de votre grand Shakspeare, quand il s'écrie dans ce drame de *la Tempête*, au roi qu'il porte à son bord :

« Hors d'ici! Silence! A vos cabanes! Si vous ne « pouvez imposer silence à ces éléments, taisez-vous! « Hors de mon chemin, vous dis-je! »

Cependant John Mangles n'avait pas perdu une seconde pour tirer le navire de la périlleuse situation que lui faisait son hélice engagée. Il résolut de se tenir à la cape pour s'écarter le moins possible de sa route. Il s'agissait donc de conserver des voiles et de les brasser obliquement, de manière à présenter le travers à la tempête. On établit le hunier au bas ris, une sorte de trinquette sur l'étai du grand mât, et la barre fut mise sous le vent.

Le yacht, doué de grandes qualités nautiques, évolua comme un cheval rapide qui sent l'éperon, et il prêta le flanc aux lames envahissantes. Cette voilure si réduite tiendrait-elle? Elle était faite de la meilleure toile de Dundee; mais quel tissu peut résister à de pareilles violences?

Cette allure de la cape avait l'avantage d'offrir aux vagues les portions les plus solides du yacht, et de le maintenir dans sa direction première. Cependant, elle n'était pas sans péril, car le navire pouvait s'engager dans ces immenses vides laissés entre les lames et ne pas s'en relever. Mais John Mangles n'avait pas le choix des manœuvres, et il résolut de garder la cape, tant que la mâture et les voiles ne viendraient pas en bas. Son équipage se tenait là sous ses yeux, prêt à se porter où sa présence serait nécessaire. John, attaché aux haubans, surveillait la mer courroucée.

Le reste de la nuit se passa dans cette situation. On espérait que la tempête diminuerait au lever du jour. Vain espoir. Vers huit heures du matin, il surventa encore, et le vent, avec une vitesse de dix-huit toises par seconde, se fit ouragan.

John ne dit rien, mais il trembla pour son navire et ceux qu'il portait. Le *Duncan* donnait une bande effroyable; ses épontilles en craquaient, et parfois les bouts-dehors de misaine venaient fouetter la crête des vagues. Il y eut un instant où l'équipage crut que le yacht ne se relèverait pas. Déjà les matelots, la hache à la main, s'élançaient pour couper les haubans du grand mât, quand les voiles, arrachées à leurs ralingues, s'envolèrent comme de gigantesques albatros.

Le *Duncan* se redressa; mais, sans appui sur les flots, sans direction, il fut ballotté épouvantablement au point que les mâts menaçaient de se rompre jusque dans leur emplanture. Il ne pouvait longtemps supporter un pareil roulis, il fatiguait dans ses hauts, et bientôt ses bordages disjoints, ses coutures crevées, devaient livrer passage aux flots.

John Mangles n'avait plus qu'une ressource, établir un tourmentin et fuir devant le temps. Il y parvint après plusieurs heures d'un travail vingt fois défait avant d'être achevé. Ce ne fut pas avant trois heures du soir que la trinquette put être hissée sur l'étai de misaine et livrée à l'action du vent.

Alors, sous ce morceau de toile, le *Duncan* laissa porter et se prit à fuir vent arrière avec une incalculable rapidité. Il allait ainsi dans le nord-est où le poussait la tempête. Il lui fallait conserver le plus de vitesse possible, car d'elle seule dépendait sa sécurité. Quelquefois, dépassant les lames emportées avec lui, il les tranchait de son avant effilé, s'y enfonçait comme un énorme cétacé, et laissait balayer son pont de l'avant à l'arrière. En d'autres moments, sa vitesse égalait celle des flots, son gouvernail perdait toute action, et il faisait d'énormes embardées qui menaçaient de le rejeter en travers. Enfin, il arrivait aussi que les vagues couraient plus vite que lui sous le souffle de l'ouragan ; elles sautaient alors par-dessus le couronnement, et tout le pont était balayé de l'arrière à l'avant avec une irrésistible violence.

Ce fut dans cette alarmante situation, au milieu d'alternatives d'espoir et de désespoir, que se passèrent la journée du 15 décembre et la nuit qui suivit. John Mangles ne quitta pas un instant son poste ; il ne

prit aucune nourriture ; il était torturé par des crainte
que son impassible figure ne voulait pas trahir, et so'
regard cherchait obstinément à percer les brumes amonce
lées dans le nord.

En effet, il pouvait tout craindre. Le *Duncan*, rejeté
hors de sa route, courait à la côte australienne avec
une vitesse que rien ne pourrait enrayer. John Mangles
sentait aussi par instinct, non autrement, qu'un courant de foudre l'entraînait. A chaque instant, il
redoutait le choc d'un écueil sur lequel le yacht
fût brisé en mille pièces. Il estimait que la côte ne
levait pas se rencontrer à moins de douze milles
sous le vent. Or, la terre c'est le naufrage, c'est la
perte d'un bâtiment. Cent fois mieux vaut l'immense
Océan, contre les fureurs duquel un navire peut se
défendre, fût-ce en lui cédant. Mais lorsque la tempête
le jette sur des atterrages, il est perdu.

John Mangles alla trouver lord Glenarvan ; il l'en-
tretint en particulier ; il lui dépeignit la situation
sans diminuer sa gravité ; il l'envisagea avec le
sang-froid d'un marin prêt à tout, et termina en
disant qu'il serait peut-être obligé de jeter le *Duncan*
à la côte.

« Four sauver ceux ou'il porte, si c'est possible,
mylord.

— Faites, John, répondit Glenarvan.

— Et lady Helena ? miss Grant ?

— Je ne les préviendrai qu'au dernier moment,

orsque tout espoir sera perdu de tenir la mer. Vous n'avertirez.

— Je vous avertirai, mylord. »

Glenarvan revint auprès des passagères, qui, sans connaître tout le danger, le sentaient imminent. Elles montraient un grand courage, égal au moins à celui de leurs compagnons. Paganel se livrait aux théories les plus inopportunes sur la direction des courants atmosphériques; il faisait à Robert, qui l'écoutait, d'intéressantes comparaisons entre les' tornades, les cyclones et les tempêtes rectilignes. Quant au major, il attendait la fin avec le fatalisme d'un musulman.

Vers onze heures, l'ouragan parut mollir un peu; les humides brumes se dissipèrent, et, dans une rapide éclaircie, John put voir une terre basse qui lui restait à six milles sous le vent. Il y courait en plein. Des lames monstrueuses déferlaient à une prodigieuse hauteur, jusqu'à cinquante pieds et plus. John comprit qu'elles trouvaient là un point d'appui solide pour rebondir à une telle élévation.

« Il y a des bancs de sable, dit-il à Austin.

— C'est mon avis, répondit le second.

— Nous sommes dans la main de Dieu, reprit John. S'il n'offre pas une passe praticable au *Duncan*, et s'il ne l'y conduit lui-même, nous sommes perdus.

— La marée est haute en ce moment, capitaine, peut-être pourrons-nous franchir ces bancs ?

— Mais voyez donc, Austin, la fureur de ces lames!

Quel navire pourrait leur résister? Prions Dieu qu'il nous aide, mon ami! »

Cependant le *Duncan,* sous son tourmentin, portait à la côte avec une vitesse effrayante. Bientôt il ne fut plus qu'à deux milles des accores du banc. Les vapeurs cachaient à chaque instant la terre. Néanmoins, John crut apercevoir au delà de cette lisière écumeuse un bassin plus tranquille. Là, le *Duncan* se fût trouvé dans une sûreté relative. Mais comment passer?

John fit monter ses passagers sur le pont; il ne voulait pas que, l'heure du naufrage venue, ils fussent renfermés dans la dunette. Glenarvan et ses compagnons regardèrent la mer épouvantable. Mary Grant pâlit.

« John, dit tout bas Glenarvan au jeune capitaine, j'essayerai de sauver ma femme, ou je périrai avec elle. Charge-toi de miss Grant.

— Oui, Votre Honneur, » répondit John Mangles, en portant la main du lord à ses yeux humides.

Le *Duncan* n'était plus qu'à quelques encâblures du pied des bancs. La mer, haute alors, eût sans doute laissé assez d'eau sous la quille du yacht pour lui permettre de franchir ces dangereux bas-fonds. Mais alors les vagues énormes, le soulevant et l'abandonnant tour à tour, devaient le faire immanquablement talonner. Y avait-il donc un moyen d'adoucir les mouvements de ces lames, de faciliter le glissement de leurs molécules liquides, en un mot, de calmer cette mer tumultueuse?

5

John Mangles eut une dernière idée.

« L'huile! s'écria-t-il; mes enfants, filez de l'huile! filez de l'huile! »

Ces paroles furent rapidement comprises de tout l'équipage. Il s'agissait d'employer un moyen qui réussit quelquefois; on peut apaiser la fureur des vagues, en les couvrant d'une nappe d'huile; cette nappe surnage, et détruit le choc des eaux qu'elle lubrifie. L'effet en est immédiat, mais il passe vite. Quand un navire a franchi cette mer factice, elle redouble ses fureurs, et malheur à qui se hasarderait à sa suite [1].

Les barils contenant la provision d'huile de phoque furent hissés sur le gaillard d'avant par l'équipage, dont le danger centuplait les forces. Là, ils furent défoncés à coups de hache, et suspendus au-dessus des bastingages de tribord et de bâbord.

« Tiens bon! » cria John Mangles, épiant le moment favorable.

En vingt secondes, le yacht atteignit l'entrée de la passe barrée par un mascaret mugissant. C'était l'instant.

« A Dieu vat! » cria le jeune capitaine.

Les barils furent chavirés, et de leurs flancs s'échappèrent des flots d'huile. Instantanément, la nappe onctueuse nivela, pour ainsi dire, l'écumeuse surface

1. Aussi les règlements maritimes interdisent-ils aux capitaines l'emploi de ce moyen désespéré, quand un autre navire les suit et s'engage dans la même passe.

de la mer. Le *Duncan* vola sur les eaux calmées et se trouva bientôt dans un bassin paisible, au delà des redoutables bancs, tandis que l'Océan, dégagé de ses entraves, bondissait derrière lui avec une indescriptible fureur.

CHAPITRE VI.

LE CAP BERNOUILLI.

Le premier soin de John Mangles fut d'affourcher solidement son navire sur deux ancres. Il mouilla par cinq brasses d'eau. Le fond était bon, un gravier dur qui donnait une excellente tenue. Donc, nulle crainte de chasser ou de s'échouer à mer basse. Le *Duncan*, après tant d'heures périlleuses, se trouvait dans une sorte de crique abritée par une haute pointe circulaire contre les vents du large.

Lord Glenarvan avait serré la main du jeune capitaine en disant :

« Merci, John. »

Et John se sentit généreusement récompensé avec ces deux seuls mots. Glenarvan garda pour lui le secret de ses angoisses, et ni lady Helena, ni Mary

Grant, ni Robert ne soupçonnèrent la gravité des périls auxquels ils venaient d'échapper.

Un point important restait à éclaircir. A quel endroit de la côte le *Duncan* avait-il été jeté par cette formidable tempête? Où reprendrait-il son parallèle accoutumé? A quelle distance le cap Bernouilli lui restait-il dans le sud-ouest? Telles furent les premières questions adressées à John Mangles. Celui-ci fit aussitôt ses relèvements, et pointa ses observations sur la carte du bord.

En somme, le *Duncan* n'avait pas trop dévié de sa route : de deux degrés à peine. Il se trouvait par 136° 12' de longitude et 35° 07' de latitude, au cap Catastrophe, situé à l'une des pointes de l'Australie méridionale, et à trois cents milles du cap Bernouilli.

Le cap Catastrophe, au nom de funeste augure, a pour pendant le cap Borda, formé par un promontoire de l'île Kangaroo. Entre ces deux caps s'ouvre le détroit de l'Investigator, qui conduit à deux golfes assez profonds, l'un au nord, le golfe Spencer, l'autre au sud, le golfe Saint-Vincent. Sur la côte orientale de ce dernier est creusé le port d'Adélaïde, capitale de cette province nommée Australie méridionale. Cette ville, fondée en 1836, compte quarante mille habitants, et offre des ressources assez complètes. Mais elle est plus occupée de cultiver un sol fécond, d'exploiter ses raisins et ses oranges, et toutes ses richesses agricoles, que de créer de grandes entreprises indus-

.rielles. Sa population compte moins d'ingénieurs que d'agriculteurs, et l'esprit général est peu tourné vers les opérations commerciales ou les arts mécaniques.

Le *Duncan* pourrait-il y réparer ses avaries? C'était la question à décider. John Mangles voulut savoir à quoi s'en tenir. Il fit plonger à l'arrière du yacht; ses plongeurs lui rapportèrent qu'une des branches de l'hélice avait été faussée, et portait contre l'étambot[1]; de là, l'impossibilité du mouvement de rotation. Cette avarie fut jugée grave, assez grave même pour nécessiter un outillage qui ne se rencontrerait pas à Adélaïde.

Glenarvan et le capitaine John, après mûres réflexions, prirent la résolution suivante : le *Duncan* suivrait à la voile le contour des rivages australiens, en cherchant les traces du *Victoria;* il s'arrêterait au cap Bernouilli, où seraient prises les dernières informations, et continuerait sa route au sud jusqu'à Melbourne, où ses avaries pourraient être facilement réparées. L'hélice remise en état, le *Duncan* irait croiser sur les côtes orientales pour achever la série de ses recherches.

Cette proposition fut approuvée. John Mangles résolut de profiter du premier bon vent pour appareiller. Il n'attendit pas longtemps. Vers le soir, l'ouragan était

_____

1. Pièce de charpente qui termine le navire à l'arrière.

entièrement tombé. Une brise maniable lui succéda, qui soufflait du sud-ouest. On fit les dispositions pour l'appareillage. De nouvelles voiles furent enverguées. A quatre heures du matin, les matelots virèrent au cabestan. Bientôt l'ancre fut à pic, elle dérapa, et le *Duncan,* sous sa misaine, son hunier, son perroquet, ses focs, sa brigantine et sa voile de flèche, courut au plus près, tribord amures, au vent des rivages australiens.

Deux heures après, il perdit de vue le cap Catastrophe, et se trouva par le travers du détroit de l'Investigator. Le soir, le cap Borda fut doublé, et l'île Kanguroo prolongée à quelques encâblures. C'est la plus grande des petites îles australiennes, et elle sert de refuge aux déportés fugitifs. Son aspect était enchanteur. D'immenses tapis de verdure revêtaient les rocs stratifiés de ses rivages. On voyait comme au temps de sa découverte, en 1802, d'innombrables bandes de kanguroos bondir à travers les bois et les plaines. Le lendemain, pendant que le *Duncan* courait bord sur bord, ses embarcations furent envoyées à terre avec mission de visiter les accores de la côte. Il se trouvait alors sur le trente-sixième parallèle, et jusqu'au trente-huitième, Glenarvan ne voulait pas laisser un point inexploré.

Pendant la journée du 18 décembre, le yacht, qui boulinait comme un vrai clipper sous sa voilure entièrement déployée, rasa de près le rivage de la baie

Encounter. C'est là qu'en 1828 le voyageur Sturt arriva après avoir découvert le Murray, le plus grand fleuve de l'Australie méridionale. Ce n'étaient déjà plus les rives verdoyantes de l'île Kanguroo, mais des mornes arides, rompant parfois l'uniformité d'une côte basse et déchiquetée, çà et là quelque falaise grise, ou des promontoires de sable, enfin toute la sécheresse d'un continent polaire.

Les embarcations pendant cette navigaion firent un rude service. Les marins ne s'en plaignirent pas. Presque toujours Glenarvan, son inséparable Paganel et le jeune Robert les accompagnaient. Ils voulaient de leurs propres yeux chercher quelque vestige du *Britannia*. Mais cette scrupuleuse exploration ne révéla rien du naufrage. Les rivages australiens furent aussi muets à cet égard que les terres patagones. Cependant, il ne fallait pas perdre tout espoir tant que ne serait pas atteint le point précis indiqué par le document. On n'agissait ainsi que par surcroît de prudence, et pour ne rien abandonner au hasard. Pendant la nuit, le *Duncan* mettait en panne, de manière à se maintenir sur place autant que possible, et le jour, la côte était fouillée avec soin.

Ce fut ainsi que le 20 décembre on arriva par le travers du cap Bernouilli, qui termine la baie Lacépède, sans avoir trouvé la moindre épave. Mais cet insuccès ne prouvait rien contre le capitaine du *Britannia*. En effet, depuis deux ans, époque à laquelle remontait la catastrophe, la mer avait pu, avait dû disperser, ronger les restes du trois-mâts et les arracher de l'écueil. D'ailleurs, les indigènes, qui sentent les naufrages comme un vautour sent un cadavre, devaient avoir recueilli les plus minces débris. Puis, Harry Grant et ses deux compagnons, faits prisonniers au moment où les vagues les jetaient à la côte, avaient été sans nul doute entraînés dans l'intérieur du continent.

Mais alors tombait une des ingénieuses hypothèses de Jacques Paganel. Tant qu'il s'agissait du territoire argentin, le géographe pouvait à bon droit prétendre que les chiffres du document se rapportaient, non au théâtre du naufrage, mais au lieu même de la captivité. En effet, les grands fleuves de la Pampasie, leurs nombreux affluents, étaient là pour porter à la mer le précieux document. Ici, au contraire, dans cette partie de l'Australie, les cours d'eau sont peu abondants qui coupent le trente-septième parrallèle ; de plus, le Rio-Colorado, le Rio-Negro, vont se jeter à la mer à travers des plages désertes, inhabitables et inhabitées, tandis que les principales rivières australiennes, le Murray, la Yarra, le Torrens, le Darling, où affluent les unes aux autres, ou se précipitent dans l'Océan par des embouchures qui sont devenues des rades fréquentées, des ports où la navigation est active. Quelle probabilité, dès lors, qu'une fragile bouteille eût pu descendre le cours de ces eaux incessamment parcourues et arriver à l'océan Indien ?

Cette impossibilité ne pouvait échapper à des esprits perspicaces. L'hypothèse de Paganel, plausible en Patagonie dans les provinces argentines, eût donc été illogique en Australie. Paganel le reconnut dans une discussion qui fut soulevée à ce sujet par le major Mac Nabbs. Il devint évident que les degrés relatés au document ne s'appliquaient qu'au lieu du naufrage, que par conséquent la bouteille avait été jetée à la mer à l'endroit où se brisa le *Britannia*, sur la côte occidentale de l'Australie.

Cependant, et comme le fit justement observer Glenarvan, cette interprétation définitive n'excluait pas l'hypothèse de la captivité du capitaine Grant. Celui-ci, d'ailleurs, le faisait pressentir dans son document par ces mots, dont il fallait tenir compte : *où ils seront prisonniers de cruels indigènes*. Mais il n'existait plus aucune raison pour rechercher les prisonniers sur le trente-septième parallèle plutôt que sur un autre.

Cette question, longtemps débattue, reçut ainsi sa solution définitive, et donna les conséquences suivantes : si des traces du *Britannia* ne se rencontraient pas au cap Bernouilli, lord Glenarvan n'avait plus qu'à revenir en Europe. Ses recherches auraient été infructueuses, mais il avait rempli son devoir courageusement et consciencieusement.

Cela ne laissa pas d'attrister particulièrement les passagers du yacht, et de désespérer Mary et Robert Grant. En se rendant au rivage avec lord et lady Gle-

narvan, John Mangles, Mac Nabbs et Paganel, les deux
enfants du capitaine, se disaient que la question du
salut de leur père allait irrévocablement se décider.
Irrévocablement, on peut le dire, car Paganel, dans
une précédente discussion, avait judicieusement démontré que les naufragés seraient rapatriés depuis
longtemps déjà, si leur navire se fût brisé sur les écueils
de la côte orientale.

« Espoir ! espoir ! toujours espoir, répétait lady
Helena à la jeune fille, assise près d'elle dans l'embarcation qui les conduisait à terre. La main de Dieu ne
nous abandonnera pas !

— Oui, miss Mary, dit le capitaine John, c'est au moment où les hommes ont épuisé les ressources humaines, que le ciel intervient, et, par quelque fait
imprévu, leur ouvre des voies nouvelles.

— Dieu vous entende, monsieur John ! » répondit
Marie Grant.

Le rivage n'était plus qu'à une encâblure ; il terminait par des pentes assez douces l'extrémité du
cap qui s'avançait de deux milles en mer. L'embarcation accosta dans une petite crique naturelle
entre des bancs de corail en voie de formation, qui,
e temps aidant, doivent former une ceinture de
récifs à la partie sud de l'Australie. Tels ils étaient
déjà, tels ils suffisaient à détruire la coque d'un navire,
et le *Britannia* pouvait s'être perdu là corps et biens.

Les passagers du *Duncan* débarquèrent sans diffi-

cultés sur un rivage absolument désert. Des falaises
à bandes stratifiées formaient une ligne côtière haute
de soixante à quatre-vingts pieds. Il eût été difficile
d'escalader cette courtine naturelle sans échelles ni
crampons. John Mangles, heureusement, découvrit fort
à propos une brèche produite à un demi-mille au
sud par un éboulement partiel de la falaise. La mer,
sans doute, battait cette barrière de tuf friable pendant ses grandes colères d'équinoxe, et déterminait
ainsi la chute des portions supérieures du massif.

Glenarvan et ses compagnons s'engagèrent dans
la tranchée, et arrivèrent au sommet de la falaise par
une pente assez roide. Robert, comme un jeune chat,
grimpa un talus fort à pic, et arriva le premier à
la crête supérieure, au désespoir de Paganel, humilié
de voir ses grandes jambes de quarante ans vaincues
par de petites jambes de douze ans. Cependant, il dis-
tança, et de loin, le paisible major, qui n'y tenait pas
autrement.

La petite troupe, bientôt réunie, examina la plaine
qui s'étendait sous ses regards. C'était un vaste terrain
inculte avec des buissons et des broussailles, une contrée stérile, que Glenarvan compara aux glens des
basses terres d'Écosse, et Paganel aux landes infertiles
de la Bretagne. Mais si cette contrée paraissait
inhabitée le long de la côte, la présence de l'homme,
non du sauvage, mais du travailleur, se révéla au
loin par quelques constructions de bon augure.

« Un moulin ! » s'écria Robert.

A trois milles, en effet, les ailes d'un moulin tournaient au vent.

« C'est bien un moulin, répondit Paganel, qui venait de braquer sa longue-vue sur l'objet en question. Voilà un petit monument aussi modeste qu'utile, dont la vue a le privilége d'enchanter mes regards.

— C'est presque un clocher, dit lady Helena.

— Oui, madame, et si l'un moud le pain du corps, l'autre moud le pain de l'âme. A ce point de vue ils se ressemblent encore.

— Allons au moulin, » répliqua Glenarvan.

On se mit en route. Après une demi-heure de marche, le sol, travaillé par la main de l'homme, se montra sous un nouvel aspect. La transition de la contrée stérile à la campagne cultivée fut brusque. Au lieu de broussailles, des haies vives entouraient un enclos récemment défriché; quelques bœufs et une demi-douzaine de chevaux pâturaient dans des prairies entourées de robustes acacias pris dans les vastes pépinières de l'île Kanguroo. Peu à peu apparurent des champs couverts de céréales, quelques acres de terrains hérissés de blonds épis, des meules de foin dressées comme de grandes ruches, des vergers aux fraîches clôtures, un beau jardin digne d'Horace, où l'agréable se mêlait à l'utile, puis des hangars, des communs sagement distribués, enfin une habitation simple et confortable, que le joyeux moulin dominait avec son pignon aigu et caressait de l'ombre mobile de ses grandes ailes.

En ce moment, un homme d'une cinquantaine d'années, d'une physionomie prévenante, sortit de la maison principale, aux aboiements de quatre grands chiens qui annonçaient la venue des étrangers. Cinq beaux et forts garçons, ses fils, le suivirent avec leur mère, une grande et robuste femme. On ne pouvait s'y méprendre : cet homme, entouré de sa vaillante famille, au milieu de ces constructions encore neuves, dans cette campagne presque vierge, présentait le type accompli du colon irlandais qui, las des misères de son pays, est venu chercher la fortune et le bonheur au delà des mers.

Glenarvan et les siens ne s'étaient pas encore présentés, ils n'avaient eu le temps de décliner ni leurs noms, ni leurs qualités, que ces cordiales paroles les saluaient déjà :

« Étrangers, soyez les bienvenus dans la maison de Paddy O'Moore.

— Vous êtes Irlandais? dit Glenarvan en prenant la main que lui offrait le colon.

— Je l'ai été, répondit Paddy O'Moore. Maintenant, je suis Australien. Entrez, qui que vous soyez, messieurs, cette maison est la vôtre. »

Il n'y avait qu'à accepter sans cérémonie une invitation faite de si bonne grâce. Lady Helena et Mary Grant, conduites par mistress O'Moore, entrèrent dans l'habitation, pendant que les fils du colon débarrassaient les visiteurs de leurs armes.

Une vaste salle, fraîche et claire, occupait le rez-de-chaussée de la maison construite en forts madriers disposés horizontalement. Quelques bancs de bois rivés aux murailles peintes de couleurs gaies, une dizaine d'escabeaux, deux bahuts en chêne où s'étalaient une faïence blanche et des brocs d'étain brillant, une large et longue table à laquelle vingt convives se seraient assis à l'aise, formaient un ameublement digne de la solide maison et de ses robustes habitants.

Le dîner de midi était servi. La soupière fumait entre le rosbeef et le gigot de mouton entourés de larges assiettes d'olives, de raisins et d'oranges; le nécessaire était là; le superflu ne manquait pas. L'hôte et l'hôtesse avaient un air si engageant, la table à l'aspect tentateur était si vaste et si abondamment fournie, qu'il eût été malséant de ne point s'y asseoir. Déjà les domestiques de la ferme, les égaux de leur maître, venaient y partager leur repas. Paddy O'Moore indiqua de la main la place réservée aux étrangers.

« Je vous attendais, dit-il, simplement à lord Glenarvan.

— Vous? répondit celui-ci fort surpris.

— J'attends toujours ceux qui viennent, » répondit l'Irlandais.

Puis, d'une voix grave, pendant que sa famille et ses serviteurs se tenaient debout respectueusement, il récita le *benedicite* catholique. Lady Helena se sentit tout émue d'une si parfaite simplicité de mœurs, et un regard de son mari lui fit comprendre qu'il l'admirait comme elle.

On fit fête au repas. La conversation s'engagea sur toute la ligne. D'Écossais à Irlandais, il n'y a que la main. La Tweed[1], large de quelques toises, creuse un fossé plus profond entre l'Écosse et l'Angleterre que les vingt lieues du canal d'Irlande qui séparent la vieille Calédonie de la verte Érin. Paddy O'Moore raconta son histoire. C'était celle de tous les émigrants que la misère chasse de leur pays. Beaucoup viennent chercher au loin la fortune, qui n'y trouvent que déboires et malheurs. Ils accusent la chance, oubliant d'accuser leur inintelligence, leur paresse et leurs vices. Quiconque est sobre et courageux, économe et brave, réussit.

Tel fut et tel était Paddy O'Moore. Il quitta Dundalk, où il mourait de faim, emmena sa famille vers les contrées australiennes, débarqua à Adélaïde, dédaigna les travaux du mineur pour les fatigues moins aléatoires de l'agriculteur, et, deux mois après, il commença son exploitation si prospère aujourd'hui.

Tout le territoire de l'Australie du sud est divisé par portions d'une contenance de quatre-vingts acres[2]

---

1. Rivière qui sépare l'Écosse de l'Angleterre.
2. L'acre vaut 0,404 hectares.

chacune. Ces divers lots sont cédés aux colons par
le gouvernement, et par chaque lot un laborieux
agriculteur peut gagner de quoi vivre et mettre de
côté une somme nette de quatre-vingts livres sterling [1].

Paddy O'Moore savait cela. Ses connaissances agro-
nomiques le servirent fort. Il vécut, il économisa, il
acquit de nouveaux lots avec les profits du premier. Sa
famille prospéra, son exploitation aussi. Le paysan
irlandais devint propriétaire foncier, et quoique son
établissement ne comptât pas encore deux ans d'existence, il possédait alors cinq cents acres d'un sol
vivifié par ses soins, et cinq cents têtes de bétail. Il
était son maître, après avoir été l'esclave des Européens, et indépendant comme on peut l'être dans le
plus libre pays du monde.

Ses hôtes, à ce récit de l'émigrant irlandais, répondirent par de sincères et franches félicitations. Paddy
O'Moore, son histoire terminée, attendait sans doute
confidences pour confidences, mais sans les provoquer.
Il était de ces gens discrets qui disent : Voilà ce que
je suis, mais je ne vous demande pas qui vous êtes.
Glenarvan, lui, avait un intérêt immédiat à parler
du *Duncan*, de sa présence au cap Bernouilli, et des
recherches qu'il poursuivait avec une infatigable persé-
vérance. Mais en homme qui va droit au but, il

1. Deux mille francs.

interrogea d'abord Paddy O'Moore sur le naufrage du *Britannia*.

La réponse de l'Irlandais ne fut pas favorable. Il n'avait jamais entendu parler de ce navire. Depuis deux ans, aucun bâtiment n'était venu se perdre à la côte, ni au-dessus du cap, ni au-dessous. Or, la catastrophe datait de deux années seulement. Il pouvait donc affirmer avec la plus entière certitude que les naufragés n'avaient pas été jetés sur cette partie des rivages de l'ouest.

« Maintenant, mylord, ajouta-t-il, je vous demanderai quel intérêt vous avez à m'adresser cette question. »

Alors, Glenarvan raconta au colon l'histoire du document, le voyage du yacht, les tentatives faites pour retrouver le capitaine Grant; il ne cacha pas que ses plus chères espérances tombaient devant des affirmations aussi nettes, et qu'il désespérait de retrouver jamais les naufragés du *Britannia*.

De telles paroles devaient produire une douloureuse impression sur les auditeurs de Glenarvan. Robert et Mary étaient là qui l'écoutaient, les yeux mouillés de larmes. Paganel ne trouvait pas un mot de consolation et d'espoir. John Mangles souffrait d'une douleur qu'il ne pouvait adoucir. Déjà le désespoir envahissait l'âme de ces hommes généreux que le *Duncan* venait de porter inutilement à ces lointains rivages, quand ces paroles se firent entendre :

« Mylord, louez et remerciez Dieu. Si le capitaine

Grant est vivant, il est vivant sur la terre australienne ! »

CHAPITRE VII.

AYRTON.

La surprise que produisirent ces paroles ne saurait se
dépeindre. Glenarvan s'était levé d'un bond, et, repoussant son siége :

« Qui parle ainsi ? s'écria-t-il.

— Moi, répondit un des serviteurs de Paddy O'Moore,
assis au bout de la table.

— Toi, Ayrton ! » dit le colon, non moins stupéfait
que Glenarvan.

— Moi ! répondit Ayrton, d'une voix émue, mais
ferme, moi, un Écossais comme vous, mylord, moi, un
des naufragés du *Britannia !* »

Cette déclaration produisit un indescriptible effet.
Mary Grant, à demi pâmée par l'émotion, à demi
mourante de bonheur, cette fois, se laissa aller dans
les bras de lady Helena. John Mangles, Robert, Paganel,
quittant leur place, se précipitèrent vers celui que
Paddy O'Moore venait de nommer Ayrton.

C'était un homme de quarante-cinq ans, d'une rude physionomie, dont le regard très-brillant se perdait sous une arcade sourcilière profondément enfoncée. Sa vigueur devait être peu commune, malgré la maigreur de son corps. Il était tout os et tout nerfs, et, suivant une expression écossaise, il ne perdait pas son temps à faire de la chair grasse. Une taille moyenne, des épaules larges, une allure décidée, une figure pleine d'intelligence et d'énergie, quoique les traits en fussent durs, prévenaient en sa faveur. La sympathie qu'il inspirait était encore accrue par les traces d'une récente misère empreintes sur son visage. On voyait qu'il avait souffert et beaucoup, bien qu'il parût homme à supporter les souffrances, à les braver, à les vaincre.

Glenarvan et ses amis avaient senti cela à première vue. La personnalité d'Ayrton s'imposait dès l'abord. Glenarvan, se faisant l'interprète de tous, le pressa de questions auxquelles Ayrton répondit. La rencontre de Glenarvan et d'Ayrton avait évidemment produit chez tous deux une émotion réciproque.

Aussi les premières questions de Glenarvan se pressèrent-elles sans ordre, et comme malgré lui.

« Vous êtes un des naufragés du *Britannia?* demanda-t-il.

— Oui, mylord, le quartier-maître du capitaine Grant, répondit Ayrton.

— Sauvé avec lui après le naufrage?

— Non, mylord, non. A ce moment terrible, j'ai été séparé, enlevé du pont du navire, jeté à la côte.

— Vous n'êtes donc pas un des deux matelots dont le document fait mention?

— Non. Je ne connaissais pas l'existence de ce document. Le capitaine l'a lancé à la mer quand je n'étais plus à bord.

— Mais le capitaine? le capitaine?

— Je le croyais noyé, disparu, abîmé avec tout l'équipage du *Britannia*. Je pensais avoir survécu seul.

— Mais vous avez dit que le capitaine Grant était vivant!

— Non. J'ai dit : si le capitaine est vivant...

— Vous avez ajouté : il est sur le continent australien!...

— Il ne peut être que là, en effet.

— Vous ne savez donc pas où il est?

— Non, mylord, je vous le répète, je le croyais enseveli dans les flots ou brisé sur les rocs. C'est vous qui m'apprenez que peut-être il vit encore.

— Mais alors que savez-vous? demanda Glenarvan.

— Ceci seulement. Si le capitaine Grant est vivant, il est en Australie.

— Où donc a eu lieu le naufrage? » dit alors le major Mac-Nabbs.

C'était la première question à poser; mais, dans le trouble causé par cet incident, Glenarvan, pressé de savoir avant tout où se trouvait le capitaine Grant, ne s'informa pas de l'endroit où le *Britannia* s'était perdu. A partir de ce moment, la conversation, jusque-là vague, illogique, procédant par bonds, effleurant les sujets sans les approfondir, mêlant les faits intervertissant les dates, prit une allure plus raisonnable, et bientôt les détails de cette obscure histoire apparurent nets et précis à l'esprit de ses auditeurs.

A la question faite par Mac Nabbs, Ayrton répondit en ces termes :

« Lorsque je fus arraché du gaillard d'avant où je halais bas le clin-foc, le *Britannia* courait vers la côte de l'Australie. Il n'en était pas à deux encâblures. Le naufrage a donc eu lieu à cet endroit même.

— Par trente-sept degrés de latitude? demanda John Mangles.

— Par trente-sept degrés, répondit Ayrton.

— Sur la côte ouest?

— Non pas! Sur la côte est, répliqua vivement le quartier-maître.

— Et à quelle époque?

— Dans la nuit du 27 juin 1862.

— C'est cela! c'est cela même! s'écria Glenarvan.

— Vous voyez donc bien, mylord, ajouta Ayrton, que j'ai pu justement dire : si le capitaine Grant vit encore, c'est sur le continent australien qu'il faut le chercher, non ailleurs.

— Et nous le chercherons, et nous le trouverons,

et nous le sauverons, mon ami! s'écria Paganel. Ah!
précieux document, ajouta-t-il avec une naïveté parfaite, il faut avouer que tu es tombé entre les mains de
gens bien perspicaces! »

Personne, sans doute, n'entendit les flatteuses
paroles de Paganel. Glenarvan et lady Helena, Mary
et Robert s'étaient empressés autour d'Ayrton. Ils lui
serraient les mains. Il semblait que la présence de
cet homme fût un gage assuré du salut d'Harry Grant.
Puisque le matelot avait échappé aux dangers du
naufrage, pourquoi le capitaine ne se serait-il pas
tiré sain et sauf de cette catastrophe? Ayrton répétait
volontiers que le capitaine Grant devait être vivant
comme lui. Où, il ne saurait le dire, mais certainement sur ce continent. Il répondait aux mille questions
dont il était assailli avec une intelligence et une précision remarquables. Miss Mary, pendant qu'il parlait,
tenait une de ses mains dans les siennes. C'était
un compagnon de son père, ce matelot, un des marins
du *Britannia!* Il avait vécu près d'Harry Grant, courant
avec lui les mers, bravant les mêmes dangers! Mary
ne pouvait détacher ses regards de cette rude physionomie, et pleurait de bonheur.

Jusqu'ici, personne n'avait eu la pensée de mettre
en doute la véracité et l'identité du quartier-maître.
Seuls, le major et peut-être John Mangles, moins
prompts à se rendre, se demandaient si les paroles
d'Ayrton méritaient une entière confiance. Sa rencontre

imprévue pouvait exciter quelques doutes, sinon quelques soupçons. Certainement, Ayrton avait cité des faits et des dates concordantes, de frappantes particularités. Mais les détails, si exacts qu'ils soient, ne forment pas une certitude, et généralement, on l'a remarqué, le mensonge s'affirme par la précision des détails. Mac Nabbs réserva donc son opinion, et s'abstint de se prononcer.

Quant à John Mangles, ses doutes ne résistèrent pas longtemps aux paroles du matelot, et il le tint pour un vrai compagnon du capitaine Grant, quand il l'eut entendu parler de son père à la jeune fille. Ayrton connaissait parfaitement Mary et Robert. Il les avait vus à Glasgow au départ du *Britannia*. Il rappela leur présence à ce déjeuner d'adieu donné à bord aux amis du capitaine. Le sherif Mac Intyre y assistait. On avait confié Robert, — il avait dix ans à peine, — aux soins de Dick Turner, le maître d'équipage, et il lui échappa pour grimper aux barres de perroquet.

« C'est vrai, c'est vrai! » disait Robert Grant.

Et Ayrton rappelait ainsi mille petits faits, sans paraître y attacher l'importance que leur donnait John Mangles. Et quand il s'arrêtait, Mary lui disait de sa douce voix :

« Encore, monsieur Ayrton, parlez-nous encore de notre père! »

Le quartier-maître satisfit de son mieux aux désirs de la jeune fille. Glenarvan ne voulait pas l'interrompre, et cependant, vingt questions plus utiles se pressaient dans son esprit; mais lady Helena, lui montrant la joyeuse émotion de Mary, arrêtait ses paroles.

Ce fut dans cette conversation qu'Ayrton raconta l'histoire du *Britannia* et son voyage à travers les mers du Pacifique. Mary Grant en connaissait une grande partie, puisque les nouvelles du navire allaient jusqu'au mois de mai de l'année 1862. Pendant cette période d'un an, Harry Grant atterrit aux principales terres de l'Océanie. Il toucha aux Hébrides, à la Nouvelle-Guinée, à la Nouvelle-Zélande, à la Nouvelle-Calédonie, se heurtant à des prises de possession souvent peu justifiées, subissant le mauvais vouloir des autorités anglaises, car son navire était signalé dans les colonies britanniques. Cependant il avait trouvé un point important sur la côte occidentale de la Papouasie; là, l'établissement d'une colonie écossaise lui parut facile, et sa prospérité assurée; en effet, un bon port de relâche sur la route des Moluques et des Philippines devait attirer des navires, surtout quand le percement de l'isthme de Suez aurait supprimé la voie du cap de Bonne-Espérance. Harry Grant était de ceux qui préconisaient en Angleterre l'œuvre de M. de Lesseps et ne jetaient pas des rivalités politiques au travers d'un grand intérêt international.

Après cette reconnaissance de la Papouasie, le *Britannia* alla se ravitailler au Callao, et il quitta ce port le 30 mai 1862, pour revenir en Europe par l'océan

Indien et la route du Cap. Trois semaines après son départ, une tempête épouvantable désempara le navire. Il s'engagea. Il fallut couper la mâture. Une voie d'eau se déclara dans les fonds, qu'on ne parvint pas à aveugler. L'équipage fut bientôt exténué, à bout de forces. On ne put pas affranchir les pompes. Pendant huit jours, le *Britannia* fut le jouet des ouragans. Il avait six pieds d'eau dans sa cale. Il s'enfonçait peu à peu. Les embarcations avaient été enlevées pendant la tempête. Il fallait périr à bord, quand dans la nuit du 27 juin, comme l'avait parfaitement compris Paganel, on eut connaissance du rivage oriental de l'Australie. Bientôt le navire fit côte. Un choc violent eut lieu. En ce moment, Ayrton, enlevé par une vague, fut jeté au milieu des brisants et perdit connaissance. Quand il revint à lui, il était entre les mains des indigènes qui l'entraînèrent dans l'intérieur du continent. Depuis lors, il n'entendit plus parler du *Britannia* et supposa, non sans raison, qu'il avait péri corps et biens sur les dangereux récifs de Twofold-bay.

Ici se terminait le récit relatif au capitaine Grant. Il provoqua plus d'une fois de douloureuses exclamations. Le major n'aurait pu sans injustice douter de son authenticité. Mais, après l'histoire du *Britannia*, l'histoire particulière d'Ayrton devait présenter un intérêt plus actuel encore.

En effet, Grant, on n'en doutait pas, grâce au document, avait survécu au naufrage avec deux de

6

ses matelots, comme Ayrton lui-même. Du sort de l'un on pouvait raisonnablement conclure au sort de l'autre. Ayrton fut donc invité à faire le récit de ses aventures. Il fut très-simple et très-court.

Le matelot naufragé, prisonnier d'une tribu indigène, se vit emmené dans ces régions intérieures arrosées par le Darling, c'est-à-dire à quatre cents milles au nord du trente-septième parallèle. Là, il vécut fort misérable, parce que la tribu était misérable elle-même, mais non maltraité. Ce furent deux longues années d'un pénible esclavage. Cependant, l'espoir de recouvrer sa liberté le tenait au cœur. Il épiait la moindre occasion de se sauver, bien que sa fuite dût le jeter au milieu de dangers innombrables.

Une nuit d'octobre 1864, il trompa la vigilance des naturels, et disparut dans la profondeur de forêts immenses. Pendant un mois, vivant de racines, de fougères comestibles, de gommes de mimosas, il erra au milieu de ces vastes solitudes, se guidant le jour sur le soleil, la nuit sur les étoiles, souvent abattu par le désespoir. Il traversa ainsi des marais, des rivières, des montagnes, toute cette portion inhabitée du continent que de rares voyageurs ont sillonnée de leurs hardis itinéraires. Enfin, mourant, épuisé, il arriva à l'habitation hospitalière de Paddy O'Moore, où il trouva une existence heureuse en échange de son travail.

« Et si Ayrton se loue de moi, dit le colon irlandais, quand ce récit fut achevé, je n'ai qu'à me louer de lui

C'est un homme intelligent, brave, un bon travailleur, et, s'il lui plaît, la demeure de Paddy O'Moore sera longtemps la sienne. »

Ayrton remercia l'Irlandais d'un geste et il attendit que de nouvelles questions lui fussent adressées. Il se disait, cependant, que la légitime curiosité de ses auditeurs devait être satisfaite. A quoi eût-il répondu désormais qui n'eût été cent fois dit déjà? Glenarvan allait donc ouvrir la discussion sur un nouveau plan à combiner, en profitant de la rencontre d'Ayrton et de ses renseignements, quand le major, s'adressant au matelot, lui dit :

« Vous étiez quartier-maître à bord du *Britannia?*

— Oui, » répondit Ayrton sans hésiter.

Mais, comprenant qu'un certain sentiment de défiance, un doute, si léger qu'il fût, avait dicté cette demande au major, il ajouta :

« J'ai d'ailleurs sauvé du naufrage mon engagement à bord. »

Et il sortit immédiatement de la salle commune pour aller chercher cette pièce officielle. Son absence ne dura pas une minute. Mais Paddy O'Moore eut le temps de dire :

« Mylord, je vous donne Ayrton pour un honnête homme. Depuis deux mois qu'il est à mon service, je n'ai pas un seul reproche à lui faire. Je connaissais l'histoire de son naufrage et de sa captivité. C'est un homme loyal, digne de toute votre confiance. »

Glenarvan allait répondre qu'il n'avait jamais douté de la bonne foi d'Ayrton, quand celui-ci rentra et présenta son engagement en règle. C'était un papier signé des armateurs du *Britannia* et du capitaine Grant, dont Mary reconnut parfaitement l'écriture. Il constatait que « Tom Ayrton, matelot de première classe, était engagé comme quartier-maître à bord du trois-mâts *Britannia*, de Glasgow. » Il n'y avait donc plus de doute possible sur l'identité d'Ayrton, car il eût été difficile d'admettre que cet engagement fût entre ses mains et ne lui appartînt pas.

« Maintenant, dit Glenarvan, je fais appel aux conseils de tous, et je provoque une discussion immédiate sur ce qu'il convient de faire. Vos avis, Ayrton, nous seront particulièrement précieux, et je vous serai fort obligé de nous les donner. »

Ayrton réfléchit quelques instants, et répondit en ces termes :

« Je vous remercie, mylord, de la confiance que vous avez en moi, et j'espère m'en montrer digne. J'ai quelque connaissance de ce pays, des mœurs des indigènes, et si je puis vous être utile...

— Bien certainement, répondit Glenarvan.

— Je pense comme vous, reprit Ayrton, que le capitaine Grant et ses deux matelots ont été sauvés du naufrage ; mais, puisqu'ils n'ont pas gagné les possessions anglaises, puisqu'ils n'ont pas reparu, je ne doute pas que leur sort n'ait été le mien, et qu'ils ne soient prisonniers d'une tribu de naturels.

— Vous répétez là, Ayrton, les arguments que j'ai déjà fait valoir, dit Paganel. Les naufragés sont évidemment prisonniers des indigènes, ainsi qu'ils le craignaient. Mais devons-nous penser que, comme vous, ils ont été entraînés au nord du trente-septième degré?

— C'est à supposer, monsieur, répondit Ayrton; les tribus ennemies ne demeurent guère dans le voisinage des districts soumis aux Anglais.

— Voilà qui compliquera nos recherches, dit Glenarvan, assez déconcerté. Comment retrouver les traces des prisonniers dans l'intérieur d'un aussi vaste continent? »

Un silence prolongé accueillit cette observation. Lady Helena interrogeait successivement du regard tous ses compagnons sans obtenir une réponse. Paganel lui-même restait muet, contre son habitude. Son ingéniosité ordinaire lui faisait défaut. John Mangles arpentait à grands pas la salle commune, comme s'il eût été sur le pont de son navire dans quelque embarras.

« Et vous, monsieur Ayrton, dit alors lady Helena au matelot, que feriez-vous?

— Madame, répondit assez vivement Ayrton, je me rembarquerais à bord du *Duncan*, et j'irais droit au lieu du naufrage. Là, je prendrais conseil des circonstances, et peut-être des indices que le hasard pourrait fournir.

— Bien, dit Glenarvan; seulement, il faudra attendre que le *Duncan* soit réparé.

— Ah! vous avez éprouvé des avaries? demanda Ayrton.

— Oui, répondit John Mangles.

— Graves?

— Non, mais elles nécessitent un outillage que nous ne possédons pas à bord. Une des branches de l'hélice est faussée, et ne peut être réparée qu'à Melbourne.

— Ne pouvez-vous aller à la voile? demanda le quartier-maître.

— Si; mais, pour peu que les vents contrarient le *Duncan*, il mettrait un temps considérable à gagner Twofold-bay, et, en tout cas, il faudra qu'il revienne à Melbourne.

— Eh bien, qu'il y aille, à Melbourne! s'écria Paganel, et allons sans lui à la baie Twofold.

— Et comment? demanda John Mangles.

— En traversant l'Australie comme nous avons traversé l'Amérique, en suivant le trente-septième parallèle.

— Mais le *Duncan*? reprit Ayrton, insistant d'une façon toute particulière.

— Le *Duncan* nous rejoindra ou nous rejoindrons le *Duncan*, suivant le cas. Le capitaine Grant est-il retrouvé pendant notre traversée, nous revenons ensemble à Melbourne. Poursuivons-nous au contraire nos recherches jusqu'à la côte, le *Duncan* viendra nous y rejoindre. Qui a des objections à faire à ce plan? Est-ce le major?

— Non, répondit Mac Nabbs, si la traversée de l'Australie est praticable.

— Tellement praticable, répondit Paganel, que je propose à lady Helena et à miss Grant de nous accompagner.

— Parlez-vous sérieusement, Paganel? demanda Glenarvan.

— Très-sérieusement, mon cher lord. C'est un voyage de trois cent cinquante milles[1], pas davantage! A douze milles par jour, il durera un mois à peine, c'est-à-dire le temps nécessaire aux réparations du *Duncan*. Ah! s'il s'agissait de traverser le continent australien sous une plus basse latitude, s'il fallait le couper dans sa grande largeur, passer ces immenses déserts où l'eau manque, où la chaleur est torride, faire enfin ce que n'ont pas encore tenté les plus hardis voyageurs, ce serait différent! Mais ce trente-septième parallèle coupe la province de Victoria, un pays anglais s'il en fut, avec des routes, des chemins de fer, et peuplé en grande partie sur ce parcours. C'est un voyage qui se fait en calèche, si l'on veut, ou en charrette, ce qui est encore préférable. C'est une promenade de Londres à Édimbourg. Pas autre chose.

1. 200 lieues environ.

— Mais les animaux féroces? dit Glenarvan, qui voulait exposer toutes les objections possibles.

— Il n'y a pas d'animaux féroces en Australie.

— Mais les sauvages?

— Il n'y a pas de sauvages sous cette latitude, et en tous cas, ils n'ont pas la cruauté des Nouveaux-Zélandais.

— Mais les convicts?

— Il n'y a pas de convicts dans les provinces méridionales de l'Australie, mais seulement dans les colonies de l'est. La province de Victoria les a non-seulement repoussés, mais elle a fait une loi pour exclure de son territoire les condamnés libérés des autres provinces. Le gouvernement victorien a même, cette année, menacé la compagnie péninsulaire de lui retirer son subside, si ses navires continuaient à prendre du charbon dans les ports de l'Australie occidentale, où les convicts sont admis. Comment! vous ne savez pas cela, vous, un Anglais!

— D'abord, je ne suis pas un Anglais, répondit Glenarvan.

— Ce qu'a dit monsieur Paganel est parfaitement juste, dit alors Paddy O'Moore. Non-seulement la province de Victoria, mais l'Australie méridionale, le Queensland, la Tasmanie même, sont d'accord pour repousser les déportés de leur territoire. Depuis que j'habite cette ferme, je n'ai pas entendu parler d'un seul convict.

— Et pour mon compte, je n'en ai jamais rencontré, répondit Ayrton.

— Vous le voyez, mes amis, reprit Jacques Paganel, très-peu de sauvages, pas de bêtes féroces, point de convicts, il n'y a pas beaucoup de contrées de l'Europe dont on pourrait en dire autant! Eh bien, est-ce convenu?

— Qu'en pensez-vous, Helena? demanda Glenarvan.

— Ce que nous pensons tous, mon cher Edward, répondit lady Helena, se tournant vers ses compagnons, en route! en route! »

LE DÉPART.

Lord Glenarvan n'avait pas l'habitude de perdre du temps entre l'adoption d'une idée et son exécution. La proposition de Paganel une fois admise, il donna immédiatement ses ordres afin que les préparatifs du voyage fussent achevés dans le plus bref délai. Le départ fut fixé au surlendemain 22 décembre.

Quels résultats devait produire cette traversée de

l'Australie? La présence d'Harry Grant étant devenue un fait indiscutable, les conséquences de cette expédition pouvaient être grandes. Elle accroissait la somme des chances favorables. Nul ne se flattait de trouver le capitaine précisément sur cette ligne du trente-septième parallèle qui allait être rigoureusement suivie; mais peut-être coupait-elle ses traces, et en tout cas elle menait droit au théâtre de son naufrage. Là était le principal point.

De plus, si Ayrton consentait à se joindre aux voyageurs, à les guider à travers les forêts de la province Victoria, à les conduire jusqu'à la côte orientale, il y avait là une nouvelle chance de succès. Glenarvan le sentait bien; il tenait particulièrement à s'assurer l'utile concours du compagnon d'Harry Grant, et il demanda à son hôte s'il ne lui déplairait pas trop qu'il fît à Ayrton la proposition de l'accompagner.

Paddy O'Moore y consentit, non sans regretter de perdre cet excellent serviteur.

« Eh bien, nous suivrez-vous, Ayrton, dans cette expédition à la recherche des naufragés du *Britannia?* »

Ayrton ne répondit pas immédiatement à cette demande; il parut même hésiter pendant quelques instants, puis, toute réflexion faite, il dit :

« Oui, mylord, je vous suivrai, et si je ne vous mène pas sur les traces du capitaine Grant, au moins, vous conduirai-je à l'endroit même où s'est brisé son navire.

— Merci, Ayrton, répondit Glenarvan.

— Une seule question, mylord.

— Faites, mon ami.

— Où retrouverez-vous le *Duncan?*

— A Melbourne, si nous ne traversons pas l'Australie d'un rivage à l'autre. A la côte orientale, si nos recherches se prolongent jusque-là.

— Mais alors son capitaine?...

— Son capitaine attendra mes instructions dans le port de Melbourne.

— Bien, mylord, dit Ayrton, comptez sur moi.

— J'y compte, Ayrton, » répondit Glenarvan.

Le contre-maître du *Britannia* fut vivement remercié par les passagers du *Duncan*. Les enfants de son capitaine lui prodiguèrent leurs meilleures caresses. Tous étaient heureux de sa décision, sauf l'Irlandais, qui perdait en lui un aide intelligent et fidèle. Mais Paddy comprit l'importance que lord Glenarvan devait attacher à la présence du quartier-maître, et il se résigna. Glenarvan le chargea de lui fournir des moyens de transport pour ce voyage à travers l'Australie, et, cette affaire conclue, les passagers revinrent à bord, après avoir pris rendez-vous avec Ayrton.

Le retour se fit joyeusement. Tout était changé. Toute hésitation disparaissait. Les courageux chercheurs ne devaient plus aller en aveugles sur cette ligne du trente-septième parallèle. Harry Grant, on ne pouvait en douter, avait trouvé refuge sur le continent, et chacun se sentait le cœur plein de cette satisfaction que donne la certitude après le doute.

Dans deux mois, si les circonstances le favorisaient, le *Duncan* débarquerait Harry Grant sur les rivages d'Écosse !

Quand John Mangles appuya la proposition de tenter avec les passagers la traversée de l'Australie, il supposait bien que, cette fois, il accompagnerait l'expédition. Aussi, en conféra-t-il avec lord Glenarvan. Il fit valoir toutes sortes d'arguments en sa faveur, son dévouement pour lady Helena, pour Son Honneur lui-même, son utilité comme organisateur de la caravane, et son inutilité comme capitaine à bord du *Duncan*, enfin mille excellentes raisons, excepté la meilleure, dont Glenarvan n'avait pas besoin pour être convaincu.

« Une seule question, John, dit Glenarvan. Vous avez une confiance absolue dans votre second ?

— Absolue, répondit John Mangles. Tom Austin est un bon marin. Il conduira le *Duncan* à sa destination, il le réparera habilement et le ramènera au jour dit. Tom est un homme esclave du devoir et de la discipline. Jamais il ne prendra sur lui de modifier ou de retarder l'exécution d'un ordre. Votre Honneur peut donc compter sur lui comme sur moi-même.

— C'est entendu, John, répondit Glenarvan, vous nous accompagnerez ; car il sera bon, ajouta-t-il en souriant, que vous soyez là, quand nous retrouverons le père de Mary Grant.

— Oh! Votre Honneur!... » murmura John Mangles.

Ce fut tout ce qu'il put dire. Il pâlit un instant et saisit la main que lui tendait lord Glenarvan.

Le lendemain, John Mangles, accompagné du charpentier et de matelots chargés de vivres, retourna à l'établissement de Paddy O'Moore. Il devait organiser les moyens de transport de concert avec l'Irlandais.

Toute la famille l'attendait, prête à travailler sous ses ordres. Ayrton était là et ne ménagea pas les conseils que lui fournit son expérience.

Paddy et lui furent d'accord sur ce point : que les voyageuses devaient faire la route en charrette à bœufs, et les voyageurs, à cheval. Paddy était en mesure de procurer les bêtes et le véhicule.

Le véhicule était un de ces chariots longs de vingt pieds et recouverts d'une bâche que supportent quatre roues pleines, sans rayons, sans jantes, sans cerclure de fer, de simples disques de bois, en un mot. Le train de devant, fort éloigné du train de derrière, se rattachait par un mécanisme rudimentaire qui ne permettait pas de tourner court. A ce train était fixé un timon de trente-cinq pieds, le long duquel six bœufs accouplés devaient prendre place. Ces animaux, ainsi disposés, tiraient de la tête et du cou par la double combinaison d'un joug attaché sur leur nuque et d'un collier fixé au joug par une clavette de fer. Il fallait une grande adresse pour conduire cette machine étroite, longue, oscillante, prompte aux déviations, et pour guider cet attelage au moyen de l'aiguillon. Mais Ayrton avait fait son apprentissage à la ferme irlandaise, et Paddy répondait de son habileté. A lui fut donc dévolu le rôle de conducteur.

Le véhicule, dépourvu de ressorts, n'offrait aucun confort; mais tel il était, tel il le fallait prendre. John Mangles, ne pouvant rien changer à sa construction grossière, le fit disposer à l'intérieur de la plus convenable façon. Tout d'abord, on le divisa en deux compartiments au moyen d'une cloison en planches. L'arrière fut destiné à recevoir les vivres, les bagages, et la cuisine portative de Mr. Olbinett. L'avant dut appartenir entièrement aux voyageuses. Sous la main du charpentier, ce premier compartiment se transforma en une chambre commode, couverte d'un épais tapis, munie d'une toilette et de deux couchettes réservées à lady Helena et à Mary Grant. D'épais rideaux de cuir fermaient, au besoin, ce premier compartiment et le défendaient contre la fraîcheur des nuits. A la rigueur, les hommes pourraient y trouver un refuge pendant les grandes pluies; mais une tente devait habituellement les abriter à l'heure du campement. John Mangles s'ingénia à réunir dans cet étroit espace tous les objets nécessaires à deux femmes, et il y réussit. Lady Helena et Mary Grant ne devaient pas trop regretter dans cette chambre roulante les confortables cabines du *Duncan.*

Quant aux voyageurs, ce fut plus simple : sept chevaux vigoureux étaient destinés à lord Glenarvan, Paganel, Robert Grant, Mac Nabbs, John Mangles, et les deux marins Wilson et Mulrady qui accompagnaient leur maître dans cette nouvelle expédition. Ayrton avait sa place naturelle sur le siége du chariot, et Mr. Olbinett, que l'équitation ne tentait guère, s'arrangerait très-bien de voyager dans le compartiment aux bagages.

Chevaux et bœufs paissaient dans les prairies de l'habitation, et pouvaient être facilement rassemblés au moment du départ.

Ses dispositions prises et ses ordres donnés au maître charpentier, John Mangles revint à bord avec la famille irlandaise, qui voulut rendre visite à lord Glenarvan. Ayrton avait jugé convenable de se joindre à eux, et, vers quatre heures, John et ses compagnons franchissaient la coupée du *Duncan.*

Ils furent reçus à bras ouverts. Glenarvan leur offrit de dîner à son bord. Il ne voulait pas être en reste de politesse, et ses hôtes acceptèrent volontiers la revanche de leur hospitalité australienne dans le carré du yacht. Paddy O'Moore fut émerveillé. L'ameublement des cabines, les tentures, les tapisseries, tout l'accastillage d'érable et de palissandre excita son admiration. Ayrton, au contraire, ne donna qu'une approbation modérée à ces superfluités coûteuses.

Mais, en revanche, le quartier-maître du *Britannia*
examina le yacht à un point de vue plus marin; il le
visita jusqu'à fond de cale; il descendit à la chambre
de l'hélice; il observa la machine, s'enquit de sa force
effective, de sa consommation; il explora les soutes
au charbon, la cambuse, l'approvisionnement de
poudre; il s'intéressa particulièrement au magasin
d'armes, au canon monté sur le gaillard d'avant, à sa
portée. Glenarvan avait affaire à un homme qui s'y
connaissait; il le vit bien aux spéciales demandes
d'Ayrton. Enfin, celui-ci termina sa tournée par l'in-
spection de la mâture et du gréement.

« Vous avez là un beau navire, mylord, dit-il.

— Un bon navire surtout, répondit Glenarvan.

— Et quel est son tonnage?

— Il jauge deux cent dix tonneaux.

— Me tromperai-je beaucoup, ajouta Ayrton, en
affirmant que le *Duncan* file aisément ses quinze
nœuds à toute vapeur?

— Mettez-en dix-sept, répliqua John Mangles, et
vous compterez juste.

— Dix-sept! s'écria le quartier-maître, mais alors
pas un navire de guerre, j'entends des meilleurs qui
soient, n'est capable de lui donner la chasse?

— Pas un! répondit John Mangles. Le *Duncan* est un
véritable yacht de course, qui ne se laisserait battre
sous aucune allure.

— Même à la voile? demanda Ayrton.

— Même à la voile.

— Eh bien, mylord, et vous, capitaine, répondit Ayrton, recevez les compliments d'un marin qui sait ce que vaut un navire.

— Bien, Ayrton, répondit Glenarvan; restez donc à notre bord, et il ne tiendra qu'à vous que ce bâtiment devienne le vôtre.

— J'y songerai, mylord, » répondit simplement le quartier-maître.

Mr. Olbinett vint en ce moment prévenir Son Honneur que le dîner était servi. Glenarvan et ses hôtes se dirigèrent vers la dunette.

« Un homme intelligent, cet Ayrton, dit Paganel au major.

— Trop intelligent! » murmura Mac Nabbs, à qui, sans apparence de raison, il faut bien le dire, la figure et les manières du quartier-maître ne revenaient pas.

Pendant le dîner, Ayrton donna d'intéressants détails sur le continent australien, qu'il connaissait parfaitement. Il s'informa du nombre de matelots que lord Glenarvan emmenait dans son expédition. Lorsqu'il apprit que deux d'entre eux seulement, Mulrady et Wilson, devaient l'accompagner, il parut étonné. Il engagea Glenarvan à former sa troupe des meilleurs marins du *Duncan*. Il insista même à cet égard, insistance qui, soit dit en passant, dut effacer tout soupçon de l'esprit du major.

« Mais, dit Glenarvan, notre voyage à travers l'Australie méridionale n'offre aucun danger ?

— Aucun, se hâta de répondre Ayrton.

— Eh bien, laissons à bord le plus de monde possible. Il faut des hommes pour manœuvrer le *Duncan* à la voile, et pour le réparer. Il importe, avant tout, qu'il se trouve exactement au rendez-vous qui lui sera ultérieurement assigné. Donc, ne diminuons pas son équipage. »

Ayrton parut comprendre l'observation de lord Glenarvan et n'insista plus.

Le soir venu, Écossais et Irlandais seséparèrent. Ayrton et la famille de Paddy O'Moore retournèrent à leur habitation. Chevaux et chariot devaient être prêts pour le lendemain. Le départ fut fixé à huit heures du matin.

Lady Helena et Mary Grant firent alors leurs derniers préparatifs. Ils furent courts, et surtout moins minutieux que ceux de Jacques Paganel. Le savant passa une partie de la nuit à dévisser, essuyer, visser et revisser les verres de sa longue-vue. Aussi dormait-il encore quand le lendemain, à l'aube, le major l'éveilla d'une voix retentissante.

Déjà les bagages avaient été transportés à la ferme par les soins de John Mangles. Une embarcation attendait les voyageurs qui ne tardèrent pas à y prendre place. Le jeune capitaine donna ses derniers ordres à Tom Austin. Il lui recommanda par-dessus tout d'attendre les ordres de lord Glenarvan à Melbourne, et de les exécuter scrupuleusement, quels qu'ils fussent.

Le vieux marin répondit à John Mangles qu'il pouvait compter sur lui. Au nom de l'équipage, il présenta à Son Honneur ses vœux pour le succès de l'expédition. Le canot déborda, et un tonnerre de hurrahs éclata dans les airs.

En dix minutes, l'embarcation atteignit le rivage. Un quart d'heure plus tard, les voyageurs arrivaient à la ferme irlandaise.

Tout était prêt. Lady Helena fut enchantée de son installation. L'immense chariot avec ses roues primitives et ses ais massifs lui plut particulièrement. Les six bœufs attelés par paires avaient un air patriarcal qui lui seyait fort. Ayrton, son aiguillon à la main, attendait les ordres de son nouveau chef.

« Parbleu ! dit Paganel, voilà un admirable véhicule, et qui vaut tous les mail-coachs du monde. Je ne sais de meilleure manière de courir le monde, à la façon des saltimbanques. Une maison qui se déplace, qui marche, qui s'arrête où bon vous semble, que peut-on désirer de mieux ? Voilà ce qu'avaient compris autrefois les Sarmates, et ils ne voyageaient pas autrement.

— Monsieur Paganel, répondit lady Helena, j'espère avoir le plaisir de vous recevoir dans mes salons ?

— Comment donc, madame, répliqua le savant,

mais ce sera un honneur pour moi ! Avez-vous pris un jour ?

— J'y serai tous les jours pour mes amis, répondit en riant lady Helena, et vous êtes...

— Le plus dévoué de tous, madame, » répliqua galamment Paganel.

Cet échange de politesses fut interrompu par l'arrivée de sept chevaux tout harnachés que conduisait un des fils de Paddy. Lord Glenarvan régla avec l'Irlandais le prix de ces diverses acquisitions, en y ajoutant force remercîments que le brave colon estimait au moins à l'égal des guinées.

On donna le signal du départ. Lady Helena et miss Grant prirent place dans leur compartiment, Ayrton sur le siége, Olbinett à l'arrière du chariot ; Glenarvan, le major, Paganel, Robert, John Mangles, les deux matelots, tous armés de carabines et de revolvers, enfourchèrent leurs chevaux. Un « Dieu vous assiste ! » fut lancé par Paddy O'Moore, et repris en chœur par sa famille. Ayrton fit entendre un cri particulier, et piqua son long attelage. Le chariot s'ébranla, ses ais craquèrent, les essieux grincèrent dans le moyeu des roues, et bientôt disparut au tournant de la route la ferme hospitalière de l'honnête Irlandais.

CHAPITRE IX.

LA PROVINCE DE VICTORIA.

On était au 23 décembre 1864. Ce décembre, si triste, si maussade, si humide dans l'hémisphère boréal, aurait dû s'appeler juin sur ce continent. Astronomiquement, l'été comptait déjà deux jours d'existence, car, le 21, le soleil venait d'atteindre le Capricorne, et sa présence au-dessus de l'horizon diminuait déjà de quelques minutes. Ainsi donc, c'était dans la plus chaude saison de l'année et sous les rayons d'un soleil presque tropical que devait s'accomplir ce nouveau voyage de lord Glenarvan.

L'ensemble des possessions anglaises dans cette partie de l'océan Pacifique est appelé Australasie. Il comprend la Nouvelle-Hollande, la Tasmanie, la Nouvelle Zélande, et quelques îles circonvoisines. Quant au continent australien, il est divisé en vastes colonies de grandeur et de richesses fort inégales. Quiconque jette les yeux sur les cartes modernes dressées par MM. Petermann ou Preschœll, est d'abord frappé de la rectitude de ces divisions. Les Anglais ont tiré au cordeau les lignes conventionnelles qui séparent ces grandes provinces.

7.

Ils n'ont tenu compte ni des versants orographiques, ni du cours des rivières, ni des variétés de climats, ni des différences de races. Ces colonies confinent rectangulairement l'une à l'autre et s'emboîtent comme les pièces d'une marqueterie. A cette disposition de lignes droites, d'angles droits, on reconnaît l'œuvre du géomètre, non l'œuvre du géographe. Seules, les côtes avec leurs sinuosités variées, leurs fiords, leurs baies, leurs caps, leurs estuaires, protestent au nom de la nature par leur irrégularité charmante!

Cet aspect d'échiquier excitait toujours, et à bon droit, la verve de Jacques Paganel. Si l'Australie eût été française, très-certainement les géographes français n'auraient pas poussé jusqu'à ce point la passion de l'équerre et du tire-ligne.

Les colonies de la grande île océanienne sont actuellement au nombre de six : la Nouvelle-Galles du Sud, capitale Sydney; le Queensland, capitale Brisbane; la province de Victoria, capitale Melbourne; l'Australie méridionale, capitale Adélaïde; l'Australie occidentale, capitale Perth, et enfin l'Australie septentrionale, encore sans capitale. Les côtes seules sont peuplées par les colons. C'est à peine si quelque ville importante s'est hasardée à deux cents milles dans les terres. Quant à l'intérieur du continent, c'est-à-dire sur une surface égale aux deux tiers de l'Europe, il est à peu près inconnu.

Fort heureusement, le trente-septième parallèle ne

traverse pas ces immenses solitudes, ces inaccessibles contrées de la misère, qui ont déjà coûté de nombreuses victimes à la science. Glenarvan n'aurait pu les affronter. Il n'avait affaire qu'à la partie méridionale de l'Australie, qui se décomposait ainsi : une étroite portion de la province d'Adélaïde, la province de Victoria dans toute sa largeur, et enfin le sommet du triangle renversé que forme la Nouvelle-Galles du Sud.

Or, du cap Bernouilli à la frontière de Victoria, on mesure soixante-deux milles[1] à peine. C'était deux jours de marche, pas plus, et Ayrton comptait coucher le lendemain soir à Aspley, la ville la plus occidentale de la province de Victoria.

Les débuts d'un voyage sont toujours marqués par l'entrain des cavaliers et des chevaux. A l'animation des premiers, rien à dire, mais il parut convenable de modérer l'allure des seconds. Qui veut aller loin doit ménager sa monture. Il fut donc décidé que chaque journée ne comporterait pas plus de vingt-cinq à trente milles en moyenne.

D'ailleurs, le pas des chevaux devait se régler sur le pas plus lent des bœufs, véritables engins mécaniques qui perdent en temps ce qu'ils gagnent en force. Le chariot, avec ses passagers, ses approvisionnements, c'était le noyau de la caravane, la forteresse ambu-

1. 24 lieues.

lante. Les cavaliers pouvaient battre l'estrade sur ses flancs, mais ils ne devaient jamais s'en éloigner.

Ainsi donc, aucun ordre de marche n'étant spécialement adopté, chacun fut libre de faire à sa guise dans une certaine limite, les chasseurs de courir la plaine, les gens aimables de converser avec les habitantes du chariot, les philosophes de philosopher ensemble. Paganel, qui possédait toutes ces qualités diverses, devait être et fut partout à la fois.

La traversée de la province d'Adélaïde n'offrit rien d'intéressant. Une suite de coteaux peu élevés, mais riches en poussière, une longue étendue de terrains vagues dont l'ensemble constitue ce qu'on appelle le « bush » dans le pays, quelques prairies, couvertes par touffes d'un arbuste salé aux feuilles anguleuses dont la gent ovine se montre fort friande, se succédèrent pendant plusieurs milles. Çà et là se voyaient quelques « pig'sfaces, » moutons à tête de porc d'une espèce particulière à la Nouvelle-Hollande, qui paissaient entre les poteaux de la ligne télégraphique récemment établie d'Adélaïde à la côte.

Jusqu'alors ces plaines rappelaient singulièrement les monotones étendues de la Pampasie argentine; même sol herbeux et uni. Même horizon nettement tranché sur le ciel. Mac Nabbs soutenait que l'on n'avait pas changé de pays; mais Paganel affirma que la contrée se modifierait bientôt. Sur sa garantie, on s'attendit à de merveilleuses choses.

Vers trois heures, le chariot traversa un large espace
dépourvu d'arbres, connu sous le nom de « mos
quitos plains. » Le savant eut la satisfaction géographique de constater qu'il méritait son nom. Les voyageurs et leurs montures souffrirent beaucoup des mor-
sures réitérées de ces importuns diptères ; les éviter
était impossible ; les calmer fut plus facile, grâce aux
flacons d'ammoniaque de la pharmacie portative. Paganel ne put s'empêcher de donner à tous les diables
ces moustiques acharnés qui lardèrent sa longue personne de leurs agaçantes piqûres.

Vers le soir, quelques haies vives d'acacias égayè-
rent la plaine ; çà et là, des bouquets de gommiers
blancs ; plus loin, une ornière fraîchement creusée ;
puis, des arbres d'origine européenne, oliviers, citron-
niers et chênes verts, enfin des palissades bien entre-
tenues. A huit heures, les bœufs, pressant leur marche
sous l'aiguillon d'Ayrton, arrivèrent à la station de
Red-Gum.

Ce mot « station » s'applique aux établissements de
l'intérieur où se fait l'élève du bétail, cette principale
richesse de l'Australie. Les éleveurs ce sont les
« squatters, » c'est-à-dire les gens qui s'assoient sur
le sol[1]. En effet, c'est la première attitude que prend
tout colon fatigué de ses pérégrinations à travers ces
contrées immenses.

1. Du verbe anglais « to squat » s'asseoir.

Red-Gum-Station était un établissement de peu d'importance. Mais Glenarvan y trouva la plus franche hospitalité. La table est invariablement servie pour le voyageur sous le toit de ces habitations solitaires, et dans un colon australien on rencontre toujours un hôte obligeant.

Le lendemain, Ayrton attela ses bœufs dès le point du jour. Il voulait arriver le soir même sur la frontière de Victoria. Le sol se montra peu à peu plus accidenté. Une succession de petites collines ondulait à perte de vue, toutes saupoudrées de sable écarlate. On eût dit un immense drapeau rouge jeté sur la plaine, dont les plis se gonflaient au souffle du vent. Quelques « malleys, » sortes de sapins tachetés de blanc, au tronc droit et lisse, étendaient leurs branches et leur feuillage d'un vert foncé sur de grasses prairies où pullulaient des bandes joyeuses de gerboises. Plus tard, ce furent de vastes champs de broussailles et de jeunes gommiers; puis, les groupes s'écartèrent, les arbustes isolés se firent arbres, et présentèrent le premier spécimen des forêts de l'Australie.

Cependant, aux approches de la frontière victorienne, l'aspect du pays se modifiait sensiblement. Les voyageurs sentaient qu'ils foulaient du pied une terre nouvelle. Leur imperturbable direction, c'était toujours la ligne droite, sans qu'aucun obstacle, lac ou montagne, les obligeât à la changer en ligne courbe ou brisée. Ils mettaient invariablement en pratique le premier théorème de la géométrie, et suivaient, sans se détourner, le plus court chemin d'un point à un autre. De fatigue et de difficultés, ils ne s'en doutaient pas. Leur marche se conformait à la lente allure des bœufs, et si ces tranquilles animaux n'allaient pas vite, du moins allaient-ils sans jamais s'arrêter.

Ce fut ainsi qu'après une traite de soixante milles fournie en deux jours, la caravane atteignit, le 23 au soir, la paroisse d'Aspley, première ville de la province de Victoria, située sur le cent quarante et unième degré de longitude, dans le district de Wimerra.

Le chariot fut remisé par les soins d'Ayrton à Crown's Inn, une auberge qui, faute de mieux, s'appelait l'*hôtel de la Couronne*. Le souper, uniquement composé de mouton accommodé sous toutes les formes, fumait sur la table.

On mangea beaucoup, mais l'on causa plus encore. Chacun, désireux de s'instruire sur les singularités du continent australien, interrogea avidement le géographe. Paganel ne se fit pas prier, et raconta cette province victorienne, qui fut nommée l'Australie-Heureuse.

« Fausse qualification! dit-il. On eût mieux fait de l'appeler l'Australie riche, car il en est des pays comme des individus : la richesse ne fait pas le bonheur. L'Australie, grâce à ses mines d'or, a été livrée à la bande dévastatrice et féroce des aventuriers. Vous verrez cela quand nous traverserons les terrains aurifères.

—La colonie de Victoria n'a-t-elle pas une origine assez récente? demanda lady Glenarvan.

— Oui, madame, elle ne compte encore que trente ans d'existence. Ce fut le 6 juin 1835, un mardi...

— A sept heures un quart du soir, ajouta le major, qui aimait à chicaner Paganel sur la précision de ses dates.

— Non, à sept heures dix minutes, reprit sérieusement le géographe, que Batman et Falckner fondèrent un établissement à Port-Philippe, sur cette baie où s'étend aujourd'hui la grande ville de Melbourne. Pendant quinze ans, la nouvelle colonie fit partie de la Nouvelle-Galles du Sud, et releva de Sydney, sa capitale. Mais, en 1851, elle fut déclarée indépendante et prit le nom de Victoria.

— Et depuis elle a fort prospéré? demanda Glenarvan.

— Jugez-en, mon noble ami, répondit Paganel. Voici les chiffres fournis par la dernière statistique, et, quoi qu'en pense Mac Nabbs, je ne sais rien de plus éloquent que les chiffres.

— Allez, dit le major.

— Je vais. En 1836, la colonie de Port-Philippe avait deux cent quarante-quatre habitants. Aujourd'hui, la province de Victoria en compte cinq cent cinquante mille. Sept millions de pieds de vigne lui rendent annuellement cent vingt et un mille gallons de vin. Cent trois mille chevaux galopent à travers ses plaines, et six cent soixante-quinze mille deux cent soixante-douze bêtes à cornes se nourrissent sur ses immenses pâturages.

— N'a-t-elle pas aussi un certain nombre de porcs. demanda Mac Nabbs.

— Oui, major, soixante dix-neuf mille six cent vingt-cinq, ne vous déplaise.

— Et combien de moutons, Paganel?

— Sept millions cent quinze mille neuf cent quarante-trois, Mac Nabbs.

— Y compris celui que nous mangeons en ce moment, Paganel?

— Non, sans le comprendre, puisqu'il est aux trois quarts dévoré.

— Bravo, monsieur Paganel! s'écria lady Helena, en riant de bon cœur. Il faut convenir que vous êtes ferré sur ces questions géographiques, et mon cousin Mac Nabbs aura beau faire, il ne vous prendra pas en défaut.

— Mais c'est mon métier, madame, de savoir ces choses-là et de vous les apprendre au besoin. Aussi, vous pouvez me croire, quand je vous dis que cet étrange pays nous réserve des merveilles.

— Jusqu'ici, cependant... répondit Mac Nabbs, qui prenait plaisir à pousser le géographe pour surexciter sa verve.

— Mais attendez donc, impatient major! s'écria Paganel. Vous avez à peine un pied sur la frontière, et vous vous dépitez déjà! Eh bien! je vous dis, moi, je vous répète, je vous soutiens que cette contrée est la plus curieuse qui soit sur terre. Sa formation, sa nature, ses produits, son climat, et jusqu'à sa disparition future, ont étonné, étonnent et étonneront tous les savants du monde. Imaginez-vous, mes amis, un continent dont les bords, et non le centre, se sont élevés primitivement au-dessus des flots comme un anneau gigantesque; qui renferme peut-être à sa partie centrale une mer intérieure à demi évaporée; dont les fleuves se dessèchent de jour en jour; où l'humidité n'existe pas, ni dans l'air, ni dans le sol; où les arbres perdent annuellement leur écorce au lieu de perdre leurs feuilles; où les feuilles se présentent de profil au soleil, non de face, et ne donnent pas d'ombre; où le bois est souvent incombustible; où les pierres de taille fondent sous la pluie; où les forêts sont basses et les herbes gigantesques; où les animaux sont étranges; où les quadrupèdes ont des becs, comme l'échidné et l'ornithorhynque, et ont obligé les naturalistes à créer spécialement pour eux le genre nouveau des monothrèmes; où le kanguroo bondit sur ses pattes inégales; où les moutons ont des têtes de porc; où les renards voltigent d'arbre en arbre; où les cygnes sont noirs; où les rats font des nids; où le « bower bird » ouvre ses salons aux visites de ses amis ailés; où les oiseaux étonnent l'imagination par la diversité de leurs chants et de leurs aptitudes; où l'un sert d'horloge, l'autre fait claquer un fouet de postillon, l'un imite le rémouleur, l'autre bat les secondes, comme un balancier de pendule, l'un rit le matin quand le soleil se lève, et l'autre pleure le soir quand il se couche! Oh! contrée bizarre, illogique, s'il en fut jamais, terre paradoxale et formée contre nature! C'est à bon droit que le savant botaniste Grimard a pu dire de toi : « Voilà donc cette Australie, sorte de parodie des lois universelles, ou de défi plutôt, jeté à la face du reste du monde[1]! »

La tirade de Paganel, lancée à toute vitesse, semblait ne pouvoir s'arrêter. L'éloquent secrétaire de la Société géographique ne se possédait plus. Il allait, il allait, gesticulant à tout rompre et brandissant sa fourchette au grand danger de ses voisins de table. Mais enfin sa voix fut couverte par un tonnerre de bravos, et il parvint à se taire.

Certainement, après cette énumération des singularités australiennes, on ne songeait pas à lui en demander davantage. Et cependant le major, de sa voix calme, ne put s'empêcher de dire :

« Et c'est tout, Paganel?

— Eh bien! non, ce n'est pas tout! riposta le savant avec une nouvelle véhémence.

— Quoi? demanda lady Helena très-intriguée, il y a encore quelque chose de plus étonnant en Australie?

— Oui, madame, son climat! Il l'emporte encore sur ses productions par son étrangeté.

1. *La Plante.*

— Par exemple ! s'écria-t-on.

— Je ne parle pas des qualités hygiéniques du continent australien si riche en oxygène et si pauvre en azote ; il n'a pas de vents humides, puisque les alizés soufflent parallèlement à ses côtes, et la plupart des maladies y sont inconnues, depuis le typhus jusqu'à la rougeole et aux affections chroniques.

— Cependant ce n'est pas un mince avantage, dit Glenarvan.

— Sans doute, mais je n'en parle pas, répondit Paganel. Ici, le climat a une qualité... invraisemblable.

— Laquelle ? demanda John Mangles.

— Vous ne me croirez jamais.

— Mais si, s'écrièrent les auditeurs, piqués au jeu.

— Eh bien, il est...

— Quoi donc ?

— Il est moralisateur !

— Moralisateur ?

— Oui, répondit le savant avec conviction. Oui, moralisateur ! Ici les métaux ne s'oxydent pas à l'air, les hommes non plus. Ici l'atmosphère pure et sèche blanchit tout rapidement, le linge et les âmes ! Et on avait bien remarqué en Angleterre les vertus de ce climat, quand on résolut d'envoyer dans ce pays les gens à moraliser.

— Quoi ! cette influence se fait réellement sentir ! demanda lady Glenarvan.

— Oui, madame, sur les animaux et les hommes.

— Vous ne plaisantez pas, monsieur Paganel?

— Je ne plaisante pas. Les chevaux et les bestiaux y sont d'une docilité remarquable. Vous le verrez.

— Ce n'est pas possible!

— Mais cela est! Et les malfaiteurs, transportés dans cet air vivifiant et salubre, s'y régénèrent en quelques années. Cet effet est connu des philanthropes. En Australie, toutes les natures s'améliorent.

— Mais alors, vous, monsieur Paganel, vous qui êtes déjà si bon, dit lady Helena, qu'allez-vous devenir sur cette terre privilégiée?

— Excellent, madame, répondit Paganel, tout simplement excellent!»

CHAPITRE X.

WIMERRA RIVER.

Le lendemain, 24 décembre, le départ eut lieu dès l'aube. La chaleur était déjà forte, mais supportable, la route presque unie et propice au pas des chevaux. La petite troupe s'engagea sous un taillis assez clair semé. Le soir, après une bonne journée de marche,

elle campa sur les bords du lac Blanc, aux eaux sau-
mâtres et impotables.

Là, Jacques Paganel fut forcé de convenir que ce lac
n'était pas plus blanc que la mer Noire n'est noire, que
la mer Rouge n'est rouge, que le fleuve Jaune n'est
jaune, et que les montagnes Bleues ne sont bleues.
Cependant, il discuta fort, par amour-propre de géographe ; mais ses arguments ne prévalurent pas.

Mr. Olbinett prépara le repas du soir avec sa ponc-
tualité habituelle ; puis, les voyageurs, les uns dans le
chariot, les autres sous la tente, ne tardèrent pas à
s'endormir, malgré les hurlements lamentables des
« dingos, » qui sont les chacals de l'Australie.

Une plaine admirable, toute diaprée de chrysan-
thèmes, s'étendait au delà du lac Blanc. Le lendemain,
Glenarvan et ses compagnons, au réveil, auraient volontiers applaudi le magnifique décor offert à leurs regards. Ils partirent. Quelques gibbosités lointaines
trahissaient seules le relief du sol. Jusqu'à l'horizon,
tout était prairie et fleurs dans leur printanière éru-
bescence. Les reflets bleus du lin à feuilles menues se
mariaient au rouge écarlate d'un acanthus particulier
à cette contrée. De nombreuses variétés d'érémophilas
égayaient cette verdure, et les terrains imprégnés de sel
disparaissaient sous les ansérines, les arroches, les
bettes, celles-ci glauques, celles-là rougeâtres, de l'en-
vahissante famille des salsolacées. Plantes utiles à l'industrie, car elles donnent une soude excellente par

l'incinération et le lavage de leurs cendres. Paganel, qui devenait botaniste au milieu des fleurs, appelait de leurs noms ces productions variées, et, avec sa manie de tout chiffrer, il ne manqua pas de dire que l'on comptait jusqu'ici quatre mille deux cents espèces de plantes réparties en cent vingt familles dans la flore australienne.

Plus tard, après une dizaine de milles rapidement franchis, le chariot circula entre de hauts bouquets d'acacias, de mimosas et de gommiers blancs, dont l'inflorescence est si variable. Le règne végétal, dans cette contrée des « spring plains [1], » ne se montrait pas ingrat envers l'astre du jour, et il rendait en parfums et en couleurs ce que le soleil lui donnait en rayons.

Quant au règne animal, il était plus avare de ses produits. Quelques casoars bondissaient dans la plaine, sans qu'il fût possible de les approcher. Cependant le major fut assez adroit pour frapper d'une balle au flanc un animal fort rare, et qui tend à disparaître. C'était un « jabiru, » la grue géante des colons anglais. Ce volatile avait cinq pieds de haut, et son bec noir, large, conique, à bout très-pointu, mesurait dix-huit pouces de longueur. Les reflets violets et pourpres de sa tête contrastaient vivement avec le vert lustré de son cou, l'éclatante blancheur de sa gorge et le rouge vif de ses longues jambes. La nature semblait avoir

1. Plaines arrosées par des sources nombreuses.

épuisé en sa faveur toute la palette des couleurs primitives.

On admira beaucoup cet oiseau, et le major aurait eu les honneurs de la journée, si le jeune Robert n'eût rencontré, quelques milles plus loin, et bravement assommé une bête informe, moitié hérisson, moitié fourmilier, un être à demi ébauché comme les animaux des premiers âges de la création. Une langue extensible, longue et gluante, pendait hors de sa gueule édentée, et pêchait les fourmis qui forment sa principale nourriture.

« C'est un échidné! dit Paganel, donnant à ce monothrème son véritable nom. Avez-vous jamais vu un pareil animal?

— Il est horrible, répondit Glenarvan.

— Horrible, mais curieux, reprit Paganel; de plus, particulier à l'Australie, et on le chercherait en vain dans toute autre partie du monde. »

Naturellement, Paganel voulut emporter le hideux échidné et le mettre dans le compartiment des bagages. Mais Mr. Olbinett réclama avec une telle indignation, que le savant renonça à conserver cet échantillon des monothrèmes.

Ce jour-là, les voyageurs dépassèrent de trente minutes le cent quarante et unième degré de longitude. Jusqu'ici, peu de colons, peu de squatters s'étaient offerts à leur vue. Le pays semblait désert. D'aborigènes, il n'y en avait pas l'ombre, car les tribus sauvages errent

plus au nord à travers les immenses solitudes arrosées
par les affluents du Darling et du Murray.

Mais un curieux spectacle intéressa la troupe de
Glenarvan. Il lui fut donné de voir un de ces immenses
troupeaux que de hardis spéculateurs amènent des montagnes de l'est jusqu'aux provinces de Victoria et de
l'Australie méridionale.

Vers quatre heures du soir, John Mangles signala à
trois milles en avant une énorme colonne de poussière
qui se déroulait à l'horizon. D'où venait ce phénomène? On fut fort embarrassé de le dire. Paganel
penchait pour un météore quelconque, auquel sa vive
imagination cherchait déjà une cause naturelle. Mais
Ayrton l'arrêta dans le champ des conjectures où il
s'aventurait, en affirmant que ce soulèvement de
poussière provenait d'un troupeau en marche.

Le quartier-maître ne se trompait pas. L'épaisse
nuée s'approcha. Il s'en échappait tout un concert de
bêlements, de hennissements et de beuglements. La
voix humaine sous forme de cris, de sifflets, de vociférations, se mêlait aussi à cette symphonie pasto-
rale.

Un homme sortit du nuage bruyant. C'était le conducteur en chef de cette armée à quatre pattes. Glenarvan s'avança au-devant de lui, et les relations s'éta-
blirent sans plus de façons. Le conducteur, ou, pour
lui donner son véritable titre, le « stockeeper, » était
propriétaire d'une partie du troupeau. Il se nommait

Sam Machell, et venait, en effet, des provinces de l'Est,
se dirigeant vers la baie Portland.

Son troupeau comprenait douze mille soixante-quinze
têtes, soit mille bœufs, onze mille moutons et soixante-
quinze chevaux. Tous ces animaux, achetés maigres
dans les plaines des montagnes Bleues, allaient s'en-
graisser au milieu des pâturages salutaires de l'Australie méridionale, où ils sont revendus avec un grand
bénéfice. Ainsi, Sam Machell, gagnant deux livres par
bœuf et une demi-livre par mouton, devait réaliser
un bénéfice de cent cinquante mille francs. C'était
une grosse affaire. Mais quelle patience, quelle énergie
pour conduire à destination cette troupe rétive, et quelles
fatigues à braver ! Le gain est péniblement acquis que
ce dur métier rapporte !

Sam Machell raconta en peu de mots son histoire,
tandis que le troupeau continuait sa marche entre les
bouquets de mimosas. Lady Helena, Mary Grant, les
cavaliers avaient mis pied à terre, et, assis à l'ombre
d'un vaste gommier, ils écoutaient le récit du stockeeper.

Sam Machell était parti depuis sept mois. Il faisait
environ dix milles par jour, et son interminable voyage
devait durer trois mois encore. Il avait avec lui, pour
l'aider dans cette laborieuse tâche, vingt chiens, et
trente hommes, dont cinq noirs fort habiles à retrouver
les traces des bêtes égarées. Six chariots suivaient
l'armée. Les conducteurs, armés de stockwipps, fouets

dont le manche a dix-huit pouces et la lanière neuf pieds de longueur, circulaient entre les rangs, rétablissant çà et là l'ordre souvent troublé, tandis que la cavalerie légère des chiens voltigeait sur les ailes.

Les voyageurs admirèrent la discipline établie dans le troupeau. Les diverses races marchaient séparément, car bœufs et moutons sauvages s'entendent assez mal; les premiers ne consentent jamais à paître où les seconds ont passé. De là, nécessité de placer les bœufs en tête, et ceux-ci, divisés en deux bataillons, allaient en avant. Suivaient cinq régiments de moutons commandés par vingt conducteurs, et le peloton des chevaux marchait à l'arrière-garde.

Sam Machell fit remarquer à ses auditeurs que les guides de l'armée n'étaient ni des chiens ni des hommes, mais bien des bœufs, des « leaders » intelligents, dont leurs congénères reconnaissaient la supériorité. Ils s'avançaient au premier rang, avec une gravité parfaite, prenant la bonne route par instinct, et très-convaincus de leur droit à être traités avec égards. Aussi les ménageait-on, car le troupeau leur obéissait sans conteste. Leur convenait-il de s'arrêter, il fallait céder à ce bon plaisir, et vainement essayait-on de se remettre en marche après une halte, s'ils ne donnaient eux-mêmes le signal du départ.

Quelques détails ajoutés par le stockeeper complétèrent l'historique de cette expédition, digne d'être écrite, sinon commandée, par Xénophon lui-même.

Tant que l'armée marchait en plaine, c'était bien. Peu d'embarras, peu de fatigues. Les bêtes paissaient sur la route, se désaltéraient aux nombreux creeks des pâturages, dormaient la nuit, voyageaient le jour, et se rassemblaient docilement à la voix des chiens. Mais dans les grandes forêts du continent, à travers les taillis d'eucalyptus et de mimosas, les difficultés croissaient. Pelotons, bataillons et régiments se mélangeaient ou s'écartaient, et il fallait un temps considérable pour les réunir. Que par malheur un leader vînt à s'égarer, on devait le retrouver à tout prix sous peine d'une débandade générale, et les noirs employaient souvent plusieurs jours à ces difficiles recherches. Que les grandes pluies vinssent à tomber, les bêtes paresseuses refusaient d'avancer, et par les violents orages une panique désordonnée s'emparait de ces animaux fous de terreur.

Cependant, à force d'énergie et d'activité, le stockeeper triomphait de ces difficultés sans cesse renaissantes. Il marchait ; les milles s'ajoutaient aux milles ; les plaines, les bois, les montagnes restaient en arrière. Mais où il fallait joindre à tant de qualités cette qualité supérieure, qui s'appelle la patience, — une patience à toute épreuve, une patience que non-seulement des heures, non-seulement des jours, mais des semaines ne doivent pas abattre, — c'était au passage des rivières. Là, le stockeeper se voyait retenu devant un cours d'eau, sur ses bords non pas infranchissables, mais infranchis. L'obstacle venait uniquement de l'entêtement du troupeau qui se refusait à passer. Les bœufs, après avoir humé l'eau, revenaient sur leurs pas. Les moutons fuyaient dans toutes les directions plutôt que d'affronter l'élément liquide. On attendait la nuit pour entraîner la troupe à la rivière, cela ne réussissait pas. On y jetait les béliers de force, les brebis ne se décidaient pas à les suivre. On essayait de prendre le troupeau par la soif en le privant d'eau pendant plusieurs jours, le troupeau se passait de boire et ne s'aventurait pas davantage. On transportait les agneaux sur l'autre rive, dans l'espoir que leurs mères viendraient à leurs cris; les agneaux bêlaient, et les mères ne bougeaient pas de la rive opposée. Cela durait quelquefois tout un mois, et le stockeeper ne savait plus que faire de son armée bêlante, hennissante et beuglante. Puis, un beau jour, sans raison, par caprice, on ne sait pourquoi ni comment, un détachement franchissait la rivière, et alors c'était une autre difficulté d'empêcher le troupeau de s'y jeter en désordre. La confusion se mettait dans les rangs, et beaucoup d'animaux se noyaient dans les rapides.

Tels furent les détails donnés par Sam Machell. Pendant son récit, une grande partie du troupeau avait défilé en bon ordre. Il était temps qu'il allât rejoindre la tête de son armée et choisir les meilleurs pâturages. Il prit donc congé de lord Glenarvan, enfourcha un excellent cheval indigène qu'un de ses

8.

hommes tenait en laisse, et reçut les adieux de tous avec de cordiales poignées de main. Quelques instants plus tard, il avait disparu dans le tourbillon de poussière.

Le chariot reprit en sens inverse sa marche un moment interrompue, et ne s'arrêta que le soir au pied du mont Talbot.

Paganel fit alors observer judicieusement qu'on était au 25 décembre, le jour de Noël, le Christmas tant fêté des familles anglaises. Mais le stewart ne l'avait pas oublié, et un souper succulent, servi sous la tente, lui valut les compliments sincères des convives. Il faut le dire, Mr. Olbinett s'était véritablement surpassé. Sa réserve avait fourni un contingent de mets européens qui se rencontrent rarement dans les déserts de l'Australie. Un jambon de renne, des tranches de bœuf salé, du saumon fumé, un gâteau d'orge et d'avoine, du thé à discrétion, du wisky en abondance, quelques bouteilles de porto, composèrent ce repas étonnant. On se serait cru dans la grande salle à manger de Malcolm-castle, au milieu des highlands, en pleine Écosse.

Certes, rien ne manquait à ce festin, depuis la soupe au gingembre jusqu'au minced-pies du dessert. Cependant, Paganel crut devoir y joindre les fruits d'un oranger sauvage qui croissait au pied des collines. C'était le « moccaly » des indigènes ; ses oranges faisaient un fruit assez insipide, mais ses pepins écrasés emportaient la bouche comme du piment de Cayenne.

Le géographe s'obstina à les manger si consciencieusement par amour de la science, qu'il se mit le palais en feu, et ne put répondre aux questions dont le major l'accabla sur les particularités des déserts australiens.

La journée du lendemain, 26 décembre, n'offrit aucun incident utile à relater. On rencontra les sources du Norton-creek, et plus tard la Mackensie-river à demi desséchée. Le temps se tenait au beau avec une chaleur très-supportable; le vent soufflait du sud, et rafraîchissait l'atmosphère comme eût fait le vent du nord dans l'hémisphère boréal : ce que fit remarquer Paganel à son ami Robert Grant.

« Circonstance heureuse, ajouta-t-il, car la chaleur est plus forte en moyenne dans l'hémisphère austral que dans l'hémisphère boréal.

— Et pourquoi? demanda le jeune garçon.

— Pourquoi, Robert? répondit Paganel. N'as-tu donc jamais entendu dire que la terre était plus rapprochée du soleil pendant l'hiver?

— Si, monsieur Paganel.

— Et que le froid de l'hiver n'est dû qu'à l'obliquité des rayons solaires?

— Parfaitement.

— Eh bien, mon garçon, c'est pour cette raison même qu'il fait plus chaud dans l'hémisphère austral.

— Je ne comprends pas, répondit Robert qui ouvrait de grands yeux.

— Réfléchis donc, reprit Paganel. Quand nous sommes en hiver, là-bas, en Europe, quelle est la saison qui règne ici, en Australie, aux antipodes ?

— L'été, dit Robert.

— Eh bien, puisque précisément à cette époque la terre se trouve plus rapprochée du soleil... comprends-tu ?

— Je comprends...

— Que l'été des régions australes est plus chaud par suite de cette proximité que l'été des régions boréales.

— En effet, monsieur Paganel.

— Donc, quand on dit que le soleil est plus près de la terre « en hiver, » ce n'est vrai que pour nous autres, qui habitons la partie boréale du globe.

— Voilà une chose à laquelle je n'avais pas songé, répondit Robert.

— Et maintenant, va, mon garçon, et ne l'oublie plus. »

Robert reçut de bonne grâce sa petite leçon cosmographique, et finit par apprendre que la température moyenne de la province de Victoria atteignait soixante-quatorze degrés Fahrenheit (+ 23° 33 centigrades).

Le soir, la troupe campa à cinq milles au delà du lac Lonsdale, entre le mont Drummond qui se dressait au nord, et le mont Dryden dont le médiocre sommet écornait l'horizon du sud.

Le lendemain, à onze heures, le chariot atteignit les

bords de la Wimerra, sur le cent quarante-troisième méridien.

La rivière, large d'un demi-mille, s'en allait par nappes limpides entre deux hautes rangées de gommiers et d'acacias. Quelques magnifiques myrtacées, le « metrosideros speciosa » entre autres, élevaient à une quinzaine de pieds leurs branches longues et pleurantes, agrémentées de fleurs rouges. Mille oiseaux, des loriots, des pinsons, des pigeons aux ailes d'or, sans parler des perroquets babillards, voletaient dans les vertes ramilles. Au-dessous, à la surface des eaux, s'ébattait un couple de cygnes noirs, timides et inabordables. Ce « rara avis » des rivières australiennes se perdit bientôt dans les méandres de la Wimerra, qui arrosait capricieusement cette campagne attrayante.

Cependant, le chariot s'était arrêté sur un tapis de gazon dont les franges pendaient sur les eaux rapides, Là, ni radeau, ni pont. Il fallait passer pourtant. Ayrton s'occupa de chercher un gué praticable. La rivière, un quart de mille en amont, lui parut moins profonde, et ce fut en cet endroit qu'il résolut d'atteindre l'autre rive. Divers sondages n'accusèrent que trois pieds d'eau. Le chariot pouvait donc s'engager sur ce haut-fond sans courir de grands risques.

« Il n'existe aucun autre moyen de franchir cette rivière? demanda Glenarvan au quartier-maître.

— Non, mylord, répondit Ayrton; mais ce passage

ne me semble pas dangereux. Nous nous en tirerons.

— Lady Glenarvan et miss Grant doivent-elles quitter le chariot?

— Aucunement. Mes bœufs ont le pied sûr, et je me charge de les maintenir dans la bonne voie.

— Allez, Ayrton, répondit Glenarvan, je me fie à vous. »

Les cavaliers entourèrent le lourd véhicule, et l'on entra résolûment dans la rivière. Les chariots, ordinairement, quand ils tentent ces passages à gué, sont entourés d'un chapelet de tonnes vides qui les soutient à la surface des eaux. Mais ici cette ceinture natatoire manquait; il fallait donc se confier à la sagacité des bœufs tenus en main par le prudent Ayrton. Celui-ci, de son siége, dirigeait l'attelage; le major et les deux matelots fendaient le rapide courant à quelques toises en tête; Glenarvan et John Mangles, de chaque côté du chariot, se tenaient prêts à secourir les voyageuses. Paganel et Robert fermaient la ligne.

Tout alla bien jusqu'au milieu de la Wimerra. Mais alors, le creux s'accusa davantage, et l'eau monta au-dessus des jantes. Les bœufs, rejetés hors du gué, pouvaient perdre pied et entraîner avec eux l'oscillante machine. Ayrton se dévoua courageusement; il se mit à l'eau, et, s'accrochant aux cornes des bœufs, il parvint à les remettre en droit chemin.

En ce moment, un heurt impossible à prévoir eut lieu; un craquement se fit; le chariot s'inclina sous un angle inquiétant; l'eau gagna les pieds des voyageuses; tout l'appareil commença à dériver, en dépit de Glenarvan et de John Mangles cramponnés aux ridelles. Ce fut un moment plein d'anxiété.

Fort heureusement, un vigoureux coup de collier rapprocha le véhicule de la rive opposée. La rivière offrit au pied des bœufs et des chevaux une pente remontante, et bientôt hommes et bêtes se trouvèrent en sûreté sur l'autre bord, non moins satisfaits que trempés.

Seulement l'avant-train du chariot avait été brisé par le choc, et le cheval de Glenarvan se trouvait déferré des pieds de devant.

Cet accident demandait une réparation prompte. On se regardait donc d'un air assez embarrassé, quand Ayrton proposa d'aller à la station de Black-Point, située à vingt milles au nord, et d'en ramener un maréchal ferrant.

« Allez, allez, mon brave Ayrton, lui dit Glenarvan, Que vous faut-il de temps pour faire ce trajet et revenir au campement?

— Quinze heures, peut-être, répondit Ayrton, mais pas plus.

— Partez donc, et, en attendant votre retour, nous camperons au bord de la Wimerra. »

Quelques minutes après, le quartier-maître, monté sur le cheval de Wilson, disparaissait derrière un épais rideau de mimosas.

CHAPITRE XI.

BURKE ET STUART.

Le reste de la journée fut employé en conversations et en promenades. Les voyageurs, causant et admirant, parcoururent les rives de la Wimerra. Les grues cendrées et les ibis, poussant des cris rauques, s'enfuyaient à leur approche. L'oiseau-satin se dérobait sur les hautes branches du figuier sauvage, les loriots, les traquets, les épimaques voltigeaient entre les tiges superbes des liliacées, les martins-pêcheurs abandonnaient leur pêche habituelle, tandis que toute la famille plus civilisée des perroquets, le « blue-mountain » paré des sept couleurs du prisme, le petit « roschill » à la tête écarlate, à la gorge jaune, et le « lori » au plumage rouge et bleu, continuaient leur assourdissant bavardage au sommet des gommiers en fleur.

Ainsi, tantôt couchés sur l'herbe au bord des eaux murmurantes, tantôt errant à l'aventure entre les touffes de mimosas, les promeneurs admirèrent cette belle nature jusqu'au coucher du jour. La nuit, précédée d'un rapide crépuscule, les surprit à un demi-mille du campement. Ils revinrent en se guidant non sur l'étoile polaire, invisible de l'hémisphère austral, mais sur la Croix du Sud qui brillait à mi-chemin de l'horizon au zénith.

Mr. Olbinett avait dressé le souper sous la tente. On se mit à table. Le succès du repas fut un certain salmis de perroquets adroitement tués par Wilson et habilement préparés par le steward.

Le souper terminé, ce fut à qui trouverait un prétexte pour ne point donner au repos les premières heures de cette nuit si belle. Lady Helena mit tout son monde d'accord, en demandant à Paganel de raconter l'histoire des grands voyageurs australiens, une histoire promise depuis longtemps déjà.

Paganel ne demandait pas mieux. Ses auditeurs s'étendirent au pied d'un banksia magnifique; la fumée des cigares s'éleva bientôt jusqu'au feuillage perdu dans l'ombre, et le géographe, se fiant à son inépuisable mémoire, prit aussitôt la parole.

« Vous vous rappelez, mes amis, et le major n'a point oublié sans doute, l'énumération de voyageurs que je vous fis à bord du *Duncan*. De tous ceux qui cherchèrent à pénétrer à l'intérieur du continent, quatre seulement sont parvenus à le traverser du sud au nord ou du nord au sud. Ce sont : Burke, en 1860 et 1861; Mac Kinlay, en 1861 et 1862; Landsborough en 1862, et Stuart, aussi en 1862. De Mac Kinlay et de Landsborough, je vous dirai peu de chose. Le premier alla d'Adélaïde au golfe Carpentarie, le second, du golfe Carpentarie à Melbourne, tous deux envoyés par des comités australiens à la recherche de Burke, qui ne reparaissait plus et ne devait jamais reparaître

« Burke et Stuart, tels sont les deux hardis explorateurs dont je vais vous parler, et je commence sans autre préambule. .

« Le 20 août 1860, sous les auspices de la Société royale de Melbourne, partait un ex-officier irlandais, ancien inspecteur de police à Castlemaine, nommé Robert O'Hara Burke. Onze hommes l'accompagnaient, William John Wills, jeune astronome distingué, le docteur Beckler, un botaniste, Gray, King, jeune militaire de l'armée des Indes, Landells, Brahe, et plusieurs cipayes. Vingt-cinq chevaux et vingt-cinq chameaux portaient les voyageurs, leurs bagages et des provisions pour dix-huit mois.

« L'expédition devait se rendre au golfe de Carpentarie, sur la côte septentrionale, en suivant d'abord la rivière Cooper. Elle franchit sans peine les lignes du Murray et du Darling, et arriva à la station de Menindié, sur la limite des colonies.

« Là on reconnut que les nombreux bagages étaient très-embarrassants. Cette gêne et une certaine dureté de caractère de Burke mirent la mésintelligence dans la troupe. Landells, le directeur des chameaux, suivi de quelques serviteurs indous, se sépara de l'expédition et revint sur les bords du Darling. Burke poursuivit s:

route en avant. Tantôt par de magnifiques pâturages largement arrosés, tantôt par des chemins pierreux et privés d'eau, il descendit vers le Cooper's-creek. Le 20 novembre, trois mois après son départ, il établissait un premier dépôt de provisions au bord de la rivière.

« Ici, les voyageurs furent retenus quelque temps sans trouver une route praticable vers le nord, une route où l'eau fût assurée. Après de grandes difficultés, ils arrivèrent à un campement qu'ils nommèrent le fort Wills. Ils en firent un poste entouré de palissades, situé à mi-chemin de Melbourne au golfe de Carpentarie. Là, Burke divisa sa troupe en deux parts. L'une, sous les ordres de Brahe, dut rester aux fort Wills pendant trois mois et plus, si les provisions ne lui manquaient pas, et attendre le retour de l'autre. Celle-ci ne comprit que Burke, King, Gray et Wills. Ils emmenaient six chameaux. Ils emportaient pour trois mois de vivres, c'est-à-dire trois quintaux de farine, cinquante livres de riz, cinquante livres de farine d'avoine, un quintal de viande de cheval séchée, cent livres de porc salé et de lard, et trente livres de biscuit, le tout pour faire un voyage de six cents lieues, aller et retour.

« Ces quatre hommes partirent. Après la pénible traversée d'un désert pierreux, ils arrivèrent sur la rivière d'Eyre, au point extrême atteint par Sturt, en 1845, et, remontant le cent quarantième méridien aussi exactement que possible, ils pointèrent vers le nord.

« Le 7 janvier, ils passèrent le tropique sous un soleil de feu, trompés par des mirages décevants, souvent privés d'eau, quelquefois rafraîchis par de grands orages, trouvant çà et là quelques indigènes errants dont ils n'eurent point à se plaindre, en somme, peu gênés par les difficultés d'une route que ne barraient ni lacs, ni fleuves, ni montagnes.

« Le 12 janvier, quelques collines de grès apparurent vers le nord; entre autres le mont Forbes, et une succession de chaînes granitiques, qu'on appelle des « ranges. » Là, les fatigues furent grandes. On avançait à peine. Les animaux refusaient de se porter en avant : « Toujours dans les ranges! les chameaux « suent de crainte! » écrit Burke sur son carnet de voyage. Néanmoins, à force d'énergie, les explorateurs arrivent sur les bords de la rivière Turner, puis au cours supérieur du fleuve Flinders, vu par Stokes en 1841, qui va se jeter dans le golfe de Carpentarie, entre des rideaux de palmiers et d'eucalyptus.

« Les approches de l'Océan se manifestèrent par une suite de terrains marécageux. Un des chameaux y périt. Les autres refusèrent d'aller au delà. King et Gray durent rester avec eux. Burke et Wills continuèrent de marcher au nord, et, après de grandes difficultés fort obscurément relatées dans leurs notes, ils arrivèrent à un point où le flux de la mer couvrait les marécages, mais ils ne virent point l'Océan. C'était le 11 février 1861.

— Ainsi, dit lady Glenarvan, ces hommes hardis ne purent aller au delà?

— Non, madame, répondit Paganel. Le sol des marais fuyait sous leurs pieds, et ils durent songer à rejoindre leurs compagnons du fort Wills. Triste retour, je vous jure! Ce fut en se traînant, faibles et épuisés, que Burke et son camarade retrouvèrent Gray et King. Puis, l'expédition, descendant au sud par la route déjà suivie, se dirigea vers le Cooper's-creek.

« Les péripéties, les dangers, les souffrances de ce voyage, nous ne les connaissons pas exactement, car les notes manquent au carnet des explorateurs. Mais cela a dû être terrible.

« En effet, au mois d'avril, arrivés dans la vallée de Cooper, ils n'étaient plus que trois. Gray venait de succomber à la peine. Quatre chameaux avaient péri. Cependant, si Burke parvient à gagner le fort Wills, où l'attend Brahe avec son dépôt de provisions, ses compagnons et lui sont sauvés. Ils redoublent d'énergie; ils se traînent pendant quelques jours encore; le 21 avril, ils aperçoivent les palissades du fort. Ils l'atteignent!... Ce jour-là, après cinq mois d'une vaine attente, Brahe était parti.

— Parti! s'écria le jeune Robert.

— Oui, parti! le jour même, par une déplorable fatalité! La note laissée par Brahe n'avait pas sept

heures de date! Burke ne pouvait songer à le rejoindre.
Les malheureux abandonnés se refirent un peu avec les
provisions du dépôt. Mais les moyens de transport leur
manquaient, et cent cinquante lieues les séparaient
encore du Darling.

« C'est alors que Burke, contrairement à l'opinion
de Wills, songe à gagner les établissements australiens, situés près du mont Hopeless, à soixante lieues
du fort Wills. On se met en route. Des deux chameaux
qui restent, l'un périt dans un affluent fangeux du
Cooper's-creek; l'autre ne peut plus faire un pas; il
faut l'abattre, et se nourrir de sa chair. Bientôt les
vivres sont dévorés. Les trois infortunés sont réduits à
vivre de « nardou, » plante aquatique dont les sporules
sont comestibles. Faute d'eau, faute de moyens pour la
transporter, ils ne peuvent s'éloigner des rives du
Cooper. Un incendie brûle leur cabane et leurs effets de
campement. Ils sont perdus! Ils n'ont plus qu'à mourir!

« Burke appela King près de lui : « Je n'ai plus que
« quelques heures à vivre, lui dit-il ; voilà ma montre
« et mes notes. Quand je serai mort, je désire que vous
« placiez un pistolet dans ma main droite, et que vous
« me laissiez tel que je serai, sans me mettre en
« terre! » Cela dit, Burke ne parla plus, et il expira
le lendemain matin à huit heures.

« King, épouvanté, éperdu, alla à la recherche d'une
tribu australienne. Lorsqu'il revint, Wills venait de
succomber aussi. Quant à King, il fut recueilli par des

indigènes et, au mois de septembre, retrouvé par l'expédition de M. Howitt, envoyée à la recherche de Burke en même temps que Mac Kinlay et Landsborough. Ainsi donc, des quatre explorateurs, un seul survécut à cette traversée du continent australien. »

Le récit de Paganel avait laissé une impression douloureuse dans l'esprit de ses auditeurs. Chacun songeait au capitaine Grant, qui errait peut-être comme Burke et les siens au milieu de ce continent funeste. Les naufragés avaient-ils échappé aux souffrances qui décimèrent ces hardis pionniers? Ce rapprochement fut si naturel, que les larmes vinrent aux yeux de Mary Grant.

« Mon père! mon pauvre père! murmura-t-elle.

— Miss Mary! miss Mary! s'écria John Mangles, pour endurer de tels maux, il faut affronter les contrées de l'intérieur! Le capitaine Grant, lui, est entre les mains des indigènes, comme King, et, comme King, il sera sauvé! Il ne s'est jamais trouvé dans d'aussi mauvaises conditions!

— Jamais, ajouta Paganel, et je vous le répète, ma chère miss, les Australiens sont hospitaliers.

— Dieu vous entende! répondit la jeune fille.

— Et Stuart? demanda Glenarvan, qui voulait détourner le cours de ces tristes pensées.

— Stuart? répondit Paganel. Oh! Stuart a été plus heureux, et son nom est célèbre dans les annales australiennes. Dès l'année 1848, John Mac Doual Stuart, votre compatriote, mes amis, préludait à ses voyages, en accompagnant Stuart dans les déserts situés au nord d'Adélaïde. En 1860, suivi de deux hommes seulement, il tenta, mais en vain, de pénétrer dans l'intérieur de 'Australie. Ce n'était pas un homme à se décourager. En 1861, le 1er janvier, il quitta le Chambers-creek, à la tête de onze compagnons déterminés, et ne s'arrêta qu'à soixante lieues du golfe Carpentarie; mais, les provisions manquant, il dut revenir à Adélaïde sans avoir traversé le redoutable continent. Cependant, il osa tenter encore la fortune, et organisa une troisième expédition qui, cette fois, devait atteindre le but si ardemment désiré.

« Le parlement de l'Australie méridionale patronna chaudement cette nouvelle exploration, et vota un subside de deux mille livres sterling. Stuart prit toutes les précautions que lui suggéra son expérience de pionnier. Ses amis, Waterhouse le naturaliste, Thring, Kekwick, ses anciens compagnons, Woodforde, Auld, dix en tout, se joignirent à lui. Il emporta vingt outres de cuir d'Amérique, pouvant contenir sept gallons chacune, et le 5 avril 1862, l'expédition se trouvait réunie au bassin de Newcastle-Water, au delà du dix-huitième degré de latitude, à ce point même que Stuart n'avait pu dépasser. La ligne de son itinéraire suivait à peu près le cent trente et unième méridien, et par conséquent, faisait un écart de sept degrés à l'ouest de celui de Burke.

« Le bassin de Newcastle-Water devait être la base

des explorations nouvelles. Stuart, entouré de bois épais, essaya vainement de passer au nord et au nord-est. Même insuccès pour gagner à l'ouest la rivière de Victoria ; d'impénétrables buissons fermaient toute issue.

« Stuart résolut alors de changer son campement, et il parvint à le transporter un peu plus au nord, dans les marais d'Hower. Alors, tendant ve : l'est, il rencontra au milieu de plaines herbeuses le ruisseau Daily qu'il remonta pendant une trentaine de milles.

« La contrée devenait magnifique ; ses pâturages eussent fait la joie et la fortune d'un squatter ; les eucalyptus y poussaient à une prodigieuse hauteur. Stuart, émerveillé, continua de se porter en avant ; il atteignit les rives de la rivière Strangway et du Roper's-creek découvert par Leichardt ; leurs eaux coulaient au milieu de palmiers dignes de cette région tropicale ; là vivaient des tribus d'indigènes qui firent bon accueil aux explorateurs.

« De ce point, l'expédition inclina vers le nord-nord-ouest, cherchant à travers un terrain couvert de grès et de roches ferrugineuses les sources de la rivière Adélaïde, qui se jette dans le golfe de Van Diemen. Elle traversait alors la terre d'Arnhem, au milieu des choux-palmistes, des bambous, des pins et des pendanus. L'Adélaïde s'élargissait ; ses rives devenaient maréca-geuses ; la mer était proche.

« Le mardi, 22 juillet, Stuart campa dans les ma-

9.

rais de Fresh-Water, très-gêné par d'innombrables ruisseaux qui coupaient sa route. Il envoya trois de ses compagnons chercher des chemins praticables; le lendemain, tantôt tournant d'infranchissables criques, tantôt s'embourbant dans les terrains fangeux, il atteignait quelques plaines élevées et revêtues de gazon, où croissaient des bouquets de gommiers et des arbres à écorce fibreuse; là volaient par bandes des oies, des ibis, des oiseaux aquatiques d'une sauvagerie extrême. D'indigènes, il y avait peu ou point. Seulement quelques fumées de campements lointains.

« Le 24 juillet, neuf mois après son départ d'Adelaïde, Stuart part à huit heures vingt minutes du matin dans la direction du nord; il veut atteindre la mer le jour même; le pays est légèrement élevé, parsemé de minerais de fer et de roches volcaniques; les arbres deviennent petits; ils prennent un air maritime; une large vallée alluvionnaire se présente, bordée au delà par un rideau d'arbustes. Stuart entend distinctement le bruit des vagues qui déferlent; mais il ne dit rien à ses compagnons. On pénètre dans un taillis obstrué de sarments de vigne sauvage.

« Stuart fait quelques pas. Il est sur les bords de l'océan Indien! « La mer! la mer! » s'écrie Thring stupéfait! Les autres accourent, et trois hurrahs prolongés saluent l'océan Indien.

« Le continent venait d'être traversé pour la quatrième fois!

« Stuart, suivant la promesse faite au gouverneur
sir Richard Macdonnell, se baigna les pieds et se lava
la face et les mains dans les flots de la mer. Puis, il
revint à la vallée et inscrivit sur un arbre ses initiales
J. M. D. S. Un campement fut organisé près d'un petit
ruisseau aux eaux courantes.

« Le lendemain, Thring alla reconnaître si l'on
pouvait gagner par le sud-ouest l'embouchure de la
rivière Adélaïde; mais le sol était trop marécageux
pour le pied des chevaux; il fallut y renoncer.

« Alors, Stuart choisit dans une clairière un arbre
élevé. Il en coupa les branches basses, et à la cime il
fit déployer le drapeau australien. Sur l'arbre ces mots
furent inscrits dans l'écorce : *C'est à un pied au sud
que tu dois fouiller le sol.*

« Et si quelque voyageur creuse, un jour, la terre à
l'endroit indiqué, il trouvera une boîte de fer blanc, et
dans cette boîte, ce document dont les mots sont gra-
vés dans ma mémoire :

GRANDE EXPLORATION
ET TRAVERSÉE DU SUD AU NORD
DE L'AUSTRALIE.

« Les explorateurs aux ordres de John Mac Doual
« Stuart sont arrivés ici le 25 juillet 1862, après avoir
« traversé toute l'Australie de la mer du Sud aux rives
« de l'océan Indien, en passant par le centre du conti-

« nent, Ils avaient quitté Adélaïde le 26 octobre 1861,
« et ils sortaient le 21 janvier 1861 de la dernière sta-
« tion de la colonie dans la direction du nord. En
« mémoire de cet heureux événement, ils ont déployé
« ici le drapeau australien avec le nom du chef de
« l'expédition. Tout est bien. Dieu protége la reine. »

« Suivent les signatures de Stuart et de ses compagnons.

« Ainsi fut constaté ce grand événement qui eut un
retentissement immense dans le monde entier.

— Et ces hommes courageux ont-ils tous revu leurs
amis du Sud ? demanda lady Helena ?

— Oui, madame, répondit Paganel; tous, mais non
pas sans de cruelles fatigues. Stuart fut le plus éprouvé;
sa santé était gravement compromise par le scorbut,
quand il reprit son itinéraire vers Adélaïde. Au commencement de septembre, sa maladie avait fait de tels
progrès, qu'il ne croyait pas revoir les districts habités.
Il ne pouvait plus se tenir en selle; il allait, couché
dans un palanquin suspendu entre deux chevaux. A la
fin d'octobre, des crachements de sang le mirent à toute
extrémité. On tua un cheval pour lui faire du bouillon;
le 28 octobre, il pensait mourir, quand une crise salu-
taire le sauva, et le 10 décembre, la petite troupe tout
entière atteignit les premiers établissements.

« Ce fut le 17 décembre que Stuart entra à Adélaïde
au milieu d'une population enthousiasmée. Mais sa

santé était toujours délabrée, et bientôt, après avoir obtenu la grande médaille d'or de la Société de géographie, il s'embarqua sur l'*Indus* pour sa chère Écosse, sa patrie, où nous le reverrons à notre retour [1].

— C'était un homme qui possédait au plus haut degré l'énergie morale, dit Glenarvan, et, mieux encore que la force physique, elle conduit à l'accomplissement des grandes choses. L'Écosse est fière à bon droit de le compter au nombre de ses enfants.

— Et depuis Stuart, demanda lady Helena, aucun voyageur n'a-t-il tenté de nouvelles découvertes?

— Si, madame, répondit Paganel. Je vous ai parlé souvent de Leichardt. Ce voyageur avait déjà fait en 1844 une remarquable exploration dans l'Australie septentrionale. En 1848, il entreprit une seconde expédition vers le nord-est. Depuis dix-sept ans, il n'a pas reparu. L'année dernière, le célèbre botaniste, le docteur Muller de Melbourne, a provoqué une souscription publique destinée aux frais d'une expédition. Cette expédition a été rapidement couverte, et une troupe de courageux squatters, commandée par l'intelligent et audacieux Mac Intyre, a quitté le 21 juin 1864 les pâturages de la rivière de Paroo. Au moment où je vous parle, il doit s'être profondément enfoncé, à la

1. Jacques Paganel a pu revoir Stuart à son retour en Écosse; mais il n'a pas joui longtemps de la compagnie de ce voyageur célèbre. Stuart est mort le 5 juin 1866, dans une modeste maison de Nottingham-Hill.

recherche de Leichardt, dans l'intérieur du continent. Puisse-t-il réussir, et nous-mêmes, puissions-nous, comme lui, retrouver les amis qui nous sont chers! »

Ainsi finit le récit du géographe. L'heure était avancée. On remercia Paganel, et chacun, quelques instants plus tard, dormait paisiblement, tandis que l'oiseau-horloge, caché dans le feuillage des gommiers blancs, battait régulièrement les secondes de cette nuit tranquille.

CHAPITRE XII.

LE RAILWAY DE MELBOURNE A SANDHURST.

Le major n'avait pas vu sans une certaine appréhension Ayrton quitter le campement de Wimerra pour aller chercher un maréchal ferrant à cette station de Black-Point. Mais il ne souffla mot de ses défiances personnelles, et il se contenta de surveiller les environs de la rivière. La tranquillité de ces paisibles campagnes ne fut aucunement troublée, et après quelques heures de nuit, le soleil reparut au-dessus de l'horizon.

Pour son compte, Glenarvan n'avait d'autre crainte que de voir Ayrton revenir seul. Faute d'ouvriers, le chariot ne pouvait se remettre en route. Le voyage était arrêté pendant plusieurs jours peut-être, et Glenarvan, impatient de réussir, avide d'atteindre son but, n'admettait aucun retard.

Ayrton, fort heureusement, |n'avait perdu ni son temps ni ses démarches. Le lendemain, il reparut au lever du jour. Un homme l'accompagnait, qui se disait maréchal ferrant de la station de Black-Point. C'était un gaillard vigoureux, de haute stature, mais d'une physionomie basse et bestiale qui ne prévenait pas en sa faveur. Peu importait, en somme, s'il savait son métier. En tout cas, il ne parlait guère, et sa bouche ne s'usait pas en paroles inutiles.

« Est-ce un ouvrier capable? demanda John Mangles au quartier-maître.

— Je ne le connais pas plus que vous, capitaine, répondit Ayrton. Nous verrons. »

Le maréchal ferrant se mit à l'ouvrage. C'était un homme du métier, on le vit bien à la façon dont il répara l'avant-train du chariot. Il travaillait adroitement, avec une vigueur peu commune. Le major observa que la chair de ses poignets, fortement érodée, présentait un collier noirâtre de sang extravasé. C'était l'indice d'une blessure récente que les manches d'une mauvaise chemise de laine dissimulaient assez mal. Mac Nabbs interrogea le maréchal ferrant au sujet de ces érosions qui devaient être très-douloureuses. Mais celui-ci ne répondit pas et continua son travail. Deux heures après, les avaries du chariot étaient réparées. Quant au

cheval de Glenarvan, ce fut vite fait. Le maréchal ferrant avait eu soin d'apporter des fers tout préparés.
Ces fers offraient une particularité qui n'échappa point
au major. C'était un trèfle grossièrement découpé à leur
partie antérieure. Mac Nabbs le fit voir à Ayrton.

« C'est la marque de Black-Point, répondit le quartier-
maître. Cela permet de suivre la trace des chevaux qui
s'écartent de la station, et de ne point la confondre avec
d'autres. »

Bientôt, les fers furent ajustés au sabot du cheval.
Puis, le maréchal ferrant réclama son salaire, et s'en
alla sans avoir prononcé quatre paroles.

Une demi-heure plus tard, les voyageurs étaient
en marche. Au delà des rideaux de mimosas s'étendait
un espace largement découvert qui méritait bien son
nom « d'open plain. » Quelques débris de quartz et
de roches ferrugineuses gisaient entre les buissons,
les hautes herbes et les palissades où parquaient de
nombreux troupeaux. Quelques milles plus loin, les
roues du chariot sillonnèrent assez profondément des
terrains lacustres, où murmuraient des creeks irrégu-
liers, à demi cachés sous un rideau de roseaux gigantesques. Puis, on côtoya de vastes lagunes salées, en
pleine évaporation. Le voyage se faisait sans peine, et
il faut ajouter, sans ennui.

Lady Helena invitait les cavaliers à lui rendre visite
tour à tour, car son salon était fort exigu. Mais chacun
se délassait ainsi des fatigues du cheval, et se récréait

à la conversation de cette aimable femme. Lady Helena, secondée par miss Mary, faisait avec une grâce parfaite les honneurs de son salon ambulant. John Mangles n'était pas oublié dans ces invitations quotidiennes, et sa conversation un peu sérieuse ne déplaisait point. Au contraire.

Ce fut ainsi que l'on coupa diagonalement le mail-road de Crowland à Horsham, une route très-poussiéreuse que les piétons n'usaient guère. Quelques croupes de collines peu élevées furent effleurées en passant à l'extrémité du comté de Talbot, et le soir la troupe arriva à trois milles au-dessus de Maryborough. Il tombait une pluie fine, qui en tout autre pays eût détrempé le sol ; mais ici l'air absorbait l'humidité si merveilleusement et si vite, que le campement n'en souffrit pas.

Le lendemain, 29 décembre, la marche fut un peu retardée par une suite de monticules qui formaient une petite Suisse en miniature. C'étaient de perpétuelles montées ou descentes, et force cahots peu agréables. Les voyageurs firent une partie de la route à pied, et ne s'en plaignirent pas.

A onze heures, on arriva à Carlsbrook, municipalité assez importante. Ayrton était d'avis de tourner la ville sans y pénétrer, afin, disait-il, de gagner du temps. Glenarvan partagea son opinion, mais Paganel, toujours friand de curiosités, désirait visiter Carlsbrook. On le laissa faire, et le chariot continua doucement son voyage.

Paganel, suivant son habitude, emmena Robert avec lui. Sa visite à la municipalité fut rapide, mais elle suffit à lui donner un aperçu exact des villes australiennes. Il y avait là une banque, un palais de justice, un marché, une école, une église, et une centaine de maisons de brique parfaitement uniformes. Le tout disposé dans un quadrilatère régulier coupé de rues parallèles, d'après la méthode anglaise. Rien de plus simple, mais de moins récréatif. Quand la ville augmente, on allonge ses rues comme les culottes d'un enfant qui grandit, et la symétrie primitive n'est aucunement dérangée.

Une grande activité régnait à Carlsbrook, symptôme remarquable dans ces cités nées d'hier. Il semble qu'en Australie les villes poussent comme des arbres, à la chaleur du soleil. Des gens affairés couraient les rues; des expéditeurs d'or se pressaient aux bureaux d'arrivage; le précieux métal, escorté par la police indigène, venait des usines de Bendigo et du mont Alexandre. Tout ce monde éperonné par l'intérêt ne songeait qu'à ses affaires, et les étrangers passèrent inaperçus au milieu de cette population laborieuse.

Après une heure employée à parcourir Carlsbrook, les deux visiteurs rejoignirent leurs compagnons à travers une campagne soigneusement cultivée. De longues prairies, connues sous le nom de « Low Level plains, » lui succédèrent avec d'innombrables troupeaux de moutons et des huttes de bergers. Puis le désert se montra, зans transition, avec cette brusquerie particulière à la nature australienne. Les collines de Simpson et le mont Tarrangower marquaient la pointe que fait au sud le district de Loddo sur le cent quarante-quatrième degré de longitude.

Cependant, on n'avait rencontré jusqu'ici aucune de ces tribus d'aborigènes vivant à l'état sauvage. Glenarvan se demandait si les Australiens manqueraient à l'Australie comme avaient manqué les Indiens dans la Pampasie argentine. Mais Paganel lui apprit que, sous cette latitude, les sauvages fréquentaient les plaines du Murray, situées à cent milles dans l'est.

« Nous approchons du pays de l'or, dit-il. Avant deux jours nous traverserons cette opulente région du mont Alexandre. C'est là que s'est abattue en 1852 la nuée des mineurs. Les naturels ont dû s'enfuir vers les déserts de l'intérieur. Nous sommes en pays civilisé sans qu'il y paraisse, et notre route, avant la fin de cette journée, aura coupé le railway qui met en communication le Murray et la mer. Eh bien, faut-il le dire, mes amis, un chemin de fer en Australie, voilà qui me paraît une chose surprenante!

— Et pourquoi donc, Paganel? demanda Glenarvan.

— Pourquoi! parce que cela jure! Oh! je sais bien que vous autres, habitués à coloniser vos possessions lointaines, vous qui avez des télégraphes électriques et des expositions universelles dans la Nouvelle-Zélande, vous trouverez cela tout simple! Mais

cela confond l'espri< d'un Français comme moi, et
brouille toutes ses idées sur l'Australie.

— Parce que vous regardez le passé et non le présent, répondit John Mangles.

— D'accord, reprit Paganel; mais des locomotives
hennissant à travers les déserts, des volutes de vapeur
s'enroulant aux branches des mimosas et des eucalyptus, des échidnés, des ornythorhynques et des casoars
fuyant devant les trains de vitesse, des sauvages prenant l'express de trois heures trente pour aller de
Melbourne à Kyneton, à Castlemaine, à Sandhurst ou à
Echuca, voilà ce qui étonnera tout autre qu'un Anglais
ou un Américain. Avec vos railways s'en va la poésie
du désert.

— Qu'importe, si le progrès y pénètre! » répondit le
major.

Un vigoureux coup de sifflet interrompit la discussion. Les voyageurs n'étaient pas à un mille du chemin
de fer. Une locomotive, venant du sud et marchant à
petite vitesse, s'arrêta précisément au point d'intersec-
tion de la voie ferrée et de la route suivie par le
chariot.

Ce chemin de fer, ainsi que l'avait dit Paganel, reliait
la capitale de Victoria au Murray, le plus grand fleuve
de l'Australie. Cet immense cours d'eau, découvert
par Sturt en 1828, sorti des Alpes australiennes, grossi
du Lachlan et du Darling, couvre toute la frontière
septentrionale de la province Victoria, et va se jeter

dans la baie Encounter, auprès d'Adélaïde. Il traverse des pays riches, fertiles, et les stations des squatters se multiplient sur son parcours, grâce aux communications faciles que le railway établit avec Melbourne.

Ce chemin de fer était alors exploité sur une longueur de cent cinq milles entre Melbourne et Sandhurst, desservant Kyneton et Castlemaine. La voie, en construction, se poursuivait pendant soixante-dix milles jusqu'à Echuca, capitale de la colonie la Riverine, fondée cette année même sur le Murray.

Le trente-septième parallèle coupait la voie ferrée à quelques milles au-dessus de Castlemaine, et précisément à Camden-Bridge, pont jeté sur la Lutton, un des nombreux affluents du Murray.

C'est vers ce point qu'Ayrton dirigea son chariot, précédé des cavaliers, qui se permirent un temps de galop jusqu'à Camden-Bridge. Ils y étaient attirés, d'ailleurs, par un vif sentiment de curiosité.

En effet, une foule considérable se portait vers le pont du chemin de fer. Les habitants des stations voisines abandonnant leurs maisons, les bergers laissant leurs troupeaux, encombraient les abords de la voie. On pouvait entendre ces cris souvent répétés :

« Au railway! au railway! »

Quelque événement grave devait s'être produit, qui causait toute cette agitation. Une grande catastrophe peut-être.

Glenarvan, suivi de ses compagnons, pressa le pas

de son cheval. En quelques minutes, il arriva à Camden-Bridge. Là, il comprit la cause du rassemblement.

Un effroyable accident avait eu lieu, non une rencontre de trains, mais un déraillement et une chute qui rappelaient les plus graves désastres des railways américains. La rivière que traversait la voie ferrée était comblée de débris de wagons et de locomotives. Soit que le pont eût cédé sous la charge du train, soit que le convoi se fût jeté hors des rails, cinq voitures sur six avaient été précipitées dans le lit de la Lutton à la suite de la locomotive. Seul, le dernier wagon, miraculeusement préservé par la rupture de sa chaîne, restait sur la voie à une demi-toise de l'abîme. Au-dessous, ce n'était qu'un sinistre amoncellement d'essieux noircis et faussés, de caissons défoncés, de rails tordus, de traverses calcinées. La chaudière, éclatant au choc, avait projeté ses débris de plaques à d'énormes distances. De toute cette agglomération d'objets informes sortaient encore quelques flammes et des spirales de vapeur mêlées à une fumée noire. Après l'horrible chute, l'incendie plus horrible encore! De larges traces de sang, des membres épars, des tronçons de cadavres carbonisés apparaissaient çà et là, et personne n'osait calculer le nombre de victimes entassées sous ces débris.

Glenarvan, Paganel, le major, Mangles, mêlés à la foule, écoutaient les propos qui couraient de l'un à l'autre. Chacun cherchait à expliquer la catastrophe, tandis que l'on travaillait au sauvetage.

« Le pont s'est rompu, disait celui-ci.

— Rompu! répondaient ceux-là. Il s'est si peu rompu qu'il est encore intact. On a oublié de le fermer au passage du train. Voilà tout. »

C'était, en effet, un pont tournant qui s'ouvrait pour le service de la batellerie. Le garde, par une impardonnable négligence, avait-il donc oublié de le fermer, et le convoi lancé à toute vitesse, auquel la voie venait à manquer subitement, s'était-il ainsi précipité dans le lit de la Lutton? Cette hypothèse semblait très-admissible, car si une moitié du pont gisait sous les débris de wagons, l'autre moitié, ramenée sur la rive opposée, pendait encore à ses chaînes intactes. Plus de doute possible! Une incurie du garde venait de causer cette catastrophe.

L'accident était arrivé dans la nuit, à l'express n° 37, parti de Melbourne à onze heures quarante-cinq du soir. Il devait être trois heures quinze du matin, quand le train, vingt-cinq minutes après avoir quitté la station de Castlemaine, arriva au passage de Camden-Bridge et y demeura en détresse. Aussitôt les voyageurs et les employés du dernier wagon s'occupèrent de demander des secours; mais le télégraphe, dont les poteaux gisaient à terre, ne fonctionnait plus. Il fallut trois heures aux autorités de Castlemaine pour arriver sur le lieu du sinistre. Il était donc six heures du matin, quand le sauvetage fut organisé sous la surveillance de M. Mitchell, surveyor-général de la colonie, et d'une escouade de policemen commandés par un officier de police. Les squatters et leurs gens leur étaient venus en aide, et travaillèrent d'abord à éteindre l'incendie qui dévorait cet amoncellement de débris avec une insurmontable activité. Quelques cadavres méconna..-sables étaient couchés sur les talus du remblai. Mais il fallait renoncer à retirer un être vivant de cette fournaise. Le feu avait rapidement achevé l'œuvre de destruction. Des voyageurs du train dont on ignorait le nombre, dix survivaient seulement, ceux du dernier wagon. L'administration du chemin de fer venait d'envoyer une locomotive de secours pour les ramener à Castlemaine.

Cependant lord Glenarvan, s'étant fait connaître du surveyor-général, causait avec lui et l'officier de police. Ce dernier était un homme grand et maigre, d'un imperturbable sang-froid, et qui, s'il avait quelque sensibilité dans le cœur, n'en laissait rien voir sur ses traits impassibles. Il était devant tout ce désastre comme un mathématicien devant un problème; il cherchait à le résoudre, et à en dégager l'inconnue. Aussi, à cette parole de Glenarvan : « Voilà un grand malheur ! » répondit-il tranquillement :

« Mieux que cela, mylord.

— Mieux que cela ! s'écria Glenarvan, choqué de 'i phrase, et qu'y a-t-il de mieux qu'un malheur?

— Un crime! » répondit tranquillement l'officier de police.

Glenarvan, sans s'arrêter à l'impropriété de l'expression, se retourna vers M. Mitchell l'interrogeant du regard.

« Oui, mylord, répondit le surveyor-général, notre enquête nous a conduits à cette certitude, que la catastrophe est le résultat d'un crime. Le dernier wagon de bagages a été pillé. Les voyageurs survivants ont été attaqués par une troupe de cinq à six malfaiteurs. C'est intentionnellement que le pont a été ouvert, non par négligence, et si l'on rapproche ce fait de la disparition du garde, on en doit conclure que ce misérable s'est fait le complice des criminels. »

L'officier de police, à cette déduction du surveyor-général, secoua doucement la tête.

« Vous ne partagez pas mon avis? lui demanda M. Mitchell.

— Non, en ce qui regarde la complicité du garde.

— Cependant, cette complicité, reprit le surveyor-général, permet d'attribuer le crime aux sauvages qui errent dans les campagnes du Murray. Sans le garde, ces indigènes n'ont pu ouvrir ce pont tournant dont le mécanisme leur est inconnu.

— Juste, répondit l'officier de police.

— Or, ajouta M. Mitchell, il est constant, par la déposition d'un batelier dont le bateau a franchi Camden-Bridge à dix heures quarante du soir, que le pont

10

a été réglementairement refermé après son passage.

— Parfait.

— Ainsi donc, la complicité du garde me paraît établie d'une façon péremptoire. »

L'officier de police secouait toujours la tête par un mouvement continu.

« Mais alors, monsieur, [lui demanda Glenarvan, vous n'attribuez point le crime aux sauvages?

— Aucunement.

— Mais à qui, alors? »

En ce moment, une assez grande rumeur s'éleva à un demi-mille en amont de la rivière. Un rassemblement s'était formé, qui se grossit rapidement. Il arriva bientôt à la station. Au centre du rassemblement, deux hommes portaient un cadavre. C'était le cadavre du garde, déjà froid. Un coup de poignard l'avait frappé au cœur. Les assassins, en traînant son corps loin de Camden-Bridge, avaient voulu sans doute égarer les soupçons de la police pendant ses premières recherches.

Or, cette découverte justifiait pleinement les doutes de l'officier. Les sauvages n'étaient pour rien dans le crime.

« Ceux qui ont fait le coup, dit-il, sont des gens déjà familiarisés avec l'usage de ce petit instrument. »

Et parlant ainsi, il montra une paire de « darbies, » espèce de menottes faites d'un double anneau de fer muni d'une serrure.

« Avant peu, ajouta-t-il, j'aurai le plaisir de leur offrir ce bracelet comme cadeau du nouvel an.

— Mais alors vous soupçonnez?...

— Des gens qui ont « voyagé gratis sur les bâtiments de Sa Majesté. »

— Quoi! des convicts! s'écria Paganel, qui connaissait cette métaphore employée dans les colonies australiennes.

— Je croyais, fit observer Glenarvan, que les transportés n'avaient pas droit de séjour dans la province de Victoria?

— Peuh! répliqua l'officier de police, s'ils n'ont pas ce droit, ils le prennent! Ça s'échappe quelquefois, les convicts, et je me trompe fort ou ceux-ci viennent en droite ligne de Perth. Eh bien, ils y retourneront, vous pouvez m'en croire. »

M. Mitchell approuva d'un geste les paroles de l'officier de police. En ce moment, le chariot arrivait au passage à niveau de la voie ferrée. Glenarvan voulut épargner aux voyageuses l'horrible spectacle de Camden-Bridge. Il salua le surveyor-général, prit congé de lui, et fit signe à ses amis de le suivre.

« Ce n'est pas une raison, dit-il, pour interrompre notre voyage? »

Arrivé au chariot, Glenarvan parla simplement à lady Helena d'un accident de chemin de fer, sans dire la part que le crime avait prise à cette catastrophe; il ne mentionna pas non plus la présence dans le pays d'une bande de convicts, se réservant d'en instruire Ayrton en particulier. Puis, la petite troupe traversa le railway quelques centaines de toises au-dessus du pont, et reprit vers l'est sa route accoutumée.

CHAPITRE XIII.

UN PREMIER PRIX DE GÉOGRAPHIE.

Quelques collines découpaient à l'horizon leur profil élégant et terminaient la plaine à deux milles du rail- way. Le chariot ne tarda pas à s'engager au milieu de gorges étroites et capricieusement contournées. Elles aboutissaient à une contrée charmante, où de beaux arbres, non réunis en forêts, mais groupés par bouquets isolés, poussaient avec une exubérance toute tropicale. Entre les plus admirables se distinguaient les « casua- rinas » qui semblent avoir emprunté au chêne la struc- ture robuste de son tronc, à l'acacia ses gousses odo- rantes, et au pin la rudesse de ses feuilles un peu glauques. A leurs rameaux se mêlaient les cônes si curieux du « banksia latifolia, » dont la maigreur est d'une suprême élégance. De grands arbustes à brindilles retombantes faisaient dans les massifs l'effet d'une eau verte débordant de vasques trop pleines. Le regard hésitait entre toutes ces merveilles naturelles, et ne savait où fixer son admiration.

La petite troupe s'était arrêtée un instant. Ayrton, sur l'ordre de lady Helena, avait retenu son attelage. Les gros disques du chariot cessaient de crier sur le sable quartzeux. De longs tapis verts s'étendaient sous les groupes d'arbres; seulement, quelques extumescences du sol, des renflements réguliers, les divisaient en cases encore assez apparentes, comme un vaste échiquier.

Paganel ne se trompa pas à la vue de ces verdoyantes solitudes, si splendidement disposées pour l'éternel repos. Il reconnut ces carrés funéraires, dont l'herbe efface maintenant les dernières traces, et que le voyageur rencontre si rarement sur la terre australienne.

« Les bocages de la mort, » dit-il.

En effet, un cimetière indigène était là, devant ses yeux, mais si frais, si ombragé, si égayé par de joyeuses volées d'oiseaux, si engageant, qu'il n'éveillait aucune idée triste. On l'eût pris volontiers pour un des jardins de l'Éden, alors que la mort était bannie de la terre. Il semblait fait pour les vivants. Mais ces tombes, que le sauvage entretenait avec un soin pieux, disparaissaient déjà sous une marée montante de verdure. La conquête avait chassé l'Australien loin de la terre où reposaient ses ancêtres, et la colonisation allait bientôt livrer ces champs de la mort à la dent des troupeaux.

10.

Aussi, ces bocages sont-ils devenus rares, et combien déjà sont foulés aux pieds du voyageur indifférent, qui recouvrent toute une génération récente.

Cependant Paganel et Robert, devançant leurs compagnons, suivaient entre les tumuli de petites allées ombreuses. Ils causaient et s'instruisaient l'un l'autre, car le géographe prétendait qu'il gagnait beaucoup à la conversation du jeune Grant. Mais ils n'avaient pas fait un quart de mille, que lord Glenarvan les vit s'arrêter, puis descendre de cheval, et enfin se pencher vers la terre. Ils paraissaient examiner un objet très-curieux, à en croire leurs gestes expressifs.

Ayrton piqua son attelage, et le chariot ne tarda pas à rejoindre les deux amis. La cause de leur halte et de leur étonnement fut aussitôt reconnue. Un enfant indigène, un petit garçon de huit ans, vêtu d'habits européens, dormait d'un paisible sommeil à l'ombre d'un magnifique banksia. Il était difficile de se méprendre aux traits caractéristiques de sa race : ses cheveux crépus, son teint presque noir, son nez épaté, ses lèvres épaisses, une longueur peu ordinaire des bras, le classaient immédiatement parmi les naturels de l'intérieur. Mais une intelligente physionomie le distinguait, et, certainement, l'éducation avait déjà relevé ce jeune sauvage de sa basse origine.

Lady Helena, très-intéressée à sa vue, mit pied à terre, et bientôt toute la troupe entoura le petit indigène, qui dormait profondément.

« Pauvre enfant, dit Mary Grant, est-il donc perdu dans ce désert?

— Je suppose, répondit lady Helena, qu'il est venu de bien loin pour visiter ces bocages de la mort! Ici reposent sans doute ceux qu'il aime!

— Mais il ne faut pas l'abandonner! dit Robert. Il est seul, et... »

La charitable phrase de Robert fut interrompue par un mouvement du jeune indigène qui se retourna sans se réveiller; mais alors la surprise de chacun fut extrême de lui voir sur les épaules un écriteau et d'y lire l'inscription suivante :

TOLINÉ,

TO BE CONDUCTED TO ECHUCA:

CARE OF JEFFRIES SMITH, RAILWAY

PORTER, PREPAID[1].

« Voilà bien les Anglais! s'écria Paganel. Ils expédient un enfant comme un colis! Ils l'enregistrent comme un paquet! On me l'avait bien dit, mais je ne voulais pas le croire.

— Pauvre petit! fit lady Helena. Était-il dans ce train qui a déraillé à Camden-Bridge? Peut-être ses parents ont-ils péri, et le voilà seul au monde!

1. Toliné, pour être conduit à Echuca, aux soins de Jeffries Smith, facteur du chemin de fer. Port payé.

— Je ne crois pas, madame, répondit John Mangles. Cet écriteau indique, au contraire, qu'il voyageait seul.

— Il s'éveille, » dit Mary Grant.

En effet, l'enfant se réveillait. Peu à peu ses yeux s'ouvrirent et se refermèrent aussitôt, blessés par l'éclat du jour. Mais lady Helena lui prit la main; il se leva et jeta un regard étonné au groupe des voyageurs. Un sentiment de crainte altéra d'abord ses traits, mais la présence de lady Glenarvan le rassura.

« Comprends-tu l'anglais, mon ami? lui demanda la jeune femme.

— Je le comprends et je le parie, » répondit l'enfant dans la langue des voyageurs, mais avec un accent très-marqué.

Sa prononciation rappelait celle des Français qui s'expriment dans la langue du Royaume-Uni.

« Quel est ton nom? demanda lady Helena.

— Toliné, répondit le petit indigène.

— Ah! Toliné! s'écria Paganel. Si je ne me trompe, ce mot signifie « écorce d'arbre » en australien? »

Toliné fit un signe affirmatif et reporta ses regards sur les voyageuses.

« D'où viens-tu, mon ami? reprit lady Helena.

— De Melbourne, par le railway de Sandhurst.

— Tu étais dans ce train qui a déraillé au pont de Camden? demanda Glenarvan.

— Oui, monsieur, répondit Toliné, mais le Dieu de la Bible m'a protégé.

— Tu voyageais seul ?

— Seul. Le révérend Paxton m'avait confié aux soins de Jeffries Smith. Malheureusement, le pauvre facteur a été tué dans l'accident.

— Et dans ce train, tu ne connaissais personne ?

— Personne, monsieur, mais Dieu veille sur les enfants et ne les abandonne jamais ! »

Toliné disait ces choses d'une voix douce, qui allait au cœur. Quand il parlait de Dieu, sa parole devenait plus grave, ses yeux s'allumaient, et l'on sentait toute la ferveur contenue dans cette jeune âme.

Cet enthousiasme religieux dans un âge si tendre s'expliquera facilement. Cet enfant était un de ces jeunes indigènes baptisés par les missionnaires anglais, et élevés par eux dans les pratiques austères de la religion méthodiste. Ses réponses calmes, sa tenue propre. son costume sombre, lui donnaient déjà l'air d'un petit révérend.

Mais où allait-il ainsi à travers ces régions désertes, et pourquoi avait-il quitté Camden-Bridge? Lady Helena l'interrogea à ce sujet.

« Je retournais à ma tribu, dans le Lachlan, répondit-il. Je veux revoir ma famille.

— Des Australiens? demanda John Mangles.

— Des Australiens du Lachlan, répondit Toliné.

— Et tu as un père, une mère? dit Robert Grant.

— Oui, mon frère, » répondit Toliné, en offrant sa main au jeune Grant, que ce nom de frère toucha sensiblement. Il embrassa le petit indigène, et il n'en fallait pas plus pour faire d'eux une paire d'amis.

Cependant, les voyageurs, vivement intéressés par les réponses de ce jeune sauvage, s'étaient peu à peu assis autour de lui, et l'écoutaient parler. Déjà le soleil s'abaissait derrière les grands arbres. Puisque l'endroit paraissait propice à une halte, et qu'il importait peu de faire quelques milles de plus avant la nuit close, Glenarvan donna l'ordre de tout préparer pour la campement. Ayrton dételra les bœufs; avec l'aide de Mulrady et de Wilson, il leur mit les entraves, et les laissa paître à leur fantaisie. La tente fut dressée. Olbinett prépara le repas. Toliné accepta d'en prendre sa part, non sans faire quelque cérémonie, quoiqu'il eût faim. On se mit donc à table, les deux enfants l'un près de l'autre. Robert choisissait les meilleurs morceaux pour son nouveau camarade, et Toliné les acceptait avec une grâce craintive et pleine de charme.

La conversation, cependant, ne languissait pas. Chacun s'intéressait à l'enfant et l'interrogeait. On voulait connaître son histoire. Elle était bien simple. Son passé, ce fut celui de ces pauvres indigènes confiés dès leur bas âge aux soins des sociétés charitables par les tribus voisines de la colonie. Les Australiens ont des mœurs douces. Ils ne professent pas envers leurs envahisseurs cette haine farouche qui caractérise les Nouveaux-Zélandais, et peut-être quelques peuplades de l'Australie septentrionale. On les voit fréquenter les grandes villes, Adélaïde, Sydney, Melbourne, et s'y promener même dans un costume assez primitif. Ils y trafiquent des menus objets de leur industrie, d'instruments de chasse ou de pêche, d'armes, et quelques chefs de tribu, par économie sans doute, laissent volontiers leurs enfants profiter du bénéfice de l'éducation anglaise.

Ainsi firent les parents de Toliné, véritables sauvages du Lachlan, vaste région située au delà du Murray. Depuis cinq ans qu'il demeurait à Melbourne, l'enfant n'avait revu aucun des siens. Et pourtant, l'impérissable sentiment de la famille vivait toujours dans son cœur, et c'était pour revoir sa tribu dispersée peut-être, sa famille décimée sans doute, qu'il avait repris le pénible chemin du désert.

« Et après avoir embrassé tes parents tu reviendras à Melbourne, mon enfant? lui demanda lady Glenarvan.

— Oui, madame, répondit Toliné en regardant la jeune femme avec une sincère expression de tendresse.

— Et que veux-tu faire un jour?

— Je veux arracher mes frères à la misère et à l'ignorance! Je veux les instruire, les amener à connaître et à aimer Dieu! Je veux être missionnaire! »

Ces paroles prononcées avec animation par un enfant de huit ans pouvaient prêter à rire à des esprits légers et railleurs; mais elles furent comprises et respectées de ces graves Écossais! ils admirèrent la religieuse vaillance de ce jeune disciple, déjà prêt au combat. Paganel se sentit remué jusqu'au fond du cœur, et il éprouva une véritable sympathie pour le petit indigène.

Faut-il le dire? Jusqu'ici, ce sauvage en habit européen ne lui plaisait guère. Il ne venait pas en Australie pour voir des Australiens en redingote! Il les voulait habillés d'un simple tatouage. Cette mise « convenable » déroutait ses idées. Mais du moment que Toliné eut parlé si ardemment, il revint sur son compte, et se déclara son admirateur.

La fin de cette conversation, d'ailleurs, devait faire du brave géographe le meilleur ami du petit Australien.

En effet, à une question de lady Helena, Toliné répondit qu'il faisait ses études « à l'école normale » de Melbourne, dirigée par le révérend M. Paxton.

« Et que t'apprend-on à cette école? demanda lady Glenarvan.

— On m'apprend la Bible, les mathématiques, la géographie...

— Ah! la géographie! s'écria Paganel, touché dans son endroit sensible.

— Oui, monsieur, répondit Toliné. J'ai même eu un premier prix de géographie avant les vacances de janvier.

— Tu as eu un prix de géographie, mon garçon?

— Le voilà, monsieur, » dit Toliné, tirant un livre de sa poche.

C'était une bible in-32, bien reliée. Au verso de la première page, on lisait cette mention : « *École normale de Melbourne, 1ᵉʳ prix de géographie, Toliné du Lachlan.* »

Paganel n'y tint plus! Un Australien fort en géographie, cela l'émerveillait, et il embrassa Toliné sur les deux joues, ni plus ni moins que s'il eût été le révérend Paxton lui-même, un jour de distribution de prix. Paganel, cependant, aurait dû savoir que ce fait n'est pas rare dans les écoles australiennes. Les jeunes sauvages sont très-aptes à comprendre les sciences géographiques; ils y mordent volontiers, et montrent, au contraire, un esprit assez rebelle aux calculs.

Toliné, lui, n'avait rien compris aux caresses subites du savant. Lady Helena dut lui expliquer que Paganel était un célèbre géographe, et, au besoin, un professeur distingué.

« Un professeur de géographie! répondit Toliné. Oh! monsieur, interrogez-moi!

— T'interroger, mon garçon! dit Paganel, mais je ne demande pas mieux! J'allais même le faire sans ta permission. Je ne suis pas fâché de voir comment on enseigne la géographie à l'École normale de Melbourne.

— Et si Toliné allait vous en remontrer, Paganel! dit Mac Nabbs.

— Par exemple! s'écria le géographe, en remontrer au secrétaire de la Société de géographie de France! »

Puis, assurant ses lunettes sur son nez, redressant

sa haute taille, et prenant un ton grave, comme il convient à un professeur, il commença son interrogation.

« Élève Toliné, dit-il, levez-vous. »

Toliné, qui était debout, ne pouvait se lever davantage. Il attendit donc dans une posture modeste les questions du géographe.

« Élève Toliné, reprit Paganel, quelles sont les cinq parties du monde?

— L'Océanie, l'Asie, l'Afrique, l'Amérique et l'Europe, répondit Toliné.

— Parfait. Parlons d'abord de l'Océanie, puisque nous y sommes en ce moment. Quelles sont ses principales divisions?

— Elle se divise en Polynésie, en Malaisie, en Micronésie et en Mégalésie. Ses principales îles sont l'Australie, qui appartient aux Anglais, la Nouvelle-Zélande, qui appartient aux Anglais, la Tasmanie, qui appartient aux Anglais, les îles Chatham, Auckland, Macquarie, Kermadec, Makin, Maraki, etc., qui appartiennent aux Anglais.

— Bon, répondit Paganel, mais la Nouvelle-Calédonie, les Sandwich, les Mendana, les Pomotou?

— Ce sont des îles placées sous le protectorat de la Grande-Bretagne.

— Comment! sous le protectorat de la Grande-Bretagne! s'écria Paganel. Mais il me semble que la France, au contraire...

— La France! fit le petit garçon d'un air étonné.

— Tiens! tiens! dit Paganel, voilà ce que l'on vous apprend à l'École normale de Melbourne?

— Oui, monsieur le professeur, est-ce que ce n'est pas bien?

— Si! si! Parfaitement, répondit Paganel. Toute l'Océanie est aux Anglais! C'est une affaire entendue! Continuons. »

Paganel avait un air demi-vexé, demi-surpris, qui faisait la joie du major.

L'interrogation continua.

« Passons à l'Asie, dit le géographe.

— L'Asie, répondit Toliné, est un pays immense. Capitale : Calcutta. Villes principales : Bombay, Madras, Calicut, Aden, Malacca, Singapoor, Pegou, Colombo; îles Laquedives, îles Maldives, îles Chagos, etc., etc Appartient aux Anglais.

— Bon! bon! élève Toliné. Et l'Afrique?

— L'Afrique renferme deux colonies principales : au sud, celle du Cap, avec Cape-town pour capitale, et à l'ouest, les établissements anglais, ville principale: Sierra Leone.

— Bien répondu! dit Paganel, qui commençait à prendre son parti de cette géographie anglo-fantaisiste, parfaitement enseigné! Quant à l'Algérie, au Maroc, à l'Égypte... rayés des atlas britanniques! Je serais bien aise, maintenant, de parler un peu de l'Amérique!

— Elle se divise, reprit Toliné, en Amérique septen

trionale et en Amérique méridionale. La première
appartient aux Anglais par le Canada, le Nouveau-
Brunswick, la Nouvelle-Écosse, et les États-Unis sous
l'administration du gouverneur Johnson !

— Le gouverneur Johnson ! s'écria Paganel, ce succes-
seur du grand et bon Lincoln assassiné par un fou
fanatique de l'esclavage ! Parfait ! On ne peut mieux !
Et quant à l'Amérique du Sud, avec sa Guyane, ses
Malouines, son archipel des Shetland, sa Géorgie, sa
Jamaïque, sa Trinitad, etc., etc., elle appartient encore
aux Anglais ! Ce n'est pas moi qui disputerai à ce
sujet. Mais, par exemple, Toliné, je voudrais bien
connaître ton opinion sur l'Europe, ou plutôt celle de
tes professeurs ?

— L'Europe ? répondit Toliné, qui ne comprenait
rien à l'animation du géographe.

— Oui ! l'Europe ! A qui appartient l'Europe ?

— Mais l'Europe appartient aux Anglais, répondi
l'enfant d'un ton convaincu.

— Je m'en doute bien, reprit Paganel. Mais comment ? Voilà ce que je désire savoir.

— Par l'Angleterre, l'Écosse, l'Irlande, Malte, les
îles Jersey et Guernesey, les îles Ioniennes, les Hébrides, les Shetland, les Orcades...

— Bien ! bien, Toliné, mais il y a d'autres états que tu
oublies de mentionner, mon garçon !

— Lesquels ? monsieur, répondit l'enfant, qui ne
se déconcertait pas.

— L'Espagne, la Russie, l'Autriche, la Prusse, la France !

— Ce sont des provinces et non des États, dit Toliné.

— Par exemple ! s'écria Paganel, en arrachant ses lunettes de ses yeux.

— Sans doute, l'Espagne, capitale Gibraltar.

— Admirable ! parfait ! sublime ! Et la France, car je suis Français, et je ne serais pas fâché d'apprendre à qui j'appartiens !

— La France, répondit tranquillement Toliné, c'est une province anglaise, chef-lieu Calais.

— Calais ! s'écria Paganel. Comment ! tu crois que Calais appartient encore à l'Angleterre ?

— Sans doute.

— Et que c'est le chef-lieu de la France ?

— Oui, monsieur, et c'est là que réside le gouverneur, lord Napoléon... »

A ces derniers mots, Paganel éclata. Toliné ne savait que penser. On l'avait interrogé, il avait répondu de son mieux. Mais la singularité de ses réponses ne pouvait lui être imputée ; il ne la soupçonnait même pas. Cependant, il ne paraissait point déconcerté, et il attendait gravement la fin de ces incompréhensibles ébats.

« Vous le voyez, dit en riant le major à Paganel. N'avais-je pas raison de prétendre que l'élève Toliné vous en remontrerait ?

— Certes! ami major, répliqua le géographe. Ah voilà comme on enseigne la géographie à Melbourne! Ils vont bien, les professeurs de l'École normale! L'Europe, l'Asie, l'Afrique, l'Amérique, l'Océanie, le monde entier, tout aux Anglais! Parbleu, avec cette éducation ingénieuse, je comprends que les indigènes se soumettent! Ah çà! Toliné, et la lune, mon garçon, est-ce qu'elle est anglaise aussi?

— Elle le sera, » répondit gravement le jeune sauvage.

Là-dessus, Paganel se leva. Il ne pouvait plus tenir en place. Il lui fallait rire tout à son aise, et il alla passer son accès à un quart de mille du campement.

Cependant, Glenarvan avait été chercher un livre dans la petite bibliothèque de voyage. C'était le *Précis de géographie* de Samuel Richardson, un ouvrage estimé en Angleterre, et plus au courant de la science que les professeurs de Melbourne.

« Tiens, mon enfant, dit-il à Toliné, prends et garde ce livre. Tu as quelques idées fausses en géographie qu'il est bon de réformer. Je te le donne en souvenir de notre rencontre. »

Toliné prit le livre sans répondre; il le regarda attentivement, remuant la tête d'un air d'incrédulité, sans se décider à le mettre dans sa poche.

Cependant, la nuit était tout à fait venue. Il était dix heures du soir. Il fallait songer au repos afin de se lever de grand matin. Robert offrit à son ami Toliné la moitié de sa couchette. Le petit indigène accepta.

Quelques instants après, lady Helena et Mary Grant regagnèrent le chariot, et les voyageurs s'étendirent sous la tente, pendant que les éclats de rire de Paganel se mêlaient encore au chant doux et bas des pies sauvages.

Mais le lendemain, quand, à six heures, un rayon de soleil réveilla les dormeurs, ils cherchèrent en vain l'enfant australien. Toliné avait disparu. Voulait-il gagner sans retard les contrées du Lachlan? S'était-il blessé des rires de Paganel? On ne savait.

Mais, lorsque lady Helena s'éveilla, elle trouva sur sa poitrine un frais bouquet de sensitives à feuilles simples, et Paganel, dans la poche de sa veste « *la géographie* de Samuel Richardson. »

CHAPITRE XIV.

LES MINES DU MONT ALEXANDRE.

En 1844, sir Roderick Impey Murchison, actuellement président de la Société royale géographique de Londres, trouva, par l'étude de leur conformation, des rapports d'identité remarquables entre la chaîne de l'Oural et la

chaîne qui s'étend du nord au sud, non loin de la
côte méridionale de l'Australie.

Or, l'Oural étant une chaîne aurifère, le savant
géologue se demanda si le précieux métal ne se rencontrerait pas dans la cordillère australienne. Il ne se
trompait pas.

En effet, deux ans plus tard, quelques échantillons
d'or lui furent envoyés de la Nouvelle-Galles du Sud,
et il décida l'émigration d'un grand nombre d'ouvriers
du Cornouailles vers les régions aurifères de la Nouvelle-Hollande.

C'était M. Francis Dutton qui avait trouvé les premières pépites de l'Australie du Sud. C'étaient MM. Forbes et Smyth qui avaient découvert les premiers placers
de la Nouvelle-Galles.

Le premier élan donné, les mineurs affluèrent de
tous les points du globe, Anglais, Américains, Italiens,
Français, Allemands, Chinois. Cependant, ce ne fut
que le 3 avril 1851 que M. Hargraves reconnut des
gîtes d'or très-riches, et proposa au gouverneur de la
colonie de Sydney, sir Ch. Fitz-Roy, de lui en révéler
l'emplacement pour la modique somme de cinq cents
livres sterling.

Son offre ne fut pas acceptée, mais le bruit de la
découverte s'était répandu. Les chercheurs se dirigèrent
vers le Summerhill et le Lenj's Pond. La ville d'Ophir
fut fondée et, par la richesse des exploitations, elle se
montra bientôt digne de son nom biblique.

Jusqu'alors il n'était pas question de la province de
Victoria, qui devait cependant l'emporter bientôt par
l'opulence de ses gîtes.

En effet, quelques mois plus tard, au mois d'août
1851, les premières pépites de la province furent déter-
rées, et bientôt quatre districts se virent largement
exploités. Ces quatre districts étaient ceux de Ballarat,
de l'Ovens, de Bendigo et du mont Alexandre, tous
très-riches; mais sur la rivière d'Ovens, l'abondance
des eaux rendait le travail pénible; à Ballarat, une
répartition inégale de l'or déjouait souvent les calculs
des exploitants; à Bendigo, le sol ne se prêtait pas aux
exigences du travailleur. Au mont Alexandre, toutes
les conditions de succès se trouvèrent réunies sur un
sol régulier, et ce précieux métal, valant jusqu'à quatorze cent quarante et un francs la livre, atteignit le
taux le plus élevé de tous les marchés du monde.

C'était précisément à ce lieu si fécond en ruines
funestes et en fortunes inespérées que la route du
trente-septième parallèle conduisait les chercheurs du
capitaine Harry Grant.

Après avoir marché pendant toute la journée du
31 décembre sur un terrain très-accidenté qui fatigua
les chevaux et les bœufs, ils aperçurent les cimes
arrondies du mont Alexandre. Le campement fut établi
dans une gorge étroite de cette petite chaîne. Les animaux allèrent, les entraves aux pieds, chercher leur
nourriture entre les blocs de quartz qui parsemaient

le sol. Ce n'était pas encore la région des placers exploités. Le lendemain seulement, premier jour de l'année 1866, le chariot creusa son ornière dans les routes
de cette opulente contrée.

Jacques Paganel et ses compagnons furent ravis de
voir en passant ce mont célèbre, appelé Geboor dans
la langue australienne. Là, se précipita toute la horde
des aventuriers, les voleurs et les honnêtes gens,
ceux qui font pendre et ceux qui se font pendre.
Aux premiers bruits de là grande découverte, en cette
année dorée de 1851, les villes, les champs, les navires,
furent abandonnés des habitants, des squatters et des
marins. La fièvre de l'or devint épidémique, conta-
gieuse comme la peste, et combien en moururent, qui
croyaient déjà tenir la fortune ! La nature prodigue
avait, disait-on, semé des millions sur plus de vingt-
cinq degrés de latitude dans cette merveilleuse Australie. C'était l'heure de la récolte, et ces nouveaux
moissonneurs couraient à la moisson. Le métier du
« digger, » du bêcheur, primait tous les autres, et,
s'il est vrai que beaucoup succombèrent à la tâche,
brisés par les fatigues, quelques-uns, cependant, s'enrichirent d'un seul coup de pioche. On taisait les ruines, on ébruitait les fortunes. Ces coups du sort trou-
v aient un écho dans les cinq parties du monde.
Bie ntôt, des flots d'ambitieux de toutes castes refluèrent
sur les rivages de l'Australie, et pendant les quatre
dern iers mois de l'année 1852, Melbourne, seule, reçut

cinquante-quatre mille émigrants, une armée, mais une armée sans chef, sans discipline, une armée au lendemain d'une victoire qui n'était pas encore remportée, en un mot, cinquante-quatre mille pillards de la plus malfaisante espèce.

Pendant ces premières années d'ivresse folle, ce fut un inexprimable désordre. Cependant, les Anglais avec leur énergie accoutumée se rendirent maîtres de la situation. Les poliçemen et les gendarmes indigènes abandonnèrent le parti des voleurs pour celui des honnêtes gens. Il y eut revirement. Aussi Glenarvan ne devait-il rien retrouver des scènes violentes de 1852. Treize ans s'étaient écoulés depuis cette époque, et maintenant l'exploitation des terrains aurifères se faisait avec méthode, suivant les règles d'une sévère organisation.

D'ailleurs, les placers s'épuisaient déjà. A force de les fouiller, on en trouvait le fond. Et comment n'eût-on pas tari ces trésors accumulés par la nature, puisque, de 1852 à 1858, les mineurs ont arraché au sol de Victoria soixante-trois millions cent sept mille quatre cent soixante-dix-huit livres sterling [1]? Les émigrants ont donc diminué dans une proportion notable, et ils se sont jetés sur des contrées vierges encore. Aussi, les « gold-fields, » les champs d'or, nouvellement découverts à Otago et à Marlborough dans la Nou-

1. 1,577,686,950 francs. Un milliard et demi.

velle-Zélande, sont-ils actuellement percés à jour par des milliers de termites à deux pieds sans plumes[1].

Vers onze heures, on arriva au centre des exploitations. Là s'élevait une véritable ville avec usines, maison, le banque, église, caserne, cottages et bureaux de ournal. Les hôtels, les fermes, les villas, n'y manquaient point. Il y avait même un théâtre à dix shillings la place, et très-suivi. On y jouait avec un grand succès une pièce du cru intitulée *Francis Obadiah, ou l'heureux digger*. Le héros, au dénoûment, donnait le dernier coup de pioche du désespoir, et trouvait un « nugget » d'un poids invraisemblable.

Glenarvan, curieux de visiter cette vaste exploitation du mont Alexandre, laissa le chariot marcher en avant sous la conduite d'Ayrton et de Mulrady. Il devait le rejoindre quelques heures plus tard. Paganel fut enchanté de cette détermination, et, suivant son habitude, il se fit le guide et le cicerone de la petite troupe.

D'après son conseil, on se dirigea vers la Banque. Les

---

1. Cependant, il est possible que les émigrants se soient trompés. En effet, les gîtes aurifères ne sont pas épuisés, à beaucoup près. D'après les dernières nouvelles de l'Australie, on estime que les placers de Victoria et de la Nouvelle-Galles occupent cinq millions d'hectares; le poids approximatif du quartz qui renferme des veines d'or serait de 20,650 *milliards* de kilogrammes, et, avec les moy actuels d'exploitation, il faudrait pour épuiser ces placers le vail de cent mille ouvriers pendant trois siècles. En somme, évalue la richesse aurifère de l'Australie à 664 milliards 250 lions de francs.

rues étaient larges, macadamisées et arrosées soigneusement. De gigantesques affiches des *Golden Company
(limited)*, des *Digger's General Office*, des *Nugget's Union*,
sollicitaient le regard. L'association des bras et des
capitaux s'était substituée à l'action isolée du mineur.
Partout on entendait fonctionner les machines qui
lavaient les sables et pulvérisaient le quartz précieux.

Au delà des habitations s'étendaient les placers,
c'est-à-dire de vastes étendues de terrains livrés à l'exploitation. Là piochaient les mineurs engagés pour le
compte des compagnies et fortement rétribués par elles.
L'œil n'aurait pu compter ces trous qui criblaient le
sol. Le fer des bêches étincelait au soleil et jetait une
incessante irradiation d'éclairs. Il y avait parmi ces
travailleurs des types de toutes nations. Ils ne se que-
rellaient point, et ils accomplissaient silencieusement
leur tâche, en gens salariés.

« Il ne faudrait pas croire cependant, dit Paganel,
qu'il n'y a plus sur le sol australien un de ces fiévreux
chercheurs qui viennent tenter la fortune au jeu des
mines. Je sais bien que la plupart louent leurs bras
aux compagnies, et il le faut, puisque les terrains aurifères sont tous vendus ou affermés par le gouvernement. Mais à celui qui n'a rien, qui ne peut ni louer
ni acheter, il reste encore une chance de s'enrichir.

— Laquelle? demanda lady Helena.

— La chance d'exercer le « jumping, » répondit Paganel. Ainsi, nous autres, qui n'avons aucun droit sur

ces placers, nous pourrions cependant, — avec beaucoup de bonheur, s'entend, — faire fortune !

— Mais comment ? demanda le major.

— Par le jumping, ainsi que j'ai eu l'honneur de vous le dire.

— Qu'est-ce que le jumping ? redemanda le major.

— C'est une convention admise entre les mineurs, qui amène souvent des violences et des désordres, mais que les autorités n'ont jamais pu abolir.

— Allez donc, Paganel, dit Mac Nabbs, vous nous mettez l'eau à la bouche.

— Eh bien, il est admis que toute terre du centre d'exploitation à laquelle on n'a pas travaillé pendant vingt-quatre heures, les grandes fêtes exceptées, tombe dans le domaine public. Quiconque s'en empare peut la creuser et s'enrichir, si le ciel lui vient en aide. Ainsi, Robert, mon garçon, tâche de découvrir un de ces trous délaissés, et il est à toi !

— Monsieur Paganel, dit Mary Grant, ne donnez pas à mon frère de semblables idées.

— Je plaisante, ma chère miss, répondit Paganel, et Robert le sait bien. Lui, mineur ! Jamais ! Creuser la terre, la retourner, la cultiver, puis l'ensemencer et lui demander toute une moisson pour ses peines, bon. Mais la fouiller à la façon des taupes, en aveugle comme elles, pour lui arracher un peu d'or, c'est un triste métier, et il faut être abandonné de Dieu et des hommes pour le faire ! »

Après avoir visité le principal emplacement des mines et foulé un terrain de transport, composé en grande partie de quartz, de schiste argileux et de sables provenant de la désagrégation des roches, les voyageurs arrivèrent à la Banque.

C'était un vaste édifice, portant à son faîte le pavillon national. Lord Glenarvan fut reçu par l'inspecteur général, qui lui fit les honneurs de son établissement.

C'est que là les compagnies déposent contre un reçu l'or arraché aux entrailles du sol. Il y avait loin du temps où le mineur des premiers jours était exploité par les marchands de la colonie. Ceux-ci lui payaient aux placers cinquante-trois shillings l'once qu'ils revendaient soixante-cinq à Melbourne ! Le marchand, il est vrai, courait les risques du transport, et comme les spéculateurs de grande route pullulaient, l'escorte n'arrivait pas toujours à destination.

De curieux échantillons d'or furent montrés aux visiteurs, et l'inspecteur leur donna d'intéressants détails sur les divers modes d'exploitation de ce métal.

On le rencontre généralement sous deux formes, l'or roulé et l'or désagrégé. Il se trouve à l'état de minerai, mélangé avec les terres d'alluvion, ou renfermé dans sa gangue de quartz. Aussi, pour l'extraire, procède-t-on, suivant la nature du terrain, par les fouilles de surface ou les fouilles de profondeur.

Quand c'est de l'or roulé, il gît au fond des torrents, des vallées et des ravins, étagé suivant sa grosseur, les grains d'abord, puis les lamelles, et enfin les paillettes.

Si c'est au contraire de l'or désagrégé, dont la gangue a été décomposée par l'action de l'air, il est concentré sur place, réuni en tas, et forme ce que les mineurs appellent des « pochettes. » Il y a de ces pochettes qui renferment une fortune.

Au mont Alexandre, l'or se recueille plus spécialement dans les couches argileuses et dans l'interstice des roches ardoisiennes. Là, sont les nids à pépites; là, le mineur heureux a souvent mis la main sur le gros lot des placers.

Les visiteurs, après avoir examiné les divers spécimens d'or, parcoururent le musée minéralogique de la Banque. Ils virent, étiquetés et classés, tous les produits dont est formé le sol australien. L'or ne fait pas sa seule richesse, et il peut passer à juste titre pour un vaste écrin où la nature renferme ses bijoux précieux. Sous les vitrines étincelaient la topaze blanche, rivale des topazes brésiliennes, le grenat almadin, l'épidote, sorte de silicate d'un beau vert, le rubis balais, représenté par des spinelles écarlates et par une variété rose de la plus grande beauté, des saphirs bleu clair et bleu foncé, tels que le corindon, aussi recherché que celui du Malabar ou du Tibet, des rutiles brillants, et enfin un petit cristal de diamant qui fut trouvé sur les bords du Turon. Rien ne manquait à cette resplendissante collection de pierres fines, et il ne fallait pas aller chercher loin l'or nécessaire à les enchâsser. A moins de les vouloir toutes montées, on ne pouvait en demander davantage.

Glenarvan prit congé de l'inspecteur de la Banque, après l'avoir remercié de sa complaisance dont il avait largement usé. Puis, la visite des placers fut reprise.

Paganel, si détaché qu'il fût des biens de ce monde, ne faisait pas un pas sans fouiller du regard ce sol opulent. C'était plus fort que lui, et les plaisanteries de ses compagnons n'y pouvaient rien. A chaque instant, il se baissait, ramassait un caillou, un morceau de gangue, des débris de quartz; il les examinait avec attention et les rejetait bientôt avec mépris. Ce manége dura pendant toute la promenade.

« Ah çà! Paganel, lui demanda le major, est-ce que vous avez perdu quelque chose?

— Sans doute, répondit Paganel, on a toujours perdu ce qu'on n'a pas trouvé, dans ce pays d'or et de pierres précieuses. Je ne sais pas pourquoi j'aimerais à emporter une pépite pesant quelques onces, ou même une vingtaine de livres, pas davantage.

— Et qu'en feriez-vous, mon digne ami? dit Glenarvan.

— Oh! je ne serais pas embarrassé, répondit Paganel. J'en ferais hommage à mon pays! Je la déposerais à la Banque de France...

— Qui l'accepterait?

— Sans doute, sous la forme d'obligations de chemins de fer! »

On félicita Paganel de la façon dont il entendait offrir sa pépite « à son pays », et lady Helena lui souhaita de trouver le plus gros nugget du monde.

Tout en plaisantant, les voyageurs parcoururent la plus grande partie des terrains exploités. Partout le travail se faisait régulièrement, mécaniquement, mais sans animation.

Après deux heures de promenade, Paganel avisa une auberge fort décente, où il proposa de s'asseoir en attendant l'heure de rejoindre le chariot. Lady Helena y consentit, et comme l'auberge ne va pas sans rafraîchissements, Paganel demanda à l'aubergiste de servir quelque boisson du pays.

On apporta un « nobler » pour chaque personne. Or, le nobler, c'est tout bonnement le grog, mais le grog retourné. Au lieu de mettre un petit verre d'eau-de-vie dans un grand verre d'eau, on met un petit verre d'eau dans un grand verre d'eau-de-vie, on sucre et l'on boit. C'était un peu trop australien, et, au grand étonnement de l'aubergiste, le nobler, rafraîchi d'une grande carafe d'eau, redevint le grog britannique.

Puis, on causa mine et mineurs. C'était le cas ou jamais. Paganel, très-satisfait de ce qu'il venait de voir, avoua cependant que ce devait être plus curieux autrefois, pendant les premières années d'exploitation du mont Alexandre.

« La terre, dit-il, était alors criblée de trous et envahie par des légions de fourmis travailleuses, et quelles fourmis! Tous les émigrants en avaient l'ardeur, mais non la prévoyance! L'or s'en allait en folies. On le buvait, on le jouait, et cette auberge où nous sommes était un « enfer, » comme on disait alors. Les coups de dés amenaient les coups de couteau. La police n'y pouvait rien, et maintes fois le gouverneur de la colonie fut obligé de marcher avec des troupes régulières contre les mineurs révoltés. Cependant, il parvint à les mettre à la raison, il imposa un droit de patente à chaque exploitant, il le fit percevoir non sans peine, et, en somme, les désordres furent ici moins grands qu'en Californie.

— Ce métier de mineur, demanda lady Helena, tout individu peut donc l'exercer?

— Oui, madame. Il n'est pas nécessaire d'être bachelier pour cela. De bons bras suffisent. Les aventuriers, chassés par la misère, arrivaient aux mines sans argent pour la plupart, les riches avec une pioche, les pauvres avec un couteau, et tous apportaient dans ce travail une rage qu'ils n'eussent pas mise à un métier d'honnête homme. C'était un singulier aspect que celui de ces terrains aurifères! Le sol était couvert de tentes, de prélarts, de cahutes, de baraques en terre, en planches, en feuillage. Au milieu, dominait la marquise du gouvernement, ornée du pavillon britannique, les tentes en coutil bleu de ses agents, et les établissements des changeurs, des marchands d'or, des trafiquants, qui spéculaient sur cet ensemble de richesse et de pauvreté. Ceux-là se sont enrichis à coup sûr. Il fallait voir ces diggers à longue barbe et en chemise de laine rouge, vivant dans l'eau et la boue. L'air était rempli du bruit continu des pioches, et d'émanations fétides provenant des carcasses d'animaux qui pourrissaient sur le sol. Une poussière étouffante enveloppait comme un nuage ces malheureux qui fournissaient à la mortalité une moyenne excessive, et certainement, dans un pays moins salubre, cette population eût été décimée par le typhus. Et encore, si tous ces aventuriers avaient réussi ! Mais tant de misère n'était pas compensée, et à bien compter, on verrait que, pour un mineur qui s'est enrichi, cent, deux cents, mille peut-être, sont morts pauvres et désespérés.

— Pourriez-vous nous dire, Paganel, demanda Glenarvan, comment on procédait à l'extraction de l'or ?

— Rien n'était plus simple, répondit Paganel. Les premiers mineurs faisaient le métier d'orpailleurs, tel qu'il est encore pratiqué dans quelques parties des Cévennes, en France. Aujourd'hui les compagnies procèdent autrement ; elles remontent à la source même, au filon qui produit les lamelles, les paillettes et les pépites. Mais les orpailleurs se contentaient de laver les sables aurifères, voilà tout. Ils creusaient le sol, ils recueillaient les couches de terre qui leur semblaient productives, et ils les traitaient par l'eau pour en séparer le minerai précieux. Ce lavage s'opérait au moyen

d'un instrument d'origine américaine, appelé « craddle »
ou berceau. C'était une boîte longue de cinq à six
pieds, une sorte de bière ouverte et divisée en deux
compartiments. Le premier était muni d'un crible grossier, superposé à d'autres cribles à mailles plus serrées; le second était rétréci à sa partie inférieure. On
mettait le sable sur le crible à une extrémité, on y
versait de l'eau, et de la main on agitait, ou plutôt
on berçait l'instrument. Les pierres restaient dans le
premier crible, le minerai et le sable fin dans les autres,
suivant leur grosseur, et la terre délayée s'en allait avec
l'eau par l'extrémité inférieure. Voilà quelle était la
machine généralement usitée.

— Mais encore fallait-il l'avoir, dit John Mangles.

— On l'achetait aux mineurs enrichis ou ruinés, suivant le cas, répondit Paganel, ou l'on s'en passait.

— Et comment la remplaçait-on? demanda Mary
Grant.

— Par un plat, ma chère Mary, un simple plat de
fer; on vannait la terre comme on vanne le blé; seulement, au lieu de grains de froment, recueillait-on
quelquefois des grains d'or. Pendant la première
année, plus d'un mineur a fait fortune sans autres frais
Voyez-vous, mes amis, c'était le bon temps, bien que les
bottes valussent cent cinquante francs la paire, et
qu'on payât dix shillings un verre de limonade! Les
premiers arrivés ont toujours raison. L'or était partout, en abondance, à la surface du sol; les ruisseaux

coulaient sur un lit de métal; on en trouvait jusque dans les rues de Melbourne; on macadamisait avec de la poudre d'or. Aussi, du 26 janvier au 24 février 1852, le précieux métal transporté du mont Alexandrie à Melbourne sous l'escorte du gouvernement s'est élevé à huit millions deux cent trente-huit mille sept cent cinquante francs. Cela fait une moyenne de cent soixante-quatre mille sept cent vingt-cinq francs par jour !

— A peu près la liste civile de l'empereur de Russie, dit Glenarvan.

— Pauvre homme ! répliqua le major.

— Cite-t-on des coups de fortune subits? demanda lady Helena ?

— Quelques-uns, madame.

— Et vous les connaissez? dit Glenarvan.

— Parbleu ! répondit Paganel. En 1852, dans le district de Ballarat, on trouva un nugget qui pesait cinq cent soixante-treize onces, un autre dans le Gippsland de sept cent quatre-vingt-deux onces, et en 1861, un lingot de huit cent trente-quatre onces. Enfin, toujours à Ballarat, un mineur découvrit un nugget pesant soixante-cinq kilogrammes, ce qui, à dix-sept cent vingt-deux francs la livre, fait deux cent vingt-trois mille huit cent soixante francs! Un coup de pioche qui rapporte onze mille francs de rente, c'est un beau coup de pioche !

— Dans quelle proportion s'est accrue la production

de l'or depuis la découverte de ces mines? demanda John Mangles.

— Dans une proportion énorme, mon cher John. Cette production n'était que de quarante-sept millions par an au commencement du siècle, et actuellement, en y comprenant le produit des mines d'Europe, d'Asie et d'Amérique, on l'évalue à neuf cents millions, autant dire un milliard.

— Ainsi, monsieur Paganel, dit le jeune Robert, à l'endroit même où nous sommes, sous nos pieds, il y a peut-être beaucoup d'or !

— Oui, mon garçon, des millions ! Nous marchons dessus ! Mais si nous marchons dessus, c'est que nous le méprisons !

— C'est donc un pays privilégié que l'Australie?

— Non, Robert, répondit le géographe. Les pays aurifères ne sont point privilégiés. Ils n'enfantent que des populations fainéantes, et jamais les races fortes et laborieuses. Vois le Brésil, le Mexique, la Californie, l'Australie! Où en sont-ils au dix-neuvième siècle? Le pays par excellence, mon garçon, ce n'est pas le pay de l'or, c'est le pays du fer! »

CHAPITRE XV.

AUSTRALIAN AND NEW-ZEALAND GAZETTE.

Le 2 janvier, au soleil levant, les voyageurs franchirent la limite des régions aurifères et les frontières du comté de Talbot. Le pied de leurs chevaux frappait alors les poudreux sentiers du comté de Dalhousie. Quelques heures après, ils passaient à gué la Colban et la Campaspe-rivers, par 144° 35′ et 144° 45′ de longitude. La moitié du voyage était accomplie. Encore quinze jours d'une traversée aussi heureuse, et la petite troupe atteindrait les rivages de la baie Twofold.

Du reste, tout le monde était bien portant. Les promesses de Paganel, relativement à cet hygiénique climat, se réalisaient. Peu ou point d'humidité, et une chaleur très-supportable. Les chevaux et les bœufs ne s'en plaignaient point. Les hommes, pas davantage.

Une seule modification avait été apportée à l'ordre de marche depuis Camden-Bridge. La criminelle catastrophe du railway, lorsqu'elle fut connue d'Ayrton, l'engagea à prendre quelques précautions, jusque-là fort inutiles. Les chasseurs durent ne point perdre le chariot de vue. Pendant les heures de campement, l'un d'eux fut toujours de garde. Matin et soir, les amorces des armes furent renouvelées. Il était certain qu'une bande de malfaiteurs battait la campagne, et, quoique rien ne fît naître des craintes immédiates, il fallait être prêt à tout événement.

Inutile d'ajouter que ces précautions furent prises à l'insu de lady Helena et de Mary Grant que Glenarvan ne voulait pas effrayer.

Au fond, on avait raison d'agir ainsi. Une imprudence, une négligence même pouvait coûter cher. Glenarvan, d'ailleurs, n'était pas seul à se préoccuper de cet état de choses. Dans les bourgs isolés, dans les stations, les habitants et les squatters se précautionnaient contre toute attaque ou surprise. Les maisons se fermaient à la nuit tombante. Les chiens, lâchés dans les palissades, aboyaient à la moindre approche. Pas de berger rassemblant à cheval ses nombreux troupeaux pour la rentrée du soir, qui ne portât une carabine suspendue à l'arçon de sa selle. La nouvelle du crime commis au pont de Camden motivait cet excès de précaution, et maint colon se verrouillait avec soin au crépuscule, qui jusqu'alors dormait fenêtres et portes ouvertes.

L'administration de la province elle-même fit preuve de zèle et de prudence. Des détachements de gendarmes indigènes furent envoyés dans les campagnes. On assura plus spécialement le service des dépêches. Jusqu'à ce moment, le mail-coach courait les grands

chemins sans escorte. Or, ce jour-là, précisément
à l'instant où la troupe de Glenarvan traversait la
route de Kilmore à Heatcote, la malle passa de toute la
vitesse de ses chevaux en soulevant un tourbillon de
poussière. Mais, si vite qu'elle eût disparu, Glenarvan
avait vu reluire les carabines des policemen qui galo-
paient à ses portières. On se serait cru reporté à
cette époque funeste, où la découverte des premiers
placers jetait sur le continent australien l'écume des
populations européennes.

Un mille après avoir traversé la route de Kilmore,
le chariot s'enfonça sous un massif d'arbres géants,
et, pour la première fois depuis le cap Bernouilli, les
voyageurs pénétrèrent dans une de ces forêts qui
couvrent plusieurs degrés.

Ce fut un cri d'admiration à la vue des eucalyptus
hauts de deux cents pieds, dont l'écorce fongueuse
mesurait jusqu'à cinq pouces d'épaisseur. Les troncs
de vingt pieds de tour, sillonnés par les baves d'une
résine odorante, s'élevaient à cent cinquante pieds au-
dessus du sol. Pas une branche, pas un rameau, pas une
pousse capricieuse, pas un nœud même n'altérait leur
profil. Ils ne seraient pas sortis plus lisses de la main
du tourneur. C'étaient autant de colonnes exactement
calibrées qui se comptaient par centaines. Elles s'épa-
nouissaient à une excessive hauteur en chapiteaux de
branches contournées et garnies à leur extrémité de
feuilles alternes; à l'aisselle de ces feuilles pendaient

des fleurs solitaires dont le calice figurait une urne renversée.

Sous ce plafond toujours vert, l'air circulait librement; une incessante ventilation buvait l'humidité du sol; les chevaux, les troupeaux de bœufs, les chariots pouvaient passer à l'aise entre ces arbres largement espacés et aménagés comme les jalons d'un taillis en coupe. Ce n'était là ni le bois à bouquets pressés et obstrué de ronces, ni la forêt vierge barricadée de troncs abattus et tendue de lianes inextricables, où, seuls, le fer et le feu peuvent frayer la route aux pionniers. Un tapis d'herbe au pied des arbres, une nappe de verdure à leur sommet, de longues perspectives de piliers hardis, peu d'ombre, peu de fraîcheur, en somme une clarté spéciale et semblable aux lueurs qui filtrent à travers un mince tissu, des reflets réguliers, des miroitements nets sur le sol, tout cet ensemble constituait un spectacle bizarre et riche en effets neufs. La forêt du continent océanien ne rappelle en aucune façon les forêts du nouveau monde, et l'eucalyptus, le « Tara » des aborigènes, rangé dans cette famille des myrtes dont les différentes espèces peuvent à peine s'énumérer, est l'arbre par excellence de la flore australienne.

Si l'ombre n'est pas épaisse, ni l'obscurité profonde sous ces dômes de verdure, cela tient à ce que les arbres présentent une anomalie curieuse dans la disposition de leurs feuilles. Aucune n'offre sa face au soleil, mais bien sa tranche acérée. L'œil n'aperçoit que des profils dans ce singulier feuillage. Aussi, les rayons du soleil glissent-ils jusqu'à terre, comme s'ils passaient entre les lames relevées d'une persienne.

Chacun fit cette remarque et parut surpris. Pourquoi cette disposition particulière? Cette question s'adressait naturellement à Paganel. Il répondit en homme que rien n'embarrasse.

« Ce qui m'étonne ici, dit-il, ce n'est pas la bizarrerie de la nature; la nature sait ce qu'elle fait, mais les botanistes ne savent pas toujours ce qu'ils disent. La nature ne s'est pas trompée en donnant à ces arbres ce feuillage spécial, mais les hommes se sont fourvoyés en les appelant des « eucalyptus. »

— Que veut dire ce mot? demanda Mary Grant.

— Il vient d'εὖ καλύπτω, et signifie *je couvre bien*. On a eu soin de commettre l'erreur en grec afin qu'elle fût moins sensible, mais il est évident que l'eucalyptus couvre mal.

— Accordé, mon cher Paganel, répondit Glenarvan, et maintenant, apprenez-nous pourquoi les feuilles poussent ainsi.

— Par une raison purement physique, mes amis, répondit Paganel, et que vous comprendrez sans peine. Dans cette contrée où l'air est sec, où les pluies sont rares, où le sol est desséché, les arbres n'ont besoin ni de vent ni de soleil. L'humidité manquant, la sève manque aussi. De là, ces feuilles étroites qui cherchent à se défendre elles-mêmes contre le jour et à se préserver d'une trop grande évaporation. Voilà pourquoi elles se présentent de profil et non de face à l'action des rayons solaires. Il n'y a rien de plus intelligent qu'une feuille.

— Et rien de plus égoïste ! repliqua le major. Celles-ci n'ont songé qu'à elles, et pas du tout aux voyageurs. »

Chacun fut un peu de l'avis de Mac Nabbs, moins Paganel, qui, tout en s'essuyant le front, se félicitait de marcher sous des arbres sans ombre. Cependant, cette disposition du feuillage était regrettable; les traversées de ces forêts sont souvent très-longues, et pénibles par conséquent, puisque rien ne protége le voyageur contre les ardeurs du jour.

Pendant toute la journée, le chariot roula sous ces interminables travées d'eucalyptus. On ne rencontra ni un quadrupède, ni un indigène. Quelques kakatoès habitaient les cimes de la forêt, mais, à cette hauteur, on les distinguait à peine, et leur babillage se changeait en imperceptible murmure. Parfois, un essaim de perruches traversait une allée lointaine et l'animait d'un rapide rayon multicolore. Mais, en somme, un profond silence régnait dans ce vaste temple de verdure, et le pas des chevaux, quelques mots échangés dans une conversation décousue, les roues du chariot qui grinçaient, et, de temps en temps, un cri d'Ayrton excitant son indolent attelage, troublaient seuls ces immenses solitudes.

12.

Le soir venu, on campa au pied d'eucalyptus qui portaient la marque d'un feu assez récent. Ils formaient comme de hautes cheminées d'usines, car la flamme les avait creusés intérieurement dans toute leur longueur. Avec le seul revêtement d'écorce qui leur restait, ils ne s'en portaient pas plus mal. Cependant, cette fâcheuse habitude des squatters ou des indigènes finira par détruire ces magnifiques arbres, et ils disparaîtront comme ces cèdres du Liban, vieux de quatre siècles, que brûle la flamme maladroite des campements.

Olbinett, suivant le conseil de Paganel, alluma le feu du souper dans un de ces troncs tubulaires; il obtint aussitôt un tirage considérable, et la fumée alla se perdre dans le massif assombri du feuillage. On prit les précautions voulues pour la nuit, et Ayrton, Mulrady, Wilson, John Mangles, se relayant tour à tour, veillèrent jusqu'au lever du soleil.

Pendant toute la journée du 3 janvier, l'interminable forêt multiplia ses longues avenues symétriques. C'était à croire qu'elle ne finirait pas. Cependant, vers le soir, les rangs des arbres s'éclaircirent, et à quelques milles, dans une petite plaine, apparut une agglomération de maisons régulières.

« Seymour! s'écria Paganel. Voilà la dernière ville que nous devons rencontrer avant de quitter la province de Victoria.

— Est-elle importante? demanda lady Helena.

« — Madame, répondit Paganel, c'est une simple paroisse qui est en train de devenir une municipalité.

— Y trouvèrons-nous un hôtel convenable? dit Glenarvan.

— Je l'espère, répondit le géographe.

— Eh bien, entrons dans la ville, car nos vaillantes voyageuses ne seront pas fâchées, j'imagine, de s'y reposer une nuit.

— Mon cher Edward, répondit lady Helena, Mary et moi, nous acceptons, mais à la condition que cela ne causera ni un dérangement ni un retard.

— Aucunement, répondit lord Glenarvan; notre attelage est fatigué, d'ailleurs; demain, nous repartirons à la pointe du jour. »

Il était alors neuf heures. La lune s'approchait de l'horizon et ne jetait plus que des rayons obliques, noyés dans la brume. L'obscurité se faisait peu à peu. Toute la troupe pénétra dans les larges rues de Seymour sous la direction de Paganel qui semblait toujours parfaitement connaître ce qu'il n'avait jamais vu Mais son instinct le guidait, et il arriva droit à Campbell's North British hôtel.

Chevaux et bœufs furent menés à l'écurie, le chariot remisé, et les voyageurs conduits à des chambres assez confortables. A dix heures, les convives prenaient place à une table, sur laquelle Olbinett avait jeté le coup d'œil du maître. Paganel venait de courir la ville en compagnie de Robert, et il raconta son impression nocturne d'une très-laconique façon. Il n'avait absolument rien vu.

Cependant, un homme moins distrait eût remarqué certaine agitation dans les rues de Seymour; des groupes étaient formés çà et là, qui se grossissaient peu à peu; on causait à la porte des maisons; on s'interrogeait avec une inquiétude réelle; quelques journaux du jour étaient lus à haute voix, commentés, discutés. Ces symptômes ne pouvaient échapper à l'observateur le moins attentif. Cependant Paganel n'avait rien soupçonné.

Le major, lui, sans aller si loin, sans même sortir de l'hôtel, se rendit compte des craintes qui préoccupaient justement la petite ville. Dix minutes de conversation avec le loquace Dickson, le maître de l'hôtel, et il sut à quoi s'en tenir. Mais il n'en souffla mot.

Seulement, quand le souper fut terminé, lorsque lady Glenarvan, Mary et Robert Grant eurent regagné leurs chambres, le major retint ses compagnons, et leur dit :

« On connaît les auteurs du crime commis sur le chemin de fer de Sandhurst.

— Et ils sont arrêtés? demanda vivement Ayrton.

— Non, répondit Mac Nabbs, sans paraître remarquer l'empressement du quartier-maître, empressement très-justifié, d'ailleurs, dans cette circonstance.

— Tant pis, ajouta Ayrton.

— Eh bien! demanda Glenarvan, à qui attribue ce crime?

— Lisez, répondit le major, qui présenta à Glenarvan un numéro de l'*Australian and New-Zealand Gazette*, et vous verrez que l'inspecteur de police ne se trompait pas! »

Glenarvan lut à haute voix le passage suivant :

« Sydney, 2 janvier 1866. — On se rappelle que « dans la nuit du 29 au 30 décembre dernier, un « accident eut lieu à Camden-bridge, à cinq milles au « delà de la station de Castlemaine, railway de Mel-« bourne à Sandhurst. L'express de nuit de 11 h. 45 « lancé à toute vitesse est venu se précipiter dans la « Lutton-river.

« Le pont de Camden était resté ouvert au passage « du train.

« Des vols nombreux commis après l'accident, le « cadavre du garde retrouvé à un demi-mille de « Camden-bridge, prouvèrent que cette catastrophe « était le résultat d'un crime.

« En effet, d'après l'enquête du coroner, il résulte « que ce crime doit être attribué à la bande de convicts « échappés depuis six mois du pénitentiaire de Perth, « Australie occidentale, au moment où ils allaient être « transférés à l'île de Norfolk[1].

« Ces convicts sont au nombre de vingt-neuf; ils sont « commandés par un certain Ben Joyce, malfaiteur de

1. L'île Norfolk est une île située à l'est de l'Australie, où le gouvernement détient les convicts récidivistes et incorrigibles. Ils sont soumis là à une surveillance spéciale.

« la plus dangereuse espèce, arrivé depuis quelques
« mois en Australie, on ne sait par quel navire, et
« sur lequel la justice n'a jamais pu mettre la main.

« Les habitants des villes, les colons et squatters
« des stations sont invités à se tenir sur leurs gardes,
« et à faire parvenir au surveyor-general tous les
« renseignements de nature à favoriser ses recher-
« ches.

                              « J. P. MITCHELL, S.-G. »

Lorsque Glenarvan eut terminé la lecture de cet
article, Mac Nabbs se tourna vers le géographe, et lui
dit :

« Vous voyez, Paganel, qu'il peut y avoir des convicts en Australie.

— Des évadés, c'est évident! répondit Paganel, mais
des transportés régulièrement admis, non. Ces gens-là
n'ont pas le droit d'être ici.

— Enfin, ils y sont, reprit Glenarvan, mais je ne
pense pas que leur présence doive modifier nos projets
et arrêter notre voyage. Qu'en penses-tu, John? »

John Mangles ne répondit pas immédiatement; il
hésitait entre la douleur que causerait aux deux enfants
l'abandon des recherches commencées, et la crainte
de compromettre l'expédition.

« Si lady Glenarvan et miss Grant n'étaient pas avec
nous, dit-il, je me préoccuperais fort peu de cette
bande de misérables. »

Glenarvan le comprit, et ajouta :

« Il va sans dire qu'il ne s'agit pas de renoncer à accomplir notre tâche; mais peut-être serait-il prudent, à cause de nos compagnes, de rejoindre le *Duncan* à Melbourne, et d'aller reprendre à l'est les traces d'Harry Grant. Qu'en pensez-vous, Mac Nabbs?

— Avant de me prononcer, répondit le major, je désirerais connaître l'opinion d'Ayrton. »

Le quartier-maître, directement interpellé, regarda Glenarvan.

« Je pense, dit-il, que nous sommes à deux cents milles de Melbourne, et que le danger, s'il existe, est aussi grand sur la route du sud que sur la route de l'est. Toutes deux sont peu fréquentées, toutes deux se valent. D'ailleurs, je ne crois pas qu'une trentaine de malfaiteurs puissent effrayer huit hommes bien armés et résolus. Donc, sauf meilleur avis, j'irais en avant.

— Bien parlé, Ayrton, répondit Paganel. En continuant, nous pouvons couper les traces du capitaine Grant. En revenant au sud, nous les fuyons au contraire. Je pense donc comme vous, et je fais bon marché de ces échappés de Perth, dont un homme de cœur ne saurait tenir compte! »

Sur ce, la proposition de ne rien changer au programme du voyage fut mise aux voix et passa à l'unanimité.

« Une seule observation, mylord, dit Ayrton au moment où on allait se séparer.

— Parlez, Ayrton.

« — Ne serait-il pas opportun d'envoyer au *Duncan* l'ordre de rallier la côte ?

— A quoi bon? répondit John Mangles. Lorsque nous serons arrivés à la baie Twofold, il sera temps d'expédier cet ordre. Si quelque événement imprévu nous obligeait à gagner Melbourne, nous pourrions regretter de ne plus y trouver le *Duncan*. D'ailleurs, ses avaries ne doivent pas encore être réparées. Je crois donc, par ces divers motifs, qu'il vaut mieux attendre.

— Bien, » répondit Ayrton, qui n'insista pas.

Le lendemain, la petite troupe, armée et prête à tout événement, quitta Seymour. Une demi-heure après, elle rentrait dans la forêt d'eucalyptus qui reparaissait de nouveau vers l'est. Glenarvan eût préféré voyager en rase campagne. Une plaine est moins propice aux embûches et guet-apens qu'un bois épais. Mais on n'avait pas le choix, et le chariot se faufila pendant toute la journée entre les grands arbres monotones. Le soir, après avoir longé la frontière septentrionale du comté d'Anglesey, il franchit le cent quarante-sixième méridien, et l'on campa sur la limite du district de Murray.

CHAPITRE XVI.

OU LE MAJOR SOUTIENT QUE CE SONT DES SINGES.

Le lendemain matin, 5 janvier, les voyageurs mettaient le pied sur le vaste territoire du Murray. Ce district vague et inhabité s'étend jusqu'à la haute barrière des Alpes australiennes. La civilisation ne l'a pas encore découpé en comtés distincts. C'est la portion peu connue et peu fréquentée de la province. Ses forêts tomberont un jour sous la hache du bushman; ses prairies seront livrées au troupeau du squatter; mais jusqu'ici c'est le sol vierge, tel qu'il émergea de l'océan Indien, c'est le désert.

L'ensemble de ces terrains porte un nom significatif sur les cartes anglaises : « Reserve for the blacks, » la réserve pour les noirs. C'est là que les indigènes ont été brutalement repoussés par les colons. On leur a laissé, dans les plaines éloignées, sous les bois inaccessibles, quelques places déterminées, où la race aborigène achèvera peu à peu de s'éteindre. Tout homme blanc, colon, émigrant, squatter, bushman, peut franchir les limites de ces réserves. Le noir seul n'en doit jamais sortir.

Paganel, tout en chevauchant, traitait cette grave question des races indigènes. Il n'y eut qu'un avis à cet égard, c'est que le système britannique poussait à l'anéantissement des peuplades conquises, à leur effacement des régions où vivaient leurs ancêtres. Cette funeste tendance fut partout marquée, et en Australie plus qu'ailleurs. Aux premiers temps de la colonie, les déportés, les colons eux-mêmes, considéraient les noirs comme des animaux sauvages. Ils les chassaient et les tuaient à coups de fusil. On les massacrait, on invoquait l'autorité des jurisconsultes pour prouver que l'Australien étant hors la loi naturelle, le meurtre de ces misérables ne constituait pas un crime. Les journaux de Sydney proposèrent même un moyen efficace de se débarrasser des tribus du lac Hunter : c'était de les empoisonner en masse.

Les Anglais, on le voit, au début de leur conquête, appelèrent le meurtre à l'aide de la colonisation. Leurs cruautés furent atroces. Ils se conduisirent en Australie comme aux Indes, où cinq millions d'Indiens ont disparu, comme au Cap, où une population d'un million de Hottentots est tombée à cent mille. Aussi la population aborigène, décimée par les mauvais traitements et l'ivrognerie, tend-elle à disparaître du continent devant une civilisation homicide. Certains gouverneurs, il est vrai, ont lancé des décrets contre les sanguinaires bushmen! Ils punissaient de quelques coups de fouet le blanc qui coupait le nez ou les oreilles à un noir, ou lui enlevait le petit doigt, « pour s'en faire un bourre-pipe. » Vaines menaces ! Les meurtres s'organisèrent sur une vaste échelle, et des tribus entières disparurent. Pour ne citer que l'île de Van Diemen, qui comptait cinq mille indigènes au commencement du siècle, ses habitants en 1863 étaient réduits à sept ! Et dernièrement, *le Mercure* a pu signaler l'arrivée à Hobart-Town du dernier des Tasmaniens.

Ni Glenarvan, ni le major, ni John Mangles, ne contredirent Paganel. Eussent-ils été Anglais, ils n'auraient pas défendu leurs compatriotes. Les faits étaient patents, incontestables.

« Il y a cinquante ans, ajouta Paganel, nous aurions déjà rencontré sur notre route mainte tribu de naturels, et jusqu'ici pas un indigène n'est encore apparu. Dans un siècle, ce continent sera entièrement dépeuplé de sa race noire. »

En effet, la réserve paraissait être absolument abandonnée. Nulle trace de campements ni de huttes. Les plaines et les grands taillis se succédaient, et peu à peu la contrée prit un aspect sauvage. Il semblait même qu'aucun être vivant, homme ou bête, ne fréquentait ces régions éloignées, quand Robert, s'arrêtant devant un bouquet d'eucalyptus, s'écria :

« Un singe ! voilà un singe ! »

Et il montrait un grand corps noir qui, se glissant de branche en branche avec une surprenante agilité, passait d'une cime à l'autre, comme si quelque appareil membraneux l'eût soutenu dans l'air. En cet étrange pays, les singes volaient-ils donc comme certains renards auxquels la nature a donné des ailes de chauvesouris?

Cependant, le chariot s'était arrêté, et chacun suivait des yeux l'animal qui se perdit peu à peu dans les hauteurs de l'eucalyptus. Bientôt, on le vit redescendre avec la rapidité de l'éclair, courir sur le sol avec mille contorsions et gambades, puis saisir de ses longs bras le tronc lisse d'un énorme gommier. On se demandait comment il s'élèverait sur cet arbre droit et glissant qu'il ne pouvait embrasser. Mais le singe, frappant alternativement le tronc d'une sorte de hache, creusa de petites entailles, et par ces points d'appui régulièrement espacés, il atteignit la fourche du gommier. En quelques secondes, il disparut dans l'épaisseur du feuillage.

« Ah çà! qu'est-ce que c'est que ce singe-là? demanda le major.

— Ce singe-là, répondit Paganel, c'est un Australien pur sang! »

Les compagnons du géographe n'avaient pas encore eu le temps de hausser les épaules, que des cris qu'on pourrait orthographier ainsi: « coo-eeh! coo-eeh! » retentirent à peu de distance. Ayrton piqua ses bœufs, et, cent pas plus loin, les voyageurs arrivaient inopinément à un campement d'indigènes.

Quel triste spectacle! Une dizaine de tentes se dressaient sur le sol nu. Ces « gunyos, » faits avec des bandes d'écorce étagées comme des tuiles, ne protégeaient que d'un côté leurs misérables habitants. Ces êtres, dégradés par la misère, étaient repoussants. Il y en avait là une trentaine, hommes, femmes et enfants, vêtus de peaux de kanguroos déchiquetées comme des haillons. Leur premier mouvement, à l'approche du chariot, fut de s'enfuir. Mais quelques mots d'Ayrton prononcés dans un inintelligible patois parurent les rassurer. Ils revinrent alors, moitié confiants, moitié craintifs, comme des animaux auxquels on tend quelque morceau friand.

Ces indigènes, hauts de cinq pieds quatre pouces à cinq pieds sept pouces, avaient un teint fuligineux, non pas noir, mais couleur de vieille suie, les cheveux floconneux, les bras longs, l'abdomen proéminent, le corps velu et couturé par les cicatrices du tatouage ou les incisions pratiquées dans les cérémonies funèbres. Rien d'horrible comme leur figure monstrueuse, leur bouche énorme, leur nez épaté et écrasé sur les joues, leur mâchoire inférieure proéminente, armée de dents blanches, mais proclives. Jamais créatures humaines n'avaient présenté à ce point le type d'animalité.

« Robert ne se trompait pas, dit le major, ce sont des singes, — pur sang, si l'on veut, — mais ce sont des singes!

— Mac Nabbs, répondit doucement lady Helena,

donneriez-vous donc raison à ceux qui les chassent
comme des bêtes sauvages? Ces pauvres êtres sont des
hommes!

— Des hommes! s'écria Mac Nabbs! Tout au plus
des êtres intermédiaires entre l'homme et l'orang-
outang! Et encore, si je mesurais leur angle facial, je
le trouverais aussi fermé que celui du singe! »

Mac Nabbs avait raison sous ce rapport; l'angle
facial de l'indigène australien est très-aigu et sensiblement égal à celui de l'orang-outang, soit soixante à
soixante-deux degrés. Aussi n'est-ce pas sans raison que
M. de Rienzi proposa de classer ces malheureux dans
une race à part qu'il nommait les « pithécomorphes, »
c'est-à-dire hommes à formes de singes.

Mais lady Helena avait encore plus raison que Mac
Nabbs, en tenant pour des êtres doués d'une âme ces
indigènes placés au dernier degré de l'échelle humaine.
Entre la brute et l'Australien existe l'infranchissable
abîme qui sépare les genres. Pascal a justement dit
que l'homme n'est brute nulle part. Il est vrai qu'il
ajoute, avec non moins de sagesse, « ni ange non
plus. »

Or, précisément, lady Helena et Mary Grant donnaient tort à cette dernière partie de la proposition du
grand penseur. Ces deux charitables femmes avaient
quitté le chariot; elles tendaient une main caressante
à ces misérables créatures; elles leur offraient des
aliments que ces sauvages avalaient avec une répu-

gnante gloutonnerie. Les indigènes devaient d'autant mieux prendre lady Helena pour une divinité, que suivant leur religion, les blancs sont d'anciens noirs blanchis après leur mort.

Mais ce furent les femmes, surtout, qui excitèrent la pitié des voyageuses. Rien n'est comparable à la condition de l'Australienne; une nature marâtre lui a même refusé le moindre charme; c'est une esclave, enlevée par la force brutale, qui n'a eu d'autre présent de noce que des coups de « waddie, » sorte de bâton rivé à la main de son maître. Depuis ce moment, frappée d'une vieillesse précoce et foudroyante, elle a été accablée de tous les pénibles travaux de la vie errante, portant avec ses enfants enroulés dans un paquet de joncs les instruments de pêche et de chasse, les provisions de « phormium tenax, » dont elle fabrique des filets. Elle doit procurer des vivres à sa famille; elle chasse les lézards, les opossums et les serpents jusqu'à la cime des arbres; elle coupe le bois du foyer; elle arrache les écorces de la tente: pauvre bête de somme, elle ignore le repos, et ne mange qu'après son maître les restes dégoûtants dont il ne veut plus.

En ce moment, quelques-unes de ces malheureuses, privées de nourriture, depuis longtemps peut-être, essayaient d'attirer les oiseaux en leur présentant des graines.

On les voyait étendues sur le sol brûlant, immobiles, comme mortes, attendre pendant des heures entières qu'un naïf oiseau vînt à portée de leur main! Leur industrie en fait de piéges n'allait pas plus loin, et il fallait être un volatile australien pour s'y laisser prendre.

Cependant, les indigènes, apprivoisés par les avances des voyageurs, les entouraient, et l'on dut se garder alors contre leurs instincts éminemment pillards. Ils parlaient un idiome sifflant, fait de battements de langue. Cela ressemblait à des cris d'animaux. Cependant, leur voix avait souvent des inflexions câlines d'une grande douceur; le mot « noki, noki, » se répétait souvent, et les gestes le faisaient suffisamment comprendre. C'était le « donnez-moi! donnez-moi! » qui s'appliquait aux plus menus objets des voyageurs. Mr. Olbinett eut fort à faire pour défendre le compartiment aux bagages et surtout les vivres de l'expédition. Ces pauvres affamés jetaient sur le chariot un regard effrayant et montraient des dents aiguës qui s'étaient peut-être exercées sur des lambeaux de chair humaine. La plupart des tribus australiennes ne sont pas anthropophages, sans doute, en temps de paix; mais il est peu de sauvages qui se refusent à dévorer la chair d'un ennemi vaincu.

Cependant, à la demande d'Helena, Glenarvan donna r dre de distribuer quelques aliments. Les naturels co mprirent son intention et se livrèrent à des démonstrations qui eussent ému le cœur le plus insensible. Ils poussèrent aussi des rugissements semblables à ceux des bêtes fauves, quand le gardien leur apporte la pitance quotidienne. Sans donner raison au major, on ne pouvait nier, pourtant, que cette race ne touchât de près à l'animal.

Mr. Olbinett, en homme galant, avait cru devoir servir d'abord les femmes. Mais ces malheureuses créatures n'osèrent manger avant leurs redoutables maîtres. Ceux-ci se jetèrent sur le biscuit et la viande sèche comme sur une proie.

Mary Grant, songeant que son père était prisonnier d'indigènes aussi grossiers, sentit les larmes lui venir aux yeux. Elle se représentait tout ce que devait souffrir un homme tel qu'Harry Grant, esclave de ces tribus errantes, en proie à la misère, à la faim, aux mauvais traitements. John Mangles, qui l'observait avec la plus inquiète attention, devina les pensées dont son cœur était plein, et il alla au-devant de ses désirs en interrogeant le quartier-maître du *Britannia*.

« Ayrton, lui dit-il, est-ce des mains de pareils sauvages que vous vous êtes échappé?

— Oui, capitaine, répondit Ayrton. Toutes ces peuplades de l'intérieur se ressemblent. Seulement, vous ne voyez ici qu'une poignée de ces pauvres diables, tandis qu'il existe sur les bords du Darling des tribus nombreuses commandées par des chefs dont l'autorité est redoutable.

— Mais, demanda John Mangles, que peut faire un Européen au milieu de ces naturels?

13.

— Ce que je faisais moi-même, répondit Ayrton ; il
chasse, il pêche avec eux ; il prend part à leurs com-
bats, et, comme je vous l'ai déjà dit, il est traité en
raison des services qu'il rend, et pour peu que ce soit
un homme intelligent et brave, il prend dans la tribu
une situation considérable.

— Mais il est prisonnier ? dit Mary Grant.

— Et surveillé, ajouta Ayrton, de façon à ne pouvoir faire un pas, ni jour ni nuit !

— Cependant, vous êtes parvenu à vous échapper,
Ayrton, dit le major, qui vint se mêler à la conversation.

— Oui, monsieur Mac Nabbs, à la faveur d'un combat
entre ma tribu et une peuplade voisine. J'ai réussi.
Bien. Je ne le regrette pas. Mais si c'était à refaire,
je préférerais, je crois, un éternel esclavage aux tortures que j'ai éprouvées en traversant les déserts de
l'intérieur. Dieu garde le capitaine Grant de tenter
une pareille chance de salut !

— Oui, certes, répondit John Mangles, nous devons
désirer, miss Mary, que votre père soit retenu dans
une tribu indigène. Nous trouverons ses traces plus
aisément que s'il errait dans les forêts du continent.

— Vous espérez toujours ? demanda la jeune fille.

— J'espère toujours, miss Mary, vous voir heureuse un jour, avec l'aide de Dieu ! »

Les yeux humides de Mary Grant purent seuls remer-
cier le jeune capitaine.

Pendant cette conversation, un mouvement inaccoutumé s'était produit parmi les sauvages; ils poussaient des cris retentissants; ils couraient dans diverses directions; ils saisissaient leurs armes et semblaient pris d'une fureur farouche.

Glenarvan ne savait où ils voulaient en venir, quand le major, interpellant Ayrton, lui dit :

« Puisque vous avez vécu pendant longtemps chez les Australiens, vous comprenez sans doute le langage de ceux-ci?

— A peu près, répondit le quartier-maître, car, autant de tribus, autant d'idiomes. Cependant, je crois deviner que, par reconnaissance, ces sauvages veulent montrer à Son Honneur le simulacre d'un combat. »

C'était en effet la cause de cette agitation. Les indigènes, sans autre préambule, s'attaquaient avec une fureur parfaitement simulée, et si bien même, qu'à moins d'être prévenu on aurait pris au sérieux cette petite guerre. Mais les Australiens sont des mimes excellents, au dire des voyageurs, et, en cette occasion, ils déployèrent un remarquable talent.

Leurs instruments d'attaque et de défense consistaient en un casse-tête, sorte de massue de bois qui a raison des crânes les plus épais, et une espèce de « tomahawk, » pierre aiguisée très-dure, fixée entre deux bâtons par une gomme adhérente. Cette hache a une poignée longue de dix pieds. C'est un redoutable in-

strument de guerre, et un utile instrument de paix, qui
sert à abattre les branches ou les têtes, à entailler les
corps ou les arbres, suivant le cas.

Toutes ces armes s'agitaient dans des mains fréné-
tiques, au bruit des vociférations; les combattants se
jetaient les uns sur les autres; ceux-ci tombaient comme
morts, ceux-là poussaient le cri du vainqueur. Les
femmes, les vieilles principalement, possédées du
démon de la guerre, les excitaient au combat, se
précipitaient sur les faux cadavres, et les mutilaient en
apparence avec une férocité qui, réelle, n'eût pas été
plus horrible. A chaque instant, lady Helena craignait
que le jeu ne dégénérât en bataille sérieuse. D'ailleurs,
les enfants, qui avaient pris part au combat, y allaient
franchement. Les petits garçons et les petites filles,
plus rageuses surtout, s'administraient des taloches
superbes avec un entrain féroce.

Ce combat simulé durait déjà depuis dix minutes,
quand soudain les combattants s'arrêtèrent. Les armes
tombèrent de leurs mains. Un profond silence succéda
au bruyant tumulte. Les indigènes demeurèrent fixes
dans leur dernière attitude, comme des personnages
de tableaux vivants. On les eût dits pétrifiés.

Quelle était la cause de ce changement, et pourquoi
tout d'un coup cette immobilité marmoréenne? On ne
tarda pas à le savoir.

Une bande de kakatoès se déployait en ce moment
à la hauteur des gommiers. Ils remplissaient l'air de

leurs babillements, et ressemblaient, avec les nuances vigoureuses de leur plumage, à un arc-en-ciel volant. C'était l'apparition de cette éclatante nuée d'oiseaux qui avait interrompu le combat. La chasse, plus utile que la guerre, lui succédait.

Un des indigènes, saisissant un instrument peint en rouge, d'une structure particulière, quitta ses compagnons toujours immobiles, et se dirigea entre les arbres et les buissons vers la bande de kakatoès. Il ne faisait aucun bruit en rampant, il ne frôlait pas une feuille, il ne déplaçait pas un caillou. C'était une ombre qui glissait.

Le sauvage, arrivé à une distance convenable, lança son instrument suivant une ligne horizontale à deux pieds du sol. Cette arme parcourut ainsi un espace de quarante pieds environ; puis, soudain, sans toucher la terre, elle se releva subitement par un angle droit, monta à cent pieds dans l'air, frappa mortellement une douzaine d'oiseaux, et, décrivant une parabole, revint tomber aux pieds du chasseur.

Glenarvan et ses compagnons étaient stupéfaits; ils ne pouvaient en croire leurs yeux.

« C'est le « boomerang! » dit Ayrton.

— Le boomerang! s'écria Paganel, le boomerang australien! »

Et comme un enfant, il alla ramasser l'instrument merveilleux, « pour voir ce qu'il y avait dedans. »

On aurait pu penser, en effet, qu'un mécanisme

intérieur, un ressort subitement détendu, en modifiait la course. Il n'en était rien.

Ce boomerang consistait tout uniment en une pièce de bois dur et recourbé, longue de trente à quarante pouces. Son épaisseur au milieu était de trois pouces environ, et ses deux extrémités se terminaient en pointes aiguës. Sa partie concave rentrait de six lignes et sa partie convexe présentait deux rebords très-affilés. C'était aussi simple qu'incompréhensible.

« Voilà donc ce fameux boomerang! dit Paganel, après avoir attentivement examiné le bizarre instrument. Un morceau de bois, et rien de plus. Pourquoi, à un certain moment de sa course horizontale, remonte-t-il dans les airs pour revenir à la main qui l'a jeté? Les savants et les voyageurs n'ont jamais pu donner l'explication de ce phénomène.

— Ne serait-ce pas un effet semblable à celui du cerceau qui, lancé d'une certaine façon, revient à son point de départ? dit John Mangles.

— Ou plutôt, ajouta Glenarvan, un effet rétrograde, pareil à celui d'une bille de billard frappée en un point déterminé?

— Aucunement, répondit Paganel; dans ces deux cas, il y a un point d'appui qui détermine la réaction: c'est le sol pour le cerceau, et le tapis pour la bille. Mais, ici, le point d'appui manque, l'instrument ne touche pas la terre, et cependant il remonte à une hauteur considérable!

— Alors comment expliquez-vous ce fait, monsieur Paganel? demanda lady Helena.

— Je ne l'explique pas, madame, je le constate une fois de plus; l'effet tient évidemment à la manière dont le boomerang est lancé et à sa conformation particulière. Mais, quant à ce lancement, c'est encore le secret des Australiens!

— En tout cas, c'est bien ingénieux... pour des singes, » ajouta lady Helena, en regardant le major, qui secoua la tête d'un air peu convaincu.

Cependant, le temps s'écoulait, et Glenarvan pensa qu'il ne devait pas retarder davantage sa marche vers l'est; il allait donc prier les voyageurs de remonter dans leur chariot, quand un sauvage arriva tout courant, et prononça quelques mots avec une grande animation.

« Ah ! fit Ayrton, ils ont aperçu des casoars!

— Quoi! il s'agit d'une chasse? dit Glenarvan.

— Il faut voir cela, s'écria Paganel. Ce doit être curieux ! Peut-être le boomerang va-t-il fonctionner encore.

— Qu'en pensez-vous, Ayrton?

— Ce ne sera pas long, mylord, » répondit le quartier-maître.

Les indigènes n'avaient pas perdu un instant. C'est pour eux un coup de fortune de tuer des casoars. La tribu a ses vivres assurés pour quelques jours. Aussi les chasseurs emploient-ils toute leur adresse à s'emparer d'une pareille proie. Mais comment, sans fusils, parviennent-ils à abattre, et, sans chiens, à atteindre un animal si agile? C'était le côté très-intéressant du spectacle réclamé par Paganel.

L'ému ou casoar sans casque, nommé « Moureuk » par les naturels, est un animal qui commence à se faire rare dans les plaines de l'Australie. Ce gros oiseau, haut de deux pieds et demi, a une chair blanche qui rappelle beaucoup celle du dindon; il porte sur la tête une plaque cornée; ses yeux sont brun clair, son bec noir et courbé de haut en bas; ses pieds ont trois doigts armés d'ongles puissants; ses ailes, de véritables moignons, ne peuvent lui servir à voler; son plumage, pour ne pas dire son pelage, est plus foncé au cou et à la poitrine. Mais, s'il ne vole pas, il court et défierait sur le turf le cheval le plus rapide. On ne peut donc le prendre que par la ruse, et encore faut-il être singulièrement rusé.

C'est pourquoi, à l'appel de l'indigène, une dizaine d'Australiens se déployèrent comme un détachement de-tirailleurs. C'était dans une admirable plaine, où l'indigo croissait naturellement et bleuissait le sol de ses fleurs. Les voyageurs s'arrêtèrent sur la lisière d'un bois de mimosas.

A l'approche des naturels, une demi-douzaine d'émus se levèrent, prirent la fuite, et allèrent se remiser à un mille. Quand le chasseur de la tribu eut reconnu leur position, il fit signe à ses camarades de s'arrêter.

Ceux-ci s'étendirent sur le sol, tandis que lui, tirant de son filet deux peaux de casoars fort adroitement cousues, s'en affubla sur-le-champ. Son bras droit passait au-dessus de sa tête, et il imitait en remuant la démarche d'un ému qui cherche sa nourriture.

L'indigène se dirigea vers le troupeau ; tantôt il s'arrêtait, feignant de picorer quelques graines ; tantôt il faisait voler la poussière avec ses pieds et s'entourait d'un nuage poudreux. Tout ce manége était parfait. Rien de plus fidèle que cette reproduction des allures de l'ému. Le chasseur poussait des grognements sourds auxquels l'oiseau lui-même se fût laissé prendre. Ce qui arriva. Le sauvage se trouva bientôt au milieu de la bande insoucieuse. Soudain, son bras brandit la massue, et cinq émus sur six tombèrent à ses côtés.

Le chasseur avait réussi ; la chasse était terminée.

Alors Glenarvan, les voyageuses, toute la petite troupe prit congé des indigènes. Ceux-ci montrèrent peu de regrets de cette séparation. Peut-être le succès de la chasse aux casoars leur faisait-il oublier leur fringale satisfaite. Ils n'avaient même pas la reconnaissance de l'estomac, plus vivace que celle du cœur, chez les natures incultes et chez les brutes.

Quoi qu'il en soit, on ne pouvait, en de certaines occasions, ne point admirer leur intelligence et leur adresse.

« Maintenant, mon cher Mac Nabbs, dit lady Helena, vous conviendrez volontiers que les Australiens ne sont pas des singes !

— Parce qu'ils imitent fidèlement l'allure d'un animal? répliqua le major. Mais au contraire, cela justifierait ma doctrine!

— Plaisanter n'est pas répondre, dit lady Helena. Je veux, major, que vous reveniez sur votre opinion.

— Eh bien! oui, ma cousine, ou plutôt, non. Les Australiens ne sont pas des singes; ce sont les singes qui sont des Australiens.

— Par exemple!

— Eh! rappelez-vous ce que prétendent les nègres à propos de cette intéressante race des orang-outangs.

— Que prétendent-ils? demanda lady Helena.

— Ils prétendent, répliqua le major, que les singes sont des noirs comme eux, mais plus malins : « Li pas « parler pour li pas travailler, » disait un nègre jaloux d'un orang-outang apprivoisé que son maître nourrissait à rien faire. »

CHAPITRE XVII.

LES ÉLEVEURS MILLIONNAIRES.

Après une nuit tranquillement passée par 146°15′ de longitude, les voyageurs, le 6 janvier, à sept heures du matin, continuèrent à traverser le vaste district. Ils marchaient toujours vers le soleil levant, et les empreintes de leurs pas traçaient sur la plaine une ligne rigoureusement droite. Deux fois, ils coupèrent des traces de squatters qui se dirigeaient vers le nord, et alors ces diverses empreintes se seraient confondues, si le cheval de Glenarvan n'eût laissé sur la poussière la marque de Black-Point, reconnaissable à ses deux trèfles.

La plaine était parfois sillonnée de creeks capricieux, entourés de buis, aux eaux plutôt temporaires que permanentes. Ils prenaient naissance sur les versants des « Buffalos-Ranges, » chaîne de médiocres montagnes dont la ligne pittoresque ondulait à l'horizon.

On résolut d'y camper le soir même. Ayrton pressa son attelage, et après une journée de trente-cinq milles, les bœufs arrivèrent, un peu fatigués. La tente fut dressée sous de grands arbres; la nuit était venue, le souper fut rapidement expédié. On songeait moins à manger qu'à dormir, après une marche pareille.

Paganel, à qui revenait le premier quart, ne se coucha pas, et, sa carabine à l'épaule, il veilla sur le campement, se promenant de long en large pour mieux résister au sommeil.

Malgré l'absence de la lune, la nuit était presque lumineuse, sous l'éclat des constellations australes. Le savant s'amusait à lire dans ce grand livre du firmament toujours ouvert et si intéressant pour qui sait le comprendre. Le profond silence de la nature endormie n'était interrompu que par le bruit des entraves qui retentissaient aux pieds des chevaux.

Paganel se laissait donc entraîner à ses méditations astronomiques, et il s'occupait plus des choses du ciel que des choses de la terre, quand un son lointain le tira de sa rêverie.

Il prêta une oreille attentive, et, à sa grande stupéfaction, il crut reconnaître les sons d'un piano ; quelques accords, largement arpégés, envoyaient jusqu'à lui leur sonorité frémissante. Il ne pouvait s'y tromper.

« Un piano dans le désert ! se dit Paganel. Voilà ce que je n'admettrai jamais ! »

C'était très-surprenant, en effet, et Paganel aima mieux croire que quelque étrange oiseau d'Australie imitait les sons d'un Pleyel ou d'un Érard, comme d'autres imitent des bruits d'horloge et de rémouleurs.

Mais en ce moment, une voix purement timbrée s'éleva dans les airs. Le pianiste était doublé d'un chanteur. Paganel écouta sans vouloir se rendre. Cependant, après quelques instants, il fut forcé de reconnaître l'air sublime qui frappait son oreille.

C'était *Il mio tesoro tanto,* du *Don Juan.*

« Parbleu ! pensa le géographe, si bizarres que soient les oiseaux australiens, et quand ce seraient les perroquets les plus musiciens du monde, ils ne peuvent pas chanter du Mozart ! »

Puis, il écouta jusqu'au bout cette sublime inspiration du maître. L'effet de cette suave mélodie, portée à travers une nuit limpide, était indescriptible. Paganel demeura longtemps sous ce charme inexprimable ; puis la voix se tut, et tout rentra dans le silence.

Quand Wilson vint relever Paganel, il le trouva plongé dans une rêverie profonde. Paganel ne dit rien au matelot ; il se réserva d'instruire Glenarvan, le lendemain, de cette particularité, et il alla se blottir sous la tente.

Le lendemain, toute la troupe était réveillée par des aboiements inattendus. Glenarvan se leva aussitôt. Deux magnifiques « pointers, » hauts sur pied, admirables spécimens du chien d'arrêt de race anglaise, gambadaient sur la lisière d'un petit bois. A l'approche des voyageurs, ils rentrèrent sous les arbres en redoublant leurs cris.

« Il y a donc une station dans ce désert, dit Glenarvan, et des chasseurs, puisque voilà des chiens de chasse ? »

Paganel ouvrait déjà la bouche pour raconter ses impressions de la nuit passée, quand deux jeunes gens apparurent, montant deux chevaux de sang de toute beauté, de véritables « hunters. »

Les deux gentlemen, vêtus d'un élégant costume de chasse, s'arrêtèrent à la vue de la petite troupe campée à la façon bohémienne. Ils semblaient se demander ce que signifiait la présence de gens armés en cet endroit, quand ils aperçurent les voyageuses qui descendaient du chariot.

Aussitôt, ils mirent pied à terre, et ils s'avancèrent vers elles, le chapeau à la main.

Lord Glenarvan vint à leur rencontre, et, en sa qualité d'étranger, il déclina ses noms et qualités. Les jeunes gens s'inclinèrent, et l'un d'eux, le plus âgé, dit :

« Mylord, ces dames, vos compagnons et vous, voulez-vous nous faire l'honneur de vous reposer dans notre habitation ?

— Messieurs ?... dit Glenarvan.

— Michel et Sandy Patterson, propriétaires de Hottam-station. Vous êtes déjà sur les terres de l'établissement, et vous n'avez pas un quart de mille à faire.

— Messieurs, répondit Glenarvan, je ne voudrais pas abuser d'une hospitalité si gracieusement offerte...

— Mylord, reprit Michel Patterson, en acceptant, vous obligez de pauvres exilés qui seront trop heureux de vous faire les honneurs du désert. »

Glenarvan s'inclina en signe d'acquiescement.

« Monsieur, dit alors Paganel, s'adressant à Michel Patterson, serais-je indiscret en vous demandant si c'est vous qui chantiez hier cet air du divin Mozart ?

— C'est moi, monsieur, répondit le gentleman, et mon cousin Sandy m'accompagnait.

— Eh bien ! monsieur, reprit Paganel, recevez les sincères compliments d'un Français, admirateur passionné de cette musique. »

Paganel tendit la main au jeune gentleman, qui la prit d'un air fort aimable. Puis, Michel Patterson indiqua vers la droite la route à suivre. Les chevaux avaient été laissés aux soins d'Ayrton et des matelots. Ce fut donc à pied, causant et admirant, que les voyageurs, guidés par les deux jeunes gens, se rendirent à l'habitation d'Hottam-station.

C'était vraiment un établissement magnifique, tenu avec la sévérité rigoureuse des parcs anglais. D'immenses prairies, encloses de barrières grises, s'étendaient à perte de vue. Là, paissaient les bœufs par milliers, et les moutons par millions. De nombreux bergers et des chiens plus nombreux encore gardaient cette tumultueuse armée. Aux beuglements et aux bêlements se mêlaient l'aboi des dogues et le claquement strident des stockwips.

Vers l'est, le regard s'arrêtait sur une lisière de myalls et de gommiers, que dominait à sept mille cinq cents pieds dans les airs la cime imposante du mont Hottam. De longues avenues d'arbres verts à feuilles persistantes rayonnaient dans toutes les directions. Çà et là se massaient d'épais taillis de « grass-trees, » arbustes hauts de dix pieds, semblables au palmier nain, et perdus dans leur chevelure de feuilles étroites et longues. L'air était embaumé du parfum des lauriersmenthes, dont les bouquets de fleurs blanches, alors en pleine floraison, dégageaient les plus fines senteurs aromatiques.

Aux groupes charmants de ces arbres indigènes se mariaient les productions transplantées des climats européens. Le pêcher, le poirier, le pommier, le figuier, l'oranger, le chêne lui-même, furent salués par les hurrahs des voyageurs, et ceux-ci, s'ils ne s'étonnèrent pas trop de marcher à l'ombre des arbres de leur pays, s'émerveillèrent, du moins, à la vue des oiseaux qui voltigeaient entre les branches, les « satin-birds » au plumage soyeux, et les séricules, vêtus mi-partie d'or et de velours noir.

Entre autres, et pour la première fois, il leur fut donné d'admirer le « ménure. » C'est l'oiseau-lyre, dont l'appendice caudal figure le gracieux instrument d'Orphée. Il fuyait entre les fougères arborescentes, et lorsque sa queue frappait les branches, on s'étonnait presque de ne pas entendre ces harmonieux accords dont s'inspirait Amphion pour rebâtir les murs de Thèbes. Paganel avait envie d'en jouer.

Cependant, lord Glenarvan ne se contentait pas d'admirer les féeriques merveilles de cette oasis imprévisée dans le désert australien. Il écoutait le récit des jeunes gentlemen. En Angleterre, au milieu de ses campagnes civilisées, le nouvel arrivant eût tout d'abord appris à son hôte d'où il venait, où il allait. Mais ici, et par une nuance de délicatesse finemen observée, Michel et Sandy Patterson crurent devoir se faire connaître des voyageurs auxquels ils offraient l'hospitalité. Ils racontèrent donc leur histoire.

C'était celle de tous ces jeunes Anglais, intelligents et industrieux, qui ne croient pas que la richesse dispense du travail. Michel et Sandy Patterson étaient fils d'un banquier de Londres. A vingt ans, le chef de leur famille avait dit : « Voici des millions, jeunes « gens. Allez dans quelque colonie lointaine; fondez-y « un établissement utile ; puisez dans le travail la « connaissance de la vie. Si vous réussissez, tant « mieux. Si vous échouez, peu importe. Nous ne « regretterons pas les millions qui vous auront servi « à devenir des hommes. » Les deux jeunes gens obéirent. Ils choisirent en Australie la colonie de Victoria pour y semer les banknotes paternelles, et ils n'eurent pas lieu de s'en repentir. Au bout de trois ans, l'établissement prospérait.

On compte dans les provinces de Victoria, de la Nouvelle-Galles du sud et de l'Australie méridionale plus de trois mille stations, les unes dirigées par les squatters qui élèvent le bétail, les autres par les settlers dont la principale industrie est la culture du sol. Jusqu'à l'arrivée des deux jeunes Anglais, l'établissement le plus considérable de ce genre était celui de M. Jamieson, qui couvrait cent kilomètres de superficie, avec une bordure de vingt-cinq kilomètres sur le Paroo, l'un des affluents du Darling.

14

Maintenant, la station d'Hottam l'emportait en étendue et en affaires. Les deux jeunes gens étaient squatters et settlers tout à la fois. Ils administraient avec une rare habileté, et, ce qui est plus difficile, avec une énergie peu commune, leur immense propriété.

On le voit, cette station se trouvait reportée à une grande distance des principales villes, au milieu des déserts peu fréquentés du Murray. Elle occupait l'espace compris entre 146°48' et 147°, c'est-à-dire un terrain long et large de cinq lieues, situé entre les Buffalos-Ranges et le mont Hottam. Aux deux angles nord de ce vaste quadrilatère se dressaient à gauche le mont Aberdeen, à droite les sommets du High-Barven. Les eaux belles et sinueuses n'y manquaient pas, grâce aux creeks et affluents de l'Oven's-river, qui se jette au nord dans le lit du Murray. Aussi, l'élève du bétail et la culture du sol y réussissaient également. Dix mille acres de terre, admirablement assolés et amenagés, mêlaient les récoltes indigènes aux productions exotiques, tandis que plusieurs millions d'animaux s'engraissaient dans les verdoyants pâturages. Aussi, les produits de Hottam-station étaient-ils cotés à de hauts cours sur les marchés de Castlemaine et de Melbourne.

Michel et Sandy Patterson achevaient de donner ces détails de leur industrieuse existence quand, à l'extrémité d'une avenue de casuarinas, apparut l'habitation.

C'était une charmante maison de bois et de briques, enfouie sous des bouquets d'émérophilis. Elle
avait la forme élégante du chalet, et une vérandah à
laquelle pendaient des lampes chinoises contournait le
long des murs comme un impluvium antique. Devant
les fenêtres se déployaient des bannes multicolores qui
semblaient être en fleur. Rien de plus coquet, rien
de plus délicieux au regard, mais aussi rien de plus confortable. Sur les pelouses et dans les massifs groupés
aux alentours poussaient des candélabres de bronze,
qui supportaient d'élégantes lanternes; à la nuit
tombante, tout ce parc s'illuminait des blanches
lumières du gaz, venu d'un petit gazomètre, caché
sous des berceaux de myalls et de fougères arborescentes.

D'ailleurs, on ne voyait ni communs, ni écuries, ni
hangars, rien de ce qui indique une exploitation rurale.
Toutes ces dépendances, — un véritable village composé de plus de vingt huttes et maisons, — étaient
situées à un quart de mille, au fond d'une petite vallée. Des fils électriques mettaient en communication
instantanée le village et la maison des maîtres. Celle-ci,
loin de tout bruit, semblait perdue dans une forêt
d'arbres exotiques.

Bientôt, l'avenue des casuarinas fut dépassée; un
petit pont de fer d'une élégance extrême, jeté sur un
creek murmurant, donnait accès dans le parc réservé.
Il fut franchi. Un intendant de haute mine vint au

devant des voyageurs ; les portes de l'habitation s'ouvrirent, et les hôtes de Hottam-station pénétrèrent dans les somptueux appartements contenus sous cette enveloppe de briques et de fleurs.

Tout le luxe de la vie artiste et fashionable s'offrit à leurs yeux. Sur l'antichambre ornée de sujets décoratifs empruntés à l'outillage du turf et de la chasse, s'ouvrait un vaste salon à cinq fenêtres. Là, un piano couvert de partitions anciennes et nouvelles, des chevalets portant des toiles ébauchées, des socles ornés de statues de marbre, quelques tableaux de maîtres flamands accrochés aux murs, de riches tapis doux au pied comme une herbe épaisse, des pans de tapisseries égayés de gracieux épisodes mythologiques, un lustre antique suspendu au plafond, des faïences précieuses, des bibelots de prix et d'un goût parfait, mille riens chers et délicats qu'on s'étonnait de voir dans une habitation australienne, prouvaient une suprême entente des arts et du confort. Tout ce qui pouvait plaire, tout ce qui pouvait charmer les ennuis d'un exil volontaire, tout ce qui pouvait ramener l'esprit au souvenir des habitudes européennes, meublait ce féerique salon. On se serait cru dans quelque château princier de France ou d'Angleterre.

Les cinq fenêtres laissaient passer à travers le fin tissu des bannes un jour tamisé et déjà adouci par les pénombres de la vérandah. Lady Helena en s'approchant fut émerveillée. L'habitation de ce côté dominait une large vallée qui s'étendait jusqu'au pied des montagnes de l'est. La succession des prairies et des bois, çà et là de vastes clairières, l'ensemble des collines gracieusement arrondies, le relief de ce sol accidenté, formaient un spectacle supérieur à toute description. Nulle autre contrée au monde ne pouvait lui être comparée, pas même cette Vallée du Paradis si renommée des frontières norvégiennes du Telemarck. Ce vaste panorama, découpé par de grandes plaques d'ombre et de lumière, changeait à chaque heure suivant les caprices du soleil. L'imagination ne pouvait rien rêver au delà, et cet aspect enchanteur satisfaisait tous les appétits du regard.

Cependant, sur un ordre de Sandy Patterson, un déjeuner venait d'être improvisé par le maître d'hôtel de la station, et, moins d'un quart d'heure après leur arrivée, les voyageurs s'asseyaient devant une table somptueusement servie. La qualité des mets et des vins était indiscutable ; mais ce qui plaisait surtout, au milieu de ces raffinements de l'opulence, c'était la joie des deux jeunes squatters, heureux d'offrir sous leur toit cette splendide hospitalité.

D'ailleurs, ils ne tardèrent pas à savoir le but de l'expédition, et ils prirent un vif intérêt aux recherches de Glenarvan. Ils donnèrent aussi bon espoir aux enfants du capitaine.

« Harry Grant, dit Michel, est évidemment tombé entre les mains des indigènes, puisqu'il n'a pas reparu dans les établissements de la côte. Il connaissait exactement sa position, le document le prouve, et pour n'avoir pas gagné quelque colonie anglaise, il faut qu'à l'instant où il prenait terre il ait été fait prisonnier par les sauvages.

— C'est précisément ce qui est arrivé à son quartier-maître Ayrton, répondit John Mangles.

— Mais vous, messieurs, demanda lady Helena, vous n'avez jamais entendu parler de la catastrophe du *Britannia* ?

— Jamais, madame, répondit Michel.

— Et quel traitement, suivant vous, a subi le capitaine Grant, prisonnier des Australiens ?

— Les Australiens ne sont pas cruels, madame, répondit le jeune squatter, et miss Grant peut être rassurée à cet égard. Il y a des exemples fréquents de la douceur de leur caractère, et quelques Européens ont vécu longtemps parmi eux, sans avoir jamais eu à se plaindre de leur brutalité.

— King entre autres, dit Paganel, le seul survivant de l'expédition de Burke.

— Non-seulement ce hardi explorateur, reprit Sandy, mais aussi un soldat anglais, nommé Buckley, qui, s'étant échappé en 1803 sur la côte de Port-Philippe, fut recueilli par les indigènes, et vécut trente-trois ans avec eux.

— Et depuis cette époque, ajouta Michel Patterson, un des derniers numéros de l'*Australasian* nous apprend qu'un certain Morrill vient d'être rendu à ses compatriotes, après seize ans d'esclavage. L'histoire du capitaine doit être la sienne, car c'est précisément à la suite du naufrage de la *Péruvienne*, en 1846, qu'il a été fait prisonnier par les naturels, et emmené dans l'intérieur du continent. Ainsi, je crois que vous devez conserver tout espoir. »

Ces paroles causèrent une joie extrême aux auditeurs du jeune squatter. Elles corroboraient les renseignements déjà donnés par Paganel et Ayrton.

Puis, on parla des convicts, lorsque les voyageuses eurent quitté la table. Les squatters connaissaient la catastrophe de Camden-bridge, mais la présence d'une bande d'évadés ne leur inspirait aucune inquiétude. Ce n'est pas à une station dont le personnel s'élevait à plus de cent hommes, que ces malfaiteurs oseraient s'attaquer. On devait penser, d'ailleurs, qu'ils ne s'aventureraient pas dans ces déserts du Murray, où ils n'avaient que faire, ni du côté des colonies de la Nouvelle-Galles, dont les routes sont très-surveillées. Tel était aussi l'avis d'Ayrton.

Lord Glenarvan ne put refuser à ses aimables amphitryons de passer cette journée entière à la station de Hottam. C'étaient douze heures de retard qui devenaient douze heures de repos; les chevaux et les bœufs ne pouvaient que se refaire avantageusement dans les confortables écuries de la station.

Ce fut donc chose convenue, et les deux jeunes gens

soumirent à leurs hôtes un programme de la journée qui fut adopté avec empressement.

A midi, sept vigoureux hunters piaffaient aux portes de l'habitation. Un élégant break destiné aux dames, et conduit à grandes guides, permettait à son cocher de montrer son adresse dans les savantes manœuvres du « four in hand[1]. » Les cavaliers, précédés de piqueurs et armés d'excellents fusils de chasse à système, se mirent en selle et galopèrent aux portières, pendant que la meute des pointers aboyait joyeusement à travers les taillis.

Pendant quatre heures, la cavalcade parcourut les allées et avenues de ce parc grand comme un petit état d'Allemagne. Le Reuss-Schleitz ou la Saxe-Cobourg-Gotha y auraient tenu tout entiers. Si l'on y rencontrait moins d'habitants, les moutons, en revanche, foisonnaient. Quant au gibier, une armée de rabatteurs n'en eût pas jeté davantage sous le fusil des chasseurs. Aussi, ce fut bientôt une série de détonations inquiétantes pour les hôtes paisibles des bois et des plaines. Le jeune Robert fit des merveilles à côté du major Mac Nabbs. Ce hardi garçon, malgré les recommandations de sa sœur, était toujours en tête, et le premier au feu. Mais John Mangles se chargea de veiller sur lui, et Mary Grant se rassura.

1. Expression anglaise pour indiquer un attelage à quatre chevaux.

Pendant cette battue, on tua certains animaux parti-
culiers au pays, et dont jusqu'alors Paganel ne connaissait que le nom ; entre autres, le « wombat » et le
« bandicoot. »

Le wombat est un herbivore qui creuse des terriers
à la manière des blaireaux; il est gros comme un mouton, et sa chair est excellente.

Le bandicoot est une espèce de marsupiaux, qui en
remontrerait au renard d'Europe et lui donnerait des
leçons de pillage dans les basses-cours. Cet animal,
d'un aspect assez repoussant, long d'un pied et demi,
tomba sous les coups de Paganel, qui, par amour-propre
de chasseur, le trouva charmant. « Une adorable bête, »
disait-il.

Robert, entre autres pièces importantes, tua fort
adroitement un « dasyûre viverrin, » sorte de petit
renard, dont le pelage noir et moucheté de blanc
vaut celui de la martre, et un couple d'opossums qui
se cachaient dans le feuillage épais des grands arbres.

Mais de tous ces hauts faits, le plus intéressant
fut, sans contredit, une chasse au kanguroo. Les chiens,
vers quatre heures, firent lever une bande de ces
curieux marsupiaux. Les petits rentrèrent précipitam-
ment dans la poche maternelle, et toute la troupe s'é-
chappa en file. Rien de plus étonnant que ces énormes bonds du kanguroo dont les jambes de derrière,
deux fois plus longues que celles de devant, se déten-
dent comme un ressort.

En tête de la troupe fuyante décampait un mâle haut de cinq pieds, magnifique spécimen des « macropus giganteus, » un « vieil homme, » comme disent les bushmen.

Pendant quatre à cinq milles, la chasse fut activement conduite. Les kanguroos ne se lassaient pas, et les chiens, qui redoutent, non sans raison, leur vigoureuse patte armée d'un ongle aigu, ne se souciaient pas de les approcher. Mais enfin, épuisée par sa course, la bande s'arrêta, et le « vieil homme » s'appuya contre un tronc d'arbre, prêt à se défendre. Un des pointers, emporté par son élan, alla rouler près de lui. Un instant après, le malheureux chien sautait en l'air, et retombait éventré.

Certes, la meute tout entière n'aurait pas eu raison de ces puissants marsupiaux. Il fallait donc en finir à coups de fusil, et les balles seules pouvaient abattre le gigantesque animal.

En ce moment, Robert faillit être victime de son imprudence. Dans le but d'assurer son coup, il s'approcha si près du kanguroo, que celui-ci s'élança d'un bond. Robert tomba. Un cri retentit. Mary Grant, du haut du break, terrifiée, sans voix, presque sans regards, tendait les mains vers son frère. Aucun chasseur n'osait tirer sur l'animal, car il pouvait aussi frapper l'enfant.

Mais soudain John Mangles, son couteau de chasse ouvert, se précipita sur le kanguroo, au risque d'être éventré, et il frappa l'animal au cœur. La bête abattue,

Robert se releva sans blessure. Un instant après, il était dans les bras de sa sœur.

« Merci, monsieur John! merci! dit Mary Grant, qui tendit la main au jeune capitaine.

— Je répondais de lui, » dit John Mangles, en prenant la main tremblante de la jeune fille.

Cet incident termina la chasse. La bande de marsupiaux s'était dispersée après la mort de son chef, dont les dépouilles furent rapportées à l'habitation. Il était alors six heures du soir. Un dîner magnifique attendait les chasseurs. Entre autres mets, un bouillon de queue de kanguroo, préparé à la mode indigène, fut le grand succès du repas.

Après les glaces et sorbets du dessert, les convives passèrent au salon. La soirée fut consacrée à la musique. Lady Helena, très-bonne pianiste, mit ses talents à la disposition des squatters. Michel et Sandy Patterson chantèrent avec un goût parfait des passages empruntés aux dernières partitions de Gounod, de Massé, de Félicien David, et même de ce génie incompris, Richard Wagner.

A onze heures, le thé fut servi; il était fait avec cette perfection anglaise qu'aucun autre peuple ne peut égaler. Mais Paganel ayant demandé à goûter le thé australien, on lui apporta une liqueur noire comme de l'encre, un litre d'eau dans lequel une demi-livre de thé avait bouilli pendant quatre heures. Paganel, malgré ses grimaces, déclara ce breuvage excellent.

A minuit, les hôtes de la station, conduits à des chambres fraîches et confortables, prolongèrent dans leurs rêves les plaisirs de cette journée.

Le lendemain, dès l'aube, ils prirent congé des deux jeunes squatters. Il y eut force remercîments, promesses formelles de se revoir en Europe, au château de Malcom. Puis le chariot se mit en marche, tourna la base du mont Hottam, et bientôt l'habitation disparut, comme une vision rapide, aux yeux des voyageurs. Pendant cinq milles encore, ils foulèrent du pied de leurs chevaux le sol de la station. A neuf heures seulement, la dernière palissade fut franchie, et la petite troupe s'enfonça à travers les contrées presque inconnues de la province victorienne.

CHAPITRE XVIII.

LES ALPES AUSTRALIENNES.

Une immense barrière coupait la route dans le sud-est. C'était la chaîne des Alpes australiennes, vaste fortification dont les capricieuses courtines s'étendent sur une longueur de quinze cents milles, et arrêtent les nuages à quatre mille pieds dans les airs.

Le ciel couvert ne laissait arriver au sol qu'une chaleur tamisée par le tissu serré des vapeurs. La température était donc supportable, mais la marche difficile sur un terrain déjà fort accidenté. Les extumescences de la plaine se prononçaient de plus en plus. Quelques mamelons, plantés de jeunes gommiers verts, se gonflaient çà et là. Plus loin, ces gibbosités, accusées vivement, formaient les premiers échelons des grandes Alpes. Il fallait monter d'une manière continue, et l'on s'en apercevait bien à l'effort des bœufs dont le joug craquait sous la traction du lourd chariot; ils soufflaient bruyamment, et les muscles de leurs jarrets se tendaient, près de se rompre. Les ais du véhicule gémissaient aux heurts inattendus qu'Ayrton, si habile qu'il fût, ne parvenait pas à éviter. Les voyageuses en prenaient gaiement leur parti.

John Mangles et ses deux matelots battaient la route à quelques centaines de pas en avant; ils choisissaient les passages praticables, pour ne pas dire les passes, car tous ces ressauts du sol figuraient autant d'écueils entre lesquels le chariot choisissait le meilleur chenal. C'était une véritable navigation à travers ces terrains houleux.

Tâche difficile, périlleuse souvent. Maintes fois, la hache de Wilson dut frayer un passage au milieu d'épais fourrés d'arbustes. Le sol argileux et humide fuyait sous le pied. La route s'allongea des mille détours que d'inabordables obstacles, hauts blocs de gra-

nit, ravins profonds, lagunes suspectes, obligeaient à
faire. Aussi, vers le soir, c'est à peine si un demi-degré
avait été franchi. On campa au pied des Alpes, au bord
du creek de Cobongra, sur la lisière d'une petite plaine
couverte d'arbrisseaux hauts de quatre pieds, dont les
feuilles d'un rouge clair égayaient le regard.

« Nous aurons du mal à passer, dit Glenarvan en
regardant la chaîne des montagnes dont la silhouette
se fondait déjà dans l'obscurité du soir. Des Alpes !
voilà une dénomination qui donne à réfléchir.

— Il faut en rabattre, mon cher Glenarvan, lui répondit Paganel. Ne croyez pas, que vous avez toute une
Suisse à traverser. Il y a dans l'Australie des Gram-
pians, des Pyrénées, des Alpes, des montagnes Bleues,
comme en Europe et en Amérique, mais en miniature.
Cela prouve tout simplement que l'imagination des
géographes n'est pas infinie, ou que la langue des
noms propres est bien pauvre.

— Ainsi, cès Alpes australiennes?... demanda lady
Helena.

— Sont des montagnes de poche, répondit Paganel.
Nous les franchirons sans nous en apercevoir.

— Parlez pour vous! dit le major. Il n'y a qu'un
homme distrait qui puisse traverser une chaîne de
montagnes sans s'en douter.

— Distrait! s'écria Paganel. Mais je ne suis plus
distrait. Je m'en rapporte à ces dames. Depuis que j'ai
mis le pied sur le continent, n'ai-je pas tenu ma

promesse ? Ai-je commis une seule distraction ? A-t-on une erreur à me reprocher ?

— Aucune, monsieur Paganel, dit Mary Grant. Vous êtes maintenant le plus parfait des hommes.

— Trop parfait ! ajouta en riant lady Helena. Vos distractions vous allaient bien.

— N'est-il pas vrai, madame ? répondit Paganel. Si je n'ai plus un défaut, je vais devenir un homme comme tout le monde. J'espère donc qu'avant peu je commettrai quelque bonne bévue dont vous rirez bien. Voyez-vous, quand je ne me trompe pas, il me semble qu'il me manque quelque chose. »

Le lendemain, 9 janvier, malgré les assurances du confiant géographe, ce ne fut pas sans grandes difficultés que la petite troupe s'engagea dans le passage des Alpes. Il fallut aller à l'aventure, s'enfoncer par des gorges étroites et profondes qui pouvaient finir en impasses.

Ayrton eût été très-embarrassé sans doute, si après une heure de marche une auberge, un misérable « tap » ne se fût inopinément présenté sur un des sentiers de la montagne.

« Parbleu ! s'écria Paganel, le maître de cette taverne ne doit pas faire fortune en un pareil endroit ! A quoi peut-il servir ?

— A nous donner sur notre route les renseignements dont nous avons besoin, répondit Glenarvan. Entrons. »

Glenarvan, suivi d'Ayrton, franchit le seuil de l'auberge. Le maître de *Bush-Inn,* — ainsi le portait son enseigne, — était un homme grossier, à face rébarbative, et qui devait se considérer comme son principal client à l'endroit du gin, du brandy et du wisky de sa taverne. D'habitude, il ne voyait guère que des squatters en voyage, ou quelques conducteurs de troupeaux.

Il répondit avec un air de mauvaise humeur aux questions qui lui furent adressées. Mais ses réponses suffirent à fixer Ayrton sur sa route. Glenarvan reconnut par quelques couronnes la peine que l'aubergiste s'était donnée, et il allait quitter la taverne, quand une pancarte collée au mur attira ses regards.

C'était une notice de la police coloniale. Elle signalait l'évasion des convicts de Perth et mettait à prix la tête de Ben Joyce. Cent livres sterling à qui le livrerait.

« Décidément, dit Glenarvan au quartier-maître, c'est un misérable bon à pendre.

— Et surtout à prendre ! répondit Ayrton. Cent livres ! Mais c'est une somme ! Il ne les vaut pas.

— Quant au tavernier, ajouta Glenarvan, il ne me rassure guère, malgré sa pancarte.

— Ni moi, » répondit Ayrton.

Glenarvan et le quartier-maître rejoignirent le chariot. On se dirigea vers le point où s'arrête la route de Lucknow. Là serpentait une étroite passe qui prenait la chaîne de biais. On commença à monter.

Ce fut une pénible ascension. Plus d'une fois, les voyageuses et leurs compagnons mirent pied à terre. Il fallait venir en aide au lourd véhicule et pousser à la roue, le retenir souvent sur de périlleuses déclivités, dételer les bœufs dont l'attelage ne pouvait se développer utilement à des tournants brusques, caler le chariot qui menaçait de revenir en arrière, et plus d'une fois Ayrton dut appeler à son aide le renfort des chevaux déjà fatigués de se hisser eux-mêmes.

Fut-ce cette fatigue prolongée, ou toute autre cause, mais l'un des chevaux succomba pendant cette journée. Il s'abattit subitement sans qu'aucun symptôme fît pressentir cet accident. C'était le cheval de Muirady, et quand celui-ci voulut le relever, il le trouva mort.

Ayrton vint examiner l'animal étendu à terre, et parut ne rien comprendre à cette mort instantanée.

« Il faut que cette bête, dit Glenarvan, se soit rompu quelque vaisseau.

— Évidemment, répondit Ayrton.

— Prends mon cheval, Mulrady, ajouta Glenarvan, je vais rejoindre lady Helena dans le chariot. »

Mulrady obéit, et la petite troupe continua sa fatigante ascension, après avoir abandonné aux corbeaux le cadavre de l'animal.

La chaîne des Alpes australiennes est peu épaisse, et sa base ne s'étend pas sur une largeur de huit milles. Donc, si le passage choisi par Ayrton aboutissait au revers oriental, on pouvait, quarante-huit heures plus tard, avoir franchi cette haute barrière. Alors, d'obstacles insurmontables, de route difficile, il ne serait plus question jusqu'à la mer.

Pendant la journée du 18, les voyageurs atteignirent le plus haut point du passage, deux mille pieds environ. Ils se trouvaient sur un plateau dégagé qui laissait la vue s'étendre au loin. Vers le nord miroitaient les eaux tranquilles du lac Oméo, tout pointillé d'oiseaux aquatiques, et au delà, les vastes plaines du Murray. Au sud, se déroulaient les nappes verdoyantes du Gippsland, ses terrains riches en or, ses hautes forêts, avec l'apparence d'un pays primitif. Là, la nature était encore maîtresse de ses produits, du cours de ses eaux, de ses grands arbres vierges de la hache, et les squatters, rares jusqu'alors, n'osaient lutter contre elle. Il semblait que cette chaîne des Alpes séparât deux contrées diverses, dont l'une avait conservé sa sauvagerie originelle. Le soleil se couchait alors, et quelques rayons, perçant les nuages rougis, ravivaient les teintes du district de Murray. Au contraire, le Gippsland, abrité derrière l'écran des montagnes, se perdait dans une vague obscurité, et on eût dit que l'ombre plongeait dans une nuit précoce toute cette région transalpine. Ce contraste fut vivement senti de spectateurs placés entre ces deux pays si tranchés, et une certaine émotion les prit à voir cette contrée presque inconnue qu'ils allaient traverser jusqu'aux frontières victoriennes.

On campa sur le plateau même, et le lendemain, la descente commença. Elle fut assez rapide. Une grêle d'une violence extrême assaillit les voyageurs, et les força de chercher un abri sous des roches. Ce n'é-taient pas des grêlons, mais de véritables plaques de glace, larges comme la main, qui se précipitaient des nuages orageux. Une fronde ne les eût pas lancées avec plus de force, et quelques bonnes contusions apprirent à Paganel et à Robert qu'il fallait se dérober à leurs coups. Le chariot fut criblé en maint endroit, et peu de toitures eussent résisté à la chute de ces glaçons aigus dont quelques-uns s'incrustaient dans le tronc des arbres. Il fallut attendre la fin de cette averse prodigieuse, sous peine d'être lapidé. Ce fut l'affaire d'une heure environ, et la troupe s'engagea de nou-veau sur les roches déclives, toutes glissantes encore des ruissellements de la grêle.

Vers le soir le chariot, fort cahoté, fort disjoint en différentes parties de sa carcasse, mais encore solide sur ses disques de bois, descendait les derniers éche-lons des Alpes, entre de grands sapins isolés. La passe aboutissait aux plaines du Gippsland. La chaîne des Alpes venait d'être heureusement franchie, et les dispositions accoutumées furent faites pour le campement du soir.

Le 12, dès l'aube, reprise du voyage avec une ardeur qui ne se démentait pas. Chacun avait hâte d'arriver au but, c'est-à-dire à l'océan Pacifique, au point même où se brisa le *Britannia*. Là seulement

pouvaient être utilement rejointes les traces des naufragés, et non dans ces contrées désertes du Gippsland.
Aussi, Ayrton pressait-il lord Glenarvan d'expédier au
Duncan l'ordre de se rendre à la côte, afin d'avoir à sa
disposition tous les moyens de recherche. Il fallait,
selon lui, profiter de la route de Lucknow qui se rend
à Melbourne. Plus tard, ce serait difficile, car les communications directes avec la capitale manqueraient
absolument. ·

Ces recommandations du quartier-maître paraissaient
bonnes à suivre. Paganel conseillait d'en tenir compte.
Il pensait aussi que la présence du yacht serait fort
utile en pareille circonstance, et il ajoutait que l'on ne
pourrait plus communiquer avec Melbourne, la route
de Lucknow une fois dépassée.

Glenarvan était indécis, et peut-être eût-il expédié
ces ordres que réclamait tout particulièrement Ayrton,
si le major n'eût combattu cette décision avec une
grande vigueur. Il démontra que la présence d'Ayrton
était nécessaire à l'expédition, qu'aux approches de la
côte le pays lui serait connu, que si le hasard mettait
la caravane sur les traces d'Harry Grant, le quartier-
maître serait plus qu'un autre capable de les suivre,
enfin que seul il pouvait indiquer l'endroit où s'était
perdu le *Britannia*.

Mac Nabbs opina donc pour la continuation du voyage
sans rien changer à son programme. Il trouva un
auxiliaire dans John Mangles qui se rangea à son avis.

Le jeune capitaine fit même observer que les ordres de Son Honneur parviendraient plus facilement au *Duncan* s'ils étaient expédiés de Twofold-Bay, que par l'entremise d'un messager forcé de parcourir deux cents milles d'un pays sauvage.

Ce parti prévalut. Il fut décidé qu'on attendrait pour agir l'arrivée à Twofold-Bay. Le major observait Ayrton, qui lui parut assez désappointé. Mais il n'en dit rien, et, suivant sa coutume, il garda ses observations pour son compte.

Les plaines qui s'étendent au pied des Alpes australiennes étaient unies, avec une legère inclinaison vers l'est. De grands bouquets de mimosas et d'eucalyptus, des gommiers d'essences diverses, en rompaient çà et là la monotone uniformité. Le « gastrolobium grandiflorum » hérissait le sol de ses arbustes aux fleurs éclatantes. Quelques creeks sans importance, de simples ruisseaux encombrés de petits joncs et envahis par les orchidées, coupèrent souvent la route. On les passa à gué. Au loin s'enfuyaient à l'approche des voyageurs des bandes d'outardes et de casoars. Au-dessus des arbrisseaux sautaient et ressautaient des kanguroos comme une troupe de pantins élastiques. Mais les chasseurs de l'expédition ne songeaient guère à chasser, et leurs chevaux n'avaient pas besoin de ce surcroît de fatigue.

D'ailleurs, une lourde chaleur pesait sur la contrée. Une électricité violente saturait l'atmosphère. Bêtes et

gens subissaient son influence. Ils allaient devant eux
sans en chercher davantage. Le silence n'était interrompu que par les cris d'Ayrton excitant son attelage
accablé.

De midi à deux heures, on traversa une curieuse
forêt de fougères qui eût excité l'admiration de gens
moins harassés. Ces plantes arborescentes, en pleine
floraison, mesuraient jusqu'à trente pieds de hauteur.
Chevaux et cavaliers passaient à l'aise sous leurs ramilles retombantes, et parfois la molette d'un éperon
résonnait en heurtant leur tige ligneuse. Sous ces para-
sols immobiles régnait une fraîcheur dont personne ne
songea à se plaindre. Jacques Paganel, toujours dé-
monstratif, poussa quelques soupirs de satisfaction qui
firent lever des troupes de perruches et de kakatoès. Ce
fut un concert de jacasseries assourdissantes.

Le géographe continuait de plus belle ses cris et
ses jubilations, quand ses compagnons le virent tout
d'un coup chanceler sur son cheval et s'abattre comme
une masse. Était-ce quelque étourdissement, pis même,
une suffocation causée par la haute température?

On courut à lui.

« Paganel! Paganel! qu'avez-vous? s'écria Glenarvan.

— J'ai, cher ami, que je n'ai plus de cheval, répondit Paganel en se dégageant de ses étriers.

— Quoi! votre cheval?

— Mort, foudroyé, comme celui de Mulrady! »

Glenarvan, John Mangles, Wilson examinèrent l'animal. Paganel ne se trompait pas. Son cheval venait d'être frappé subitement.

« Voilà qui est singulier, dit John Mangles.

— Très-singulier, en effet, » murmura le major.

Glenarvan ne laissa pas d'être préoccupé de ce nouvel accident. Il ne pouvait se remonter dans ce désert. Or, si une épidémie frappait les chevaux de l'expédition, il serait très-embarrassé pour continuer sa route.

Or, avant la fin du jour, le mot « épidémie » sembla devoir se justifier. Un troisième cheval, celui de Wilson, tomba mort, et, circonstance plus grave peut-être, un des bœufs fut également frappé. Les moyens de transport et de traction étaient réduits à trois bœufs et quatre chevaux.

La situation devint grave. Les cavaliers démontés pouvaient, en somme, prendre leur parti d'aller à pied. Bien des squatters l'avaient fait déjà, à travers ces régions désertes. Mais, s'il fallait abandonner le chariot, que deviendraient les voyageuses? Pourraient-elles franchir les cent vingt milles qui les séparaient encore de la baie Twofold?

John Mangles et Glenarvan, très-inquiets, examinèrent les chevaux survivants. Peut-être pouvait-on prévenir de nouveaux accidents. Examen fait, aucun symptôme de maladie, de défaillance même, ne fut remarqué. Ces animaux étaient en parfaite santé et supportaient vaillamment les fatigues du voyage. Glenarvan espéra donc que cette singulière épidémie ne ferait pas d'autres victimes.

Ce fut aussi l'avis d'Ayrton, qui avouait ne rien comprendre à ces morts foudroyantes.

On se remit en marche. Le chariot servait de véhicule aux piétons qui s'y délassaient tour à tour. Le soir, après une marche de dix milles seulement, le signal de halte fut donné, le campement organisé, et la nuit se passa sans encombre, sous un vaste bouquet de fougères arborescentes, entre lesquelles passaient d'énormes chauves-souris, justement nommées des renards volants.

La journée du lendemain, 13 janvier, fut bonne. Les accidents de la veille ne se renouvelèrent pas. L'état sanitaire de l'expédition demeura satisfaisant. Chevaux et bœufs firent gaillardement leur office. Le salon de lady Helena fut très-animé, grâce au nombre de visiteurs qui affluèrent. Mr. Olbinett s'occupa très-activement à faire circuler les rafraîchissements que trente degrés de chaleur rendaient nécessaires. Un demi-baril de scotch-ale y passa tout entier. On déclara Barclay et Co. le plus grand homme de la Grande-Bretagne, même avant Wellington, qui n'eût jamais fabriqué d'aussi bonne bière. Amour-propre d'Écossais. Jacques Paganel but beaucoup, et discourut encore plus *de omni re scibili*.

Une journée si bien commencée semblait devoir bien finir. On avait franchi quinze bons milles, adroitement passé un pays assez montueux et d'un sol rougeâtre. Tout laissait espérer que l'on camperait le soir même sur les bords de la Snowy, importante rivière qui va se jeter au sud de la Victoria dans le Pacifique. Bientôt, la roue du chariot creusa ses ornières sur de larges plaines faites d'une alluvion noirâtre, entre des touffes d'herbe exubérantes et de nouveaux champs de gastrolobium. Le soir arriva, et un brouillard nettement tranché à l'horizon marqua le cours de la Snowy. Quelques milles furent encore enlevés à la vigueur du collier. Une forêt de hauts arbres se dressa à un coude de la route, derrière une modeste éminence du terrain. Ayrton dirigea son attelage un peu surmené à travers les grands troncs perdus dans l'ombre, et il dépassait déjà la lisière du bois, à un demi-mille de la rivière, quand le chariot s'enfonça brusquement jusqu'au moyeu des roues.

« Attention ! cria-t-il aux cavaliers qui le suivaient.

— Qu'est-ce donc ? demanda Glenarvan.

— Nous sommes embourbés, » répondit Ayrton.

De la voix et de l'aiguillon, il excita ses bœufs, qui, enlizés jusqu'à mi-jambes, ne purent bouger.

« Campons ici, dit John Mangles.

— C'est ce qu'il y a de mieux à faire, répondit Ayrton. Demain, au jour, nous verrons à nous en tirer.

— Halte ! » cria Glenarvan.

La nuit s'était faite rapidement après un court crépuscule, mais la chaleur n'avait pas fui avec la lumière.

L'atmosphère recelait d'étouffantes vapeurs. Quelques éclairs, éblouissantes réverbérations d'un orage lointain, enflammaient l'horizon.

La couchée fut organisée. On s'arrangea tant bien que mal du chariot embourbé. Le sombre dôme des grands arbres abrita la tente des voyageurs. Si la pluie ne s'en mêlait pas, ils étaient décidés à ne pas se plaindre.

Ayrton parvint, non sans peine, à retirer ses trois bœufs du terrain mouvant. Ces courageuses bêtes en avaient jusqu'aux flancs. Le quartier-maître les parqua avec les quatre chevaux, et ne laissa à personne le soin de choisir leur fourrage. Ce service, il le faisait, d'ailleurs, avec intelligence, et, ce soir-là, Glenarvan remarqua que ses soins redoublèrent; ce dont il le remercia, car la conservation de l'attelage était d'un intérêt majeur.

Pendant ce temps, les voyageurs prirent leur part d'un souper assez sommaire. La fatigue et la chaleur tuaient la faim. Ils avaient besoin, non de nourriture, mais de repos. Lady Helena et miss Grant, après avoir souhaité le bonsoir à leurs compagnons, regagnèrent la couchette accoutumée. Quant aux hommes, les uns se glissèrent sous la tente; les autres, par goût, s'étendirent sur une herbe épaisse au pied des arbres, ce qui est sans inconvénient dans ces pays salubres.

Peu à peu, chacun s'endormit d'un lourd sommeil. L'obscurité redoublait sous un rideau de gros nuages qui envahissaient le ciel. Il n'y avait pas un souffle de vent dans l'atmosphère. Le silence de la nuit n'était interrompu que par les hululements du « morepork, » qui donnait la tierce mineure avec une surprenante justesse comme les tristes coucous d'Europe.

Vers onze heures, après un mauvais sommeil, lourd et fatigant, le major se réveilla. Ses yeux à demi fermés furent frappés d'une vague lumière qui courait sous les grands arbres. On eût dit une nappe blanchâtre, miroitante comme l'eau d'un lac, et Mac Nabbs crut d'abord que les premières lueurs d'un incendie se propageaient sur le sol.

Il se leva, et marcha vers le bois. Sa surprise fut grande, quand il se vit en présence d'un phénomène purement naturel. Sous ses yeux s'étendait un immense plan de champignons qui émettaient des phosphorescences. Les spores lumineux de ces cryptogames rayonnaient dans l'ombre avec une certaine intensité[1].

Le major, qui n'était point égoïste, allait réveiller Paganel, afin que le savant constatât ce phénomène de ses propres yeux, quand un incident l'arrêta.

La lueur phosphorescente illuminait le bois pendant l'espace d'un demi-mille, et Mac Nabbs crut voir passer rapidement des ombres sur la lisière éclairée. Ses

---

1. Ce fait avait déjà été observé par Drummond, en Australie, et à propos de champignons qui semblent appartenir à la famille de l'*Agaricus olearicus.*

regards le trompaient-ils? Était-ils le jouet d'une hallu-
cination?

Mac Nabbs se coucha à terre, et, après une rigoureuse observation, il aperçut distinctement plusieurs
hommes, qui se baissant, se relevant tour à tour,
semblaient chercher sur le sol des traces encore fraîches.

Ce que voulaient ces hommes, il fallait le savoir.

Le major n'hésita pas, et, sans donner l'éveil à ses
compagnons, rampant sur le sol comme un sauvage
des prairies, il disparut sous les hautes herbes.

CHAPITRE XIX.

UN COUP DE THÉATRE.

Ce fut une affreuse nuit. A deux heures du matin la
pluie commença à tomber, une pluie torrentielle que
les nuages orageux versèrent jusqu'au jour. La tente
devint un insuffisant abri. Glenarvan et ses compagnons se réfugièrent dans le chariot. On ne dormit
pas. On causa de choses et d'autres. Seul, le major,
dont personne n'avait remarqué la courte absence,
se contenta d'écouter sans mot dire. La terrible averse

ne discontinuait pas. On pouvait craindre qu'elle ne provoquât un débordement de la Snowy, dont le chariot, enlizé dans un sol mou, se fût très-mal trouvé. Aussi, plus d'une fois, Mulrady, Ayrton, John Mangles allèrent examiner le niveau des eaux courantes, et revinrent mouillés de la tête aux pieds.

Enfin, le jour parut. La pluie cessa, mais les rayons du soleil ne purent traverser l'épaisse nappe des nuages. De larges flaques d'eau jaunâtre, de vrais étangs troubles et bourbeux, salissaient le sol. Une buée chaude transpirait à travers ces terrains détrempés et saturait l'atmosphère d'une humidité malsaine.

Glenarvan s'occupa du chariot tout d'abord. C'était l'essentiel à ses yeux. On examina le lourd véhicule. Il se trouvait embourbé au milieu d'une vaste dépression du sol dans une glaise tenace. Le train de devant disparaissait presque en entier, et celui de derrière jusqu'au heurtequin de l'essieu. On aurait de la peine à retirer cette lourde machine, et ce ne serait pas trop de toutes les forces réunies des hommes, des bœufs et des chevaux.

« En tout cas, il faut se hâter, dit John Mangles. Cette glaise en séchant rendra l'opération plus difficile.

— Hâtons-nous, » répondit Ayrton.

Glenarvan, ses deux matelots, John Mangles et Ayrton pénétrèrent sous le bois où les animaux avaient passé la nuit.

C'était une haute forêt de gommiers d'un aspect
sinistre. Rien que des arbres morts, largement espacés, écorcés depuis des siècles, ou plutôt écorchés
comme les chênes-liéges au moment de la récolte. Ils
portaient à deux cents pieds dans les airs le maigre
réseau de leurs branches dépouillées. Pas un oiseau
ne nichait sur ces squelettes aériens; pas une feuille
ne tremblait à cette ramure sèche et cliquetante
comme un fouillis d'ossements. A quel cataclysme
attribuer ce phénomène assez fréquent en Australie
de forêts entières frappées d'une mort épidémique?
On ne sait. Ni les plus vieux indigènes, ni leurs ancêtres ensevelis depuis longtemps dans les bocages de
la mort, ne les ont vues verdoyantes.

Glenarvan, tout en marchant, regardait le ciel gris
sur lequel se profilaient nettement les moindres ramilles des gommiers comme de fines découpures. Ayrton
s'étonnait de ne plus rencontrer les chevaux et les
bœufs à l'endroit où il les avait conduits. Ces bêtes
entravées ne pouvaient aller loin, cependant.

On les chercha dans le bois, mais sans les trouver.
Ayrton, surpris, revint alors du côté de la Snowy-river
bordée de magnifiques mimosas. Il faisait entendre un
cri bien connu de son attelage, qui ne répondait pas.
Le quartier-maître semblait très-inquiet, et ses compagnons se regardaient d'un air désappointé.

Une heure se passa dans de vaines recherches, et
Glenarvan allait retourner au chariot, distant d'un bon

mille, quand un hennissement frappa son oreille. Un beuglement se fit entendre presque aussitôt.

« Ils sont là ! » s'écria John Mangles, en se glissant entre les hautes touffes de gastrolobium, qui étaient assez hautes pour cacher un troupeau.

Glenarvan, Mulrady et Ayrton se lancèrent sur ses traces et partagèrent bientôt sa stupéfaction.

Deux bœufs et trois chevaux gisaient sur le sol, foudroyés comme les autres. Leurs cadavres étaient déjà froids, et une bande de maigres corbeaux, croassant dans les mimosas, guettait cette proie inattendue.

Glenarvan et les siens s'entre-regardèrent, et Wilson ne put retenir un juron qui lui monta au gosier.

« Que veux-tu ! Wilson, dit lord Glenarvan, se contenant à peine, nous n'y pouvons rien. Ayrton, emmenez le bœuf et le cheval qui restent. Il faudra bien qu'ils nous tirent d'affaire.

— Si le chariot n'était pas embourbé, répondit John Mangles, ces deux bêtes, marchant à petites journées, suffiraient à le conduire à la côte. Il faut donc à tout prix dégager ce maudit véhicule.

— Nous essayerons, John, répondit Glenarvan. Retournons au campement, où l'on doit être inquiet de notre absence prolongée. »

Ayrton enleva les entraves du bœuf, Mulrady celles du cheval, et l'on revint en suivant les bords sinueux de la rivière.

Une demi-heure après, Paganel et Mac Nabbs,

lady Helena et miss Grant savaient à quoi s'en tenir.

« Par ma foi ! ne put s'empêcher de dire le major, il est fâcheux, Ayrton, **que vous** n'ayez pas eu à ferrer toutes nos bêtes au passage de la Wimerra.

— Pourquoi cela, monsieur ? demanda Ayrton.

— Parce que de tous nos chevaux, celui que vous avez mis entre les mains de votre maréchal ferrant, celui-là seul a échappé au sort commun !

— C'est vrai, dit John Mangles, et voilà un singulier hasard !

— Un hasard, et rien de plus, » répondit le quartier-maître, regardant fixement le major.

Mac Nabbs serra les lèvres, comme s'il eût voulu retenir des paroles prêtes à lui échapper. Glenarvan, Mangles, lady Helena semblaient attendre qu'il complétât sa pensée, mais le major se tut, et se dirigea vers le chariot, qu'Ayrton examinait.

« Qu'a-t-il voulu dire? demanda Glenarvan à John Mangles.

— Je ne sais, répondi le jeune capitaine. Cependant le major n'est point homme à parler sans raison.

— Non, John, dit lady Helena. Mac Nabbs doit avoir des soupçons à l'égard d'Ayrton.

— Des soupçons? fit Paganel en haussant les épaules.

— Lesquels? répondit Glenarvan. Le suppose-t-il capable d'avoir tué nos chevaux et nos bœufs? Mais dans quel but? L'intérêt d'Ayrton n'est-il pas identique au nôtre?

— Vous avez raison, mon cher Edward, dit lady He
lena, et j'ajouterai que le quartier-maître nous a donné
depuis le commencement du voyage d'incontestables
preuves de dévouement.

— Sans doute, répondit John Mangles. Mais alors,
que signifie l'observation du major? Il faudra que j'en
aie le cœur net.

— Le croit-il donc d'accord avec ces convicts?...
s'écria imprudemment Paganel.

— Quels convicts? demanda miss Grant.

— Monsieur Paganel se trompe, répondit vivement
John Mangles. Il sait bien qu'il n'y a pas de convicts
dans la province de Victoria.

— Eh! c'est parbleu vrai! répliqua Paganel, qui
aurait voulu retirer ses paroles. Où diable avais-je la
tête? Des convicts! Qui a jamais entendu parler de
convicts en Australie? D'ailleurs, à peine débarqués, ils
font de très-honnêtes gens! Le climat! vous savez, miss
Mary, le climat moralisateur... »

Le pauvre savant, voulant réparer sa bévue, faisait
comme le chariot, il s'embourbait. Lady Helena le
regardait, ce qui lui ôtait tout sang-froid. Mais ne
voulant pas l'embarrasser davantage, elle emmena miss
Mary du côté de la tente, où Mr. Olbinett s'occupait
de dresser le déjeuner suivant toutes les règles de l'art.

« C'est moi qui mériterais d'être transporté, dit
piteusement Paganel.

— Je le pense, » répondit Glenarvan.

Et sur cette réponse faite avec un sérieux qui accabl·
le digne géographe, Glenarvan et John Mangles allèren
vers le chariot.

En ce moment, Ayrton et les deux matelots travail·
laient à l'arracher de sa vaste ornière. Le bœuf et le
cheval, attelés côte à côte, tiraient de toute la force
de leurs muscles; les traits étaient tendus à se rompre, les colliers menaçaient de céder à l'effort. Wilson
et Mulrady poussaient aux roues, tandis que, de la voix
et de l'aiguillon, le quartier-maître excitait l'attelage
dépareillé. Le lourd véhicule ne bougeait pas. La
glaise, déjà sèche, le retenait comme s'il eût été scellé
dans du ciment hydraulique.

John Mangles fit arroser la glaise pour la rendre
moins tenace. Ce fut en vain. Le chariot conserva son
immobilité. Après de nouveaux coups de vigueur,
hommes et bêtes s'arrêtèrent. A moins de démonter
la machine pièce à pièce, il fallait renoncer à la tirer
de la fondrière. Or, l'outillage manquait, et l'on ne
pouvait entreprendre un pareil travail.

Cependant, Ayrton, qui voulait vaincre à tout prix cet
obstacle, allait tenter de nouveaux efforts, quand lord
Glenarvan l'arrêta.

« Assez, Ayrton, assez, dit-il. Il faut ménager le bœuf
et le cheval qui nous restent. Si nous devons continuer
à pied notre route, l'un portera les deux voyageuses,
l'autre nos provisions. Ils peuvent donc rendre encore
d'utiles services.

— Bien, mylord, répondit le quartier-maître en dételant ses bêtes épuisées.

— Maintenant, mes amis, ajouta Glenarvan, retournons au campement, délibérons, examinons la situation, voyons de quel côté sont les bonnes et les mauvaises chances, et prenons un parti. »

Quelques instants après, les voyageurs se refaisaient de leur mauvaise nuit par un déjeuner passable, et la discussion était ouverte. Tous furent appelés à donner leur avis.

D'abord, il s'agit de relever la position du campement d'une manière extrêmement précise. Paganel, chargé de ce soin, le fit avec la rigueur voulue. Selon lui, l'expédition se trouvait arrêtée sur le trente-septième parallèle par 147° 53' de longitude, au bord de la Snowy-river.

« Quel est le relèvement exact de la côte à Twofold-Bay? demanda Glenarvan.

— Cent cinquante degrés, répondit Paganel.

— Et ces deux degrés sept minutes valent?...

— Soixante-quinze milles [1].

— Et Melbourne est?...

— A deux cents milles au moins.

— Bon. Notre position étant ainsi déterminée, dit Glenarvan, que convient-il de faire? »

La réponse fut unanime : aller à la côte, sans tarder.

1. 37 lieues.

Lady Helena et Mary Grant s'engageaient à faire cinq milles par jour. Les courageuses femmes ne s'effrayaient pas de franchir à pied, s'il le fallait, la distance qui séparait Snowy-river de Twofold-Bay.

« Vous êtes la vaillante compagne du voyageur, ma chère Helena, dit lord Glenarvan. Mais sommes-nous certains de trouver à la baie les ressources dont nous aurons besoin en y arrivant?

— Sans aucun doute, répondit Paganel. Eden est une municipalité qui a déjà bien des années d'existence. Son port doit avoir des relations fréquentes avec Melbourne. Je suppose même qu'à trente-cinq milles d'ici, à la paroisse de Delegete, sur la frontière victorienne, nous pourrons ravitailler l'expédition et trouver des moyens de transport.

— Et le *Duncan?* demanda Ayrton, ne jugez-vous pas opportun, mylord, de le mander à la baie?

— Qu'en pensez-vous, John? demanda Glenarvan.

— Je ne crois pas que Votre Honneur doive se presser à ce sujet, répondit le jeune capitaine, après avoir réfléchi. Il sera toujours temps de donner vos ordres à Tom Austin et de l'appeler à la côte.

— C'est de toute évidence, ajouta Paganel.

— Remarquez, reprit John Mangles, que dans quatre ou cinq jours nous serons à Eden.

— Quatre ou cinq jours! reprit Ayrton en hochant la tête, mettez en quinze ou vingt, capitaine, si vous ne voulez pas plus tard regretter votre erreur!

— Quinze ou vingt jours pour faire soixante-quinze milles ! s'écria Glenarvan.

— Au moins, mylord. Vous allez traverser la portion la plus difficile de Victoria, un désert où tout manque, disent les squatters, des plaines de broussailles sans chemin frayé, dans lesquelles les stations n'ont pu s'établir. Il y faudra marcher la hache ou la torche à la main, et, croyez-moi, vous n'irez pas vite. »

Ayrton avait parlé d'un ton ferme. Paganel, sur qui se portèrent des regards interrogateurs, approuva d'un signe de tête les paroles du quartier-maître.

« J'admets ces difficultés, reprit alors John Mangles. Eh bien ! dans quinze jours, Votre Honneur expédiera ses ordres au *Duncan*.

— J'ajouterai, reprit alors Ayrton, que les principaux obstacles ne viendront pas des embarras de la route. Mais il faudra traverser la Snowy, et très-probablement attendre la baisse des eaux.

— Attendre ! s'écria le jeune capitaine. Ne peut-on trouver un gué ?

— Je ne le pense pas, répondit Ayrton. Ce matin, j'ai cherché un passage praticable, mais en vain. Il est rare de rencontrer une rivière aussi torrentueuse à cette époque, et c'est une fatalité contre laquelle je ne puis rien.

— Elle est donc large, cette Snowy ? demanda lady Glenarvan.

— Large et profonde, madame, répondit Ayrton,

16

large d'un mille avec un courant impétueux. Un bon
nageur ne la traverserait pas sans danger.

— Eh bien! construisons un canot, s'écria Robert,
qui ne doutait de rien. On abat un arbre, on le creuse,
on s'y embarque, et tout est dit.

— Il va bien, le fils du capitaine Grant! répondit
Paganel.

— Et il a raison, reprit John Mangles. Nous serons
forcés d'en venir là. Je trouve donc inutile de perdre
notre temps en vaines discussions.

— Qu'en pensez-vous, Ayrton? demanda Glenarvan.

— Je pense, mylord, que dans un mois, s'il n'arrive
quelque secours, nous serons encore retenus sur les
bords de la Snowy !

— Enfin, avez-vous un plan meilleur? demanda John
Mangles avec une certaine impatience.

— Oui, si le *Duncan* quitte Melbourne et rallie la
côte est !

— Ah! toujours le *Duncan !* Et en quoi sa présence à la baie nous facilitera-t-elle les moyens d'y
arriver? »

Ayrton réfléchit pendant quelques instants avant de
répondre, et il dit d'une façon assez évasive :

« Je ne veux point imposer mes opinions. Ce que j'en
fais est dans l'intérêt de tous, et je suis disposé à partir dès que Son Honneur donnera le signal du départ. »

Puis, il croisa les bras.

« Ceci n'est pas répondre, Ayrton. reprit Glenarvan.

Faites-nous connaître votre plan, et nous le discute
rons. Que proposez-vous? »

Ayrton, d'une voix calme et assurée, s'exprima en ces
termes :

« Je propose de ne pas nous aventurer au delà de la
Snowy dans l'état de dénûment où nous sommes. C'est
ici même qu'il faut attendre des secours, et ces secours
ne peuvent venir que du *Duncan.* Campons en cet endroit, où les vivres ne manquent pas, et que l'un de
nous porte à Tom Austin l'ordre de rallier la baie
Twofold. »

Un certain étonnement accueillit cette proposition
inattendue, et contre laquelle John Mangles ne dissi-
mula pas son antipathie.

« Pendant ce temps, reprit Ayrton, ou les eaux de
la Snowy baisseront, ce qui permettra de trouver un
gué praticable, ou il faudra recourir au canot, et nous
aurons le temps de le construire. Voilà, mylord, le
plan que je soumets à votre approbation.

— Bien, Ayrton, répondit Glenarvan. Votre idée
mérite d'être prise en sérieuse considération. Son plus
grand tort est de causer un retard, mais elle épargne
de sérieuses fatigues et peut-être des dangers réels.
Qu'en pensez-vous, mes amis?

— Parlez, mon cher Mac Nabbs, dit alors lady
Helena. Depuis le commencement de la discussion,
vous vous contentez d'écouter, et vous êtes très-avare
de vos paroles.

« — Puisque vous me demandez mon avis, répondit le major, je vous le donnerai très-franchement. Ayrton me paraît avoir parlé en homme sage, prudent, et je me range à sa proposition. »

On ne s'attendait guère à cette réponse, car jusqu'alors Mac Nabbs avait toujours combattu les idées d'Ayrton à ce sujet. Aussi, Ayrton, surpris, jeta un regard rapide sur le major. Cependant, Paganel, lady Helena, les matelots étaient très-disposés à appuyer le projet du quartier-maître. Ils n'hésitèrent plus après les paroles de Mac Nabbs.

Glenarvan déclara donc le plan d'Ayrton adopté en principe.

« Et maintenant, John, ajouta-t-il, ne pensez-vous pas que la prudence commande d'agir ainsi, et de camper sur les bords de la rivière, en attendant des moyens de transport?

— Oui, répondit John Mangles, si toutefois notre messager parvient à passer la Snowy que nous ne pouvons passer nous-mêmes ! »

On regarda le quartier-maître, qui sourit en homme sûr de lui.

« Le messager ne franchira pas la rivière, dit-il.

— Ah ! fit John Mangles.

— Il ira tout simplement rejoindre la route de Lucknow qui le mènera droit à Melbourne.

— Deux cent cinquante milles à faire à pied ! s'écria le jeune capitaine.

— A cheval, répliqua Ayrton. Il reste un cheval bien portant. Ce sera l'affaire de quatre jours. Ajoutez deux jours pour la traversée du *Duncan* à la baie, vingt-quatre heures pour revenir au campement, et dans une semaine, le messager sera de retour avec les hommes de l'équipage. »

Le major approuvait d'un signe de tête les paroles d'Ayrton, ce qui ne laissait pas d'exciter l'étonnement de John Mangles. Mais la proposition du quartier-maître avait réuni tous les suffrages, et il ne s'agissait plus que d'exécuter ce plan véritablement bien conçu.

« Maintenant, mes amis, dit Glenarvan, il reste à choisir notre messager. Il aura une mission pénible et périlleuse, je ne veux pas le dissimuler. Qui se dévouera pour ses compagnons et ira porter nos instructions à Melbourne ? »

Wilson, Mulrady, John Mangles, Paganel, Robert lui-même, s'offrirent immédiatement. John insistait d'une façon toute particulière pour que cette mission lui fût confiée. Mais Ayrton, qui ne s'était pas encore prononcé, prit la parole, et dit :

« S'il plaît à Votre Honneur, ce sera moi qui partirai, mylord. J'ai l'habitude de ces contrées. Maintes fois, j'ai parcouru des régions plus difficiles. Je puis me tirer d'affaire là où un autre resterait. Je réclame donc dans l'intérêt commun ce droit de me rendre à Melbourne. Un mot m'accréditera auprès de votre second, et dans six jours, je me fais fort d'amener le *Duncan* à la baie Twofold.

— Bien parlé, répondit Glenarvan. Vous êtes un homme intelligent et courageux, Ayrton, et vous réussirez. »

Le quartier-maître était évidemment plus apte que tout autre à remplir cette difficile mission. Chacun le comprit et se retira. John Mangles fit une dernière objection, disant que la présence d'Ayrton était nécessaire pour retrouver les traces du *Britannia* ou d'Harry Grant. Mais le major fit observer que l'expédition resterait campée sur les bords de la Snowy jusqu'au retour d'Ayrton, qu'il n'était pas question de reprendre sans lui ces importantes recherches, conséquemment, que son absence ne préjudicierait en aucune façon aux intérêts du capitaine.

« Eh bien, partez, Ayrton, dit Glenarvan, faites diligence, et revenez par Eden à notre campement de la Snowy. »

Un éclair de satisfaction brilla dans les yeux du quartier-maître. Il détourna la tête, mais, si vite qu'il eût fait ce mouvement, John Mangles avait surpris cet éclair. John, par instinct, non autrement, sentait s'accroître ses défiances contre Ayrton.

Le quartier-maître fit donc ses préparatifs de départ, aidé des deux matelots, dont l'un s'occupa de son cheval, et l'autre de ses provisions. Pendant ce temps, Glenarvan écrivait la lettre destinée à Tom Austin.

Il ordonnait au second du *Duncan* de se rendre sans retard à la baie Twofold. Il lui recommandait le quartier-maître comme un homme en qui il pouvait avoir toute confiance. Tom Austin, arrivé à la côte, devait mettre un détachement des matelots du yacht sous les ordres d'Ayrton...

Glenarvan en était à ce passage de sa lettre, quand Mac Nabbs, qui le suivait des yeux, lui demanda d'un ton singulier comment il écrivait le nom d'Ayrton.

« Mais comme il se prononce, répondit Glenarvan.

— C'est une erreur, reprit tranquillement le major; il se prononce Ayrton, mais il s'écrit Ben Joyce! »

CHAPITRE XX.

A LAND ZEALAND.

La révélation de ce nom de Ben Joyce produisit effet d'un coup de foudre. Ayrton s'était brusquement redressé. Sa main tenait un revolver. Une détonation éclata. Glenarvan tomba frappé d'une balle. Des coups de fusil retentirent au dehors.

John Mangles et les matelots, d'abord surpris, voulu-rent se jeter sur Ben Joyce; mais l'audacieux convict avait déjà disparu et rejoint sa bande disséminée sur la lisière du bois de gommiers. ·

La tente n'offrait pas un suffisant abri contre les balles. Il fallait battre en retraite. Glenarvan, légèrement atteint, s'était relevé.

« Au chariot! au chariot! » cria John Mangles, et il entraîna lady Helena et Mary Grant, qui furent bientôt en sûreté derrière les épaisses ridelles.

Là, John, le major, Paganel, les matelots saisirent leurs carabines et se tinrent prêts à riposter aux convicts. Glenarvan et Robert avaient rejoint les voyageuses, tandis qu'Olbinett accourait à la défense commune.

Ces événements s'étaient accomplis avec la rapidité de l'éclair. John Mangles observait attentivement la lisière du bois. Les détonations s'étaient tues subitement à l'arrivée de Ben Joyce. Un profond silence succédait à la bruyante fusillade. Quelques volutes de vapeur blanche se contournaient encore entre les branches des gommiers. Les hautes touffes de gastrolobium demeuraient immobiles. Tout indice d'attaque avait disparu.

Le major et John Mangles poussèrent une reconnaissance jusqu'aux grands arbres. La place était abandonnée. De nombreuses traces de pas s'y voyaient, et quelques amorces à demi consumées fumaient sur le sol. Le major, en homme prudent, les éteignit, car il suffisait d'une étincelle pour allumer un incendie redoutable dans cette forêt d'arbres secs.

« Les convicts ont disparu, dit John Mangles.

— Oui, répondit le major, et cette disparition m'inquiète. Je préfèrerais les voir face à face. Mieux vaut un tigre en plaine qu'un serpent sous les herbes. Battons ces buissons autour du chariot. »

Le major et John fouillèrent la campagne environnante. De la lisière du bois aux bords de la Snowy, ils ne rencontrèrent pas un seul convict. La bande de Ben Joyce semblait s'être envolée comme une troupe d'oiseaux malfaisants. Cette disparition était trop singulière pour laisser une sécurité parfaite. C'est pourquoi on résolut de se tenir sur le qui-vive. Le chariot, véritable forteresse embourbée, devint le centre du campement, et deux hommes, se relevant d'heure en heure, firent bonne garde.

Le premier soin de lady Helena et de Mary Grant avait été de panser la blessure de Glenarvan. Au moment où son mari tomba sous la balle de Ben Joyce, lady Helena s'était précipitée vers lui, épouvantée. Puis, maîtrisant son angoisse, cette femme courageuse avait conduit Glenarvan au chariot. Là, l'épaule du blessé fut mise à nu, et le major reconnut que la balle, déchirant les chairs, n'avait produit aucune lésion interne. Ni l'os ni les muscles ne lui parurent attaqués. La blessure saignait beaucoup, mais Glenarvan, remuant les doigts de la main et l'avant-bras, rassura lui-même ses amis sur les résultats du coup. Son pansement fait, il ne voulut

plus que l'on s'occupât de lui, et on en vint aux explications.

Les voyageurs, moins Mulrady et Wilson qui veillaient
au dehors, s'étaient alors casés tant bien que mal
dans le chariot. Le major fut invité à parler.

Avant de commencer son récit, il mit lady Helena
au courant des choses qu'elle ignorait, c'est-à-dire
l'évasion d'une bande de condamnés de Perth, leur
apparition dans les contrées de la Victoria, leur complicité dans la catastrophe du chemin de fer. Il lui
remit le numéro de l'*Australian and New Zealand
Gazette* acheté à Seymour, et il ajouta que la police
avait mis à prix la tête de ce Ben Joyce, redoutable
bandit, auquel dix-huit mois de crimes avaient fait une
funeste célébrité.

Mais comment Mac Nabbs avait-il reconnu ce Ben Joyce
dans le quartier-maître Ayrton? Là était le mystère
que tous voulaient éclaircir, et le major s'expliqua.

Depuis le jour de sa rencontre, Mac Nabbs, par
instinct, se défiait d'Ayrton. Deux ou trois faits, presque insignifiants, un coup d'œil échangé entre le
quartier-maître et le forgeron à la Wimera-river,
l'hésitation d'Ayrton à traverser les villes et les bourgs,
son insistance à mander le *Duncan* à la côte, la mort
étrange des animaux confiés à ses soins, enfin un manque de franchise dans ses allures, tous ces détails peu
à peu groupés avaient éveillé les soupçons du major.

Cependant, il n'aurait pu formuler une accusation

directe, sans les événements qui s'étaient passés la nuit précédente.

Mac Nabbs, se glissant entre les hautes touffes d'arbrisseaux, arriva près des ombres suspectes qui venaient d'éveiller son attention à un demi-mille du campement. Les plantes phosphorescentes jetaient de pâles lueurs dans l'obscurité.

Trois hommes examinaient des traces sur le sol, des empreintes de pas fraîchement faites, et parmi eux, Mac Nabbs reconnut le maréchal ferrant de Black-Point. « Ce sont eux, disait l'un. — Oui, répondait l'autre, voilà le trèfle des fers. — C'est comme cela depuis la Wimera. — Tous les chevaux sont morts. — Le poison n'est pas loin. — En voilà de quoi démonter une cavalerie tout entière. — Une plante utile que ce gastrolobium! »

« Puis, ils se turent, ajouta Mac Nabbs, et s'éloignèrent. Je n'en savais pas assez. Je les suivis. Bientôt la conversation recommença : « Un habile homme, Ben Joyce, dit le forgeron, un fameux quartier-maître avec son invention de naufrage! Si son projet réussit, c'est un coup de fortune! Satané Ayrton! — Appelle-le Ben Joyce, car il a bien gagné son nom! » En ce moment, ces coquins quittèrent le bois de gommiers. Je savais ce que je voulais savoir, et je revins au campement, avec la certitude que tous les convicts ne se moralisent pas en Australie, n'en déplaise à Paganel! »

Le major se tut. Ses compagnons silencieux réflé-
chissaient.

« Ainsi, dit Glenarvan dont la colère faisait pâlir
la figure, Ayrton nous a entraînés jusqu'ici pour nous
piller et nous assassiner !

— Oui, répondit le major.

— Et depuis la Wimera, sa bande suit nos traces et
nous épie, guettant une occasion favorable ?

— Oui.

— Mais ce misérable n'est donc pas un matelot du
Britannia? Il a donc volé son nom d'Ayrton, volé
son engagement à bord ? »

Les regards se dirigèrent vers Mac Nabbs, qui avait
dû se poser ces questions à lui-même.

« Voici, répondit-il de sa voix toujours calme, les
certitudes que l'on peut dégager de cette obscure situation. A mon avis, cet homme s'appelle réellement Ayrton. Ben Joyce est son nom de guerre. Il est incontestable qu'il connaît Harry Grant et qu'il a été quartier-
maître à bord du *Britannia*. Ces faits, prouvés déjà par
les détails précis que nous a donnés Ayrton, sont de
plus corroborés par les paroles des convicts que je vous
ai rapportées. Ne nous égarons donc pas dans de vaines
hypothèses, et tenons pour certain que Ben Joyce est Ayrton comme Ayrton est Ben Joyce, c'est-à-dire un matelo
du *Britannia* devenu chef d'une bande de convicts. »

Les explications de Mac Nabbs furent acceptée
sans discussion.

« Maintenant, répondit Glenarvan, me direz-vous comment et pourquoi le quartier-maître d'Harry Grant se trouve en Australie?

— Comment? je l'ignore, répondit Mac Nabbs, et la police déclare ne pas en savoir plus long que moi à ce sujet. Pourquoi? il m'est impossible de le dire. Il y a là un mystère que l'avenir expliquera.

— La police ne connaît pas même cette identité d'Ayrton et de Ben Joyce, dit John Mangles.

— Vous avez raison, John, répondit le major, et une semblable particularité serait de nature à éclairer ses recherches.

— Ainsi, fit lady Helena, ce malheureux s'était introduit à la ferme de Paddy O'Moore dans une intention criminelle?

— Ce n'est pas douteux, répondit Mac Nabbs. Il préparait quelque mauvais coup contre l'Irlandais. quand une occasion meilleure s'est offerte à lui. Le hasard nous a mis en présence. Il a entendu le récit de Glenarvan, l'histoire du naufrage, et en homme audacieux, il s'est promptement décidé à en tirer parti. L'expédition a été décidée. A la Wimera, il a communiqué avec l'un des siens, le forgeron de Black-Point. et a laissé des traces reconnaissables de notre passage. Sa bande nous a suivis. Une plante vénéneuse lui a permis de tuer peu à peu nos bœufs et nos chevaux. Puis, le moment venu, il nous a embourbés dans les marais de la Snowy et livrés aux convicts qu'il commande. »

Tout était dit sur Ben Joyce. Son passé venait d'être
econstitué par le major, et le misérable apparaissait
tel qu'il était, un audacieux et redoutable criminel.
Ses intertions, clairement démontrées, exigeaient de la
part de Glenarvan une vigilance extrême. Heureusement, il y avait moins à craindre du bandit démasqué
que du traître.

Mais de cette situation nettement élucidée ressortait
une conséquence grave. Personne n'y avait encore songé.
Seule, Mary Grant, laissant discuter tout ce passé, regardait l'avenir.

John Mangles, d'abord, la vit ainsi pâle et désespérée. Il comprit ce qui se passait dans son esprit.

« Miss Mary! miss Mary! s'écria-t-il. Vous pleurez!

— Tu pleures, mon enfant? dit lady Helena.

— Mon père! madame, mon père! » répondit la
jeune fille.

Elle ne put continuer. Mais une révélation subite se
fit dans l'esprit de chacun. On comprit la douleur de
miss Mary, pourquoi les larmes tombaient de ses yeux,
pourquoi le nom de son père montait de son cœur à
ses lèvres.

La découverte de la trahison d'Ayrton détruisait
tout espoir. Le convict, pour entraîner Glenarvan,
avait supposé un naufrage. Dans leur conversation surprise par Mac Nabbs, les convicts l'avaient
clairement dit. Jamais le *Britannia* n'était venu
se briser sur les écueils de Twofold-bay! Jamais

Harry Grant n'avait mis le pied sur le continent australien !

Pour la seconde fois, l'interprétation erronée du document venait de jeter sur une fausse piste les chercheurs du *Britannia !*

Tous, devant cette situation, devant la douleur des deux enfants, gardèrent un morne silence. Qui donc eût encore trouvé quelques paroles d'espoir ? Robert pleurait dans les bras de sa sœur. Paganel murmurait d'une voix dépitée :

« Ah ! malencontreux document ! Tu peux te vanter d'avoir mis le cerveau d'une douzaine de braves gens à une rude épreuve ! »

Et le digne géographe, véritablement furieux contre lui-même, se frappait le front à le démolir.

Cependant, Glenarvan rejoignit Mulrady et Wilson, préposés à la garde extérieure. Un profond silence régnait sur cette plaine comprise entre la lisière du bois et la rivière. Les gros nuages immobiles s'écrasaient sur la voûte du ciel. Au milieu de cette atmosphère engourdie dans une torpeur profonde, le moindre bruit se fût transmis avec netteté, et rien ne se faisait entendre. Ben Joyce et sa bande devaient s'être repliés à une distance assez considérable, car des volées d'oiseaux qui s'ébattaient sur les basses branches des arbres, quelques kanguroos occupés à brouter paisiblement les jeunes pousses, un couple d'émus dont la tête confiante passait entre les grandes touffes d'arbrisseaux, prouvaient que la présence de l'homme ne troublait pas ces paisibles solitudes.

« Depuis une heure, demanda Glenarvan à ses deux matelots, vous n'avez rien vu, rien entendu?

— Rien, Votre Honneur, répondit Wilson. Les convicts doivent être à plusieurs milles d'ici.

— Il faut qu'ils n'aient pas été en force suffisante pour nous attaquer, ajouta Mulrady. Ce Ben Joyce aura voulu recruter quelques bandits de son espèce parmi les bushrangers qui errent au pied des Alpes.

— C'est probable, Mulrady, répondit Glenarvan. Ces coquins sont des lâches. Ils nous savent armés et bien armés. Peut-être attendent-ils la nuit pour commencer leur attaque. Il faudra redoubler de surveillance, à la chute du jour. Ah! si nous pouvions quitter cette plaine marécageuse et poursuivre notre route vers la côte! Mais les eaux grossies de la rivière nous barrent le passage. Je payerais son poids d'or un radeau qui nous transporterait sur l'autre rive!

— Pourquoi Votre Honneur, dit Wilson, ne nous donne-t-il pas l'ordre de construire ce radeau? Le bois ne manque pas.

— Non, Wilson, répondit Glenarvan. Mais cette Snowy, ce n'est pas une rivière, c'est un infranchissable torrent. »

En ce moment John Mangles, le major et Paganel rejoignirent Glenarvan. Ils venaient précisément d'examiner la Snowy. Les eaux accrues par les dernières pluies s'étaient encore élevées d'un pied au-dessus de son étiage. Elles formaient un courant torrentueux, comparable aux rapides de l'Amérique. Impossible de s'aventurer sur ces nappes mugissantes et ces impétueuses avalasses, brisées en mille remous où se creusaient des gouffres.

John Mangles déclara le passage impraticable.

« Mais, ajouta-t-il, il ne faut pas rester ici sans rien tenter. Ce qu'on voulait faire avant la trahison d'Ayrton est encore plus nécessaire après.

— Que dis-tu, John? demanda Glenarvan.

— Je dis que des secours sont urgents, et puis qu'on ne peut aller à Twofold-bay, il faut aller à Melbourne. Un cheval nous reste. Que Votre Honneur me le donne, mylord, et j'irai à Melbourne.

— Mais c'est là une dangereuse tentative, John, dit Glenarvan. Sans parler des périls de ce voyage de deux cents milles à travers un pays inconnu, les sentiers et la route doivent être gardés par les complices de Ben Joyce.

— Je le sais, mylord, mais je sais aussi que la situation ne peut se prolonger. Ayrton ne demandait que huit jours d'absence pour ramener les hommes du *Duncan*. Moi, je veux en six jours être revenu sur les bords de la Snowy. Eh bien! qu'ordonne Votre Honneur?

— Avant que Glenarvan se prononce, dit Paganel, je dois faire une observation. Qu'on aille à Melbourne,

oui, mais que ces dangers soient réservés à John Mangles, non. C'est le capitaine du *Duncan*, et comme tel
il ne peut s'exposer. J'irai à sa place.

— Bien parlé, répondit le major. Et pourquoi serait-ce
vous, Paganel?

— Ne sommes-nous pas là ? s'écrièrent Mulrady et
Wilson.

— Et croyez-vous, reprit Mac Nabbs, que je m'ef-
fraye d'une traite de deux cents milles à cheval?

— Mes amis, dit Glenarvan, si l'un de nous doit
aller à Melbourne, que le sort le désigne. Paganel,
écrivez nos noms...

— Pas le vôtre, du moins, mylord, dit John Mangles.

— Et pourquoi? demanda Glenarvan.

— Vous séparer de lady Helena, vous, dont la blessure n'est pas même fermée!

— Glenarvan, dit Paganel, vous ne pouvez quitter
l'expédition.

— Non, reprit le major. Votre place est ici, Edward,
vous ne devez pas partir.

— Il y a des dangers à courir, répondit Glenarvan,
et je n'en laisserai pas ma part à d'autres. Écrivez,
Paganel. Que mon nom soit mêlé aux noms de mes
camarades, et fasse le ciel qu'il soit le premier à sortir! »

On s'inclina devant cette volonté. Le nom de Glenarvan fut joint aux autres noms. On procéda au
tirage, et le sort se prononça pour Mulrady. Le brave
matelot poussa un hurrah de satisfaction.

« Mylord, je suis prêt à partir, » dit-il.

Glenarvan serra la main de Mulrady. Puis il retourna vers le chariot, laissant au major et à John Mangles la garde du campement.

Lady Helena fut aussitôt instruite du parti pris d'envoyer un messager à Melbourne et de la décision du sort. Elle trouva pour Mulrady des paroles qui allèrent au cœur de ce vaillant marin. On le savait brave, intelligent, robuste, supérieur à toute fatigue, et, véritablement, le sort ne pouvait mieux choisir.

Le départ de Mulrady fut fixé à huit heures, après le court crépuscule du soir. Wilson se chargea de préparer le cheval. Il eut l'idée de changer le fer révélateur qu'il portait au pied gauche, et de le remplacer par le fer de l'un des chevaux morts dans la nuit. Les convicts ne pourraient pas reconnaître les traces de Mulrady, ni le suivre, n'étant pas montés.

. Pendant que Wilson s'occupait de ces détails, Glenarvan prépara la lettre destinée à Tom Austin; mais son bras blessé le gênait, et il chargea Paganel d'écrire pour lui. Le savant, absorbé dans une idée fixe, semblait étranger à ce qui se passait autour de lui. Il faut le dire, Paganel, dans toute cette succession d'aventures fâcheuses, ne pensait qu'à son document faussement interprété. Il en retournait les mots pour leur arracher un nouveau sens, et demeurait plongé dans les abîmes de l'interprétation.

Aussi n'entendit-il pàs la demande de Glenarvan,
et celui-ci fut forcé de la renouveler.

« Ah! très-bien, répondit Paganel, je suis prêt ! »

Et tout en parlant, Paganel préparait machinale-
ment son carnet. Il en déchira une page blanche
puis, le crayon à la main, il se mit en devoir d'écrire
Glenarvan commença à dicter les instructions suivantes :

« Ordre à Tom Austin de prendre la mer sans retard
« et de conduire le *Duncan*... »

Paganel achevait ce dernier mot, quand ses yeux se
portèrent, par hasard, sur le numéro de l'*Australian
and New-Zealand Gazette,* qui gisait à terre. Le journal
replié ne laissait voir que les deux dernières syllabes
de son titre. Le crayon de Paganel s'arrêta, et Paganel
parut oublier complétement Glenarvan, sa lettre, sa
dictée.

« Eh bien ? Paganel, dit Glenarvan.

— Ah! fit le géographe, en poussant un cri.

— Qu'avez-vous? demanda le major.

— Rien ! rien! » répondit Paganel.

Puis, plus bas, il répéta : « *aland! aland! aland !* »

Il s'était levé. Il avait saisi le journal. Il le secouait,
cherchant à retenir les paroles prêtes à s'échapper de
ses lèvres.

Lady Helena, Mary, Robert, Glenarvan, le regardaient sans rien comprendre à cette inexplicable agitation.

Paganel ressemblait à un homme qu'une folie subite vient de frapper. Mais cet état de surexcitation nerveuse ne dura pas. Il se calma peu à peu; la joie qui brillait dans ses regards s'éteignit; il reprit sa place et dit d'un ton calme :

« Quand vous voudrez, mylord, je suis à vos ordres. »

Glenarvan reprit la dictée de sa lettre, qui fut définitivement libellée en ces termes :

« Ordre à Tom Austin de prendre la mer sans retard « et de conduire le *Duncan* par trente-sept degrés de « latitude à la côte orientale de l'Australie...

— De l'Australie? dit Paganel. Ah! oui! de l'Australie! »

Puis, il acheva la lettre et la présenta à la signature de Glenarvan. Celui-ci, gêné par sa récente blessure, se tira tant bien que mal de cette formalité. La lettre fut close et cachetée. Paganel, d'une main que l'émotion faisait trembler encore, mit l'adresse suivante :

Tom Austin,
Second à bord du yacht le *Duncan*.

Melbourne.

Puis, il quitta le chariot, gesticulant et répétant ces mots incompréhensibles :

« *Aland! Aland! Zealand!* »

CHAPITRE XXI.

QUATRE JOURS D'ANGOISSES.

Le reste de la journée s'écoula sans autre inci-
ent. On acheva de tout préparer pour le départ de
Mulrady. Le brave matelot était heureux de donner
à Son Honneur cette marque de dévouement.

Paganel avait repris son sang-froid et ses manières
accoutumées. Son regard indiquait bien encore une
vive préoccupation, mais il paraissait décidé à la tenir
secrète. Il avait sans doute de fortes raisons pour en
agir ainsi, car le major l'entendit répéter ces paroles,
comme un homme qui lutte avec lui-même :

« Non! non! ils ne me croiraient pas! Et, d'ailleurs, à quoi bon? Il est trop tard! »

Cette résolution prise, il s'occupa de donner à
Mulrady les indications nécessaires pour atteindre
Melbourne, et la carte sous les yeux, il lui traça son
itinéraire. Tous les « tracks », c'est-à-dire les sentiers
de la prairie, aboutissaient à la route de Lucknow.
Cette route, après avoir descendu droit au sud jusqu'à
la côte, prenait par un coude brusque la direction
de Melbourne. Il fallait toujours la suivre et ne point

tenter de couper court à travers un pays peu connu.
Ainsi rien de plus simple. Mulrady ne pouvait s'égarer.

Quant aux dangers, ils n'existaient plus à quelques
milles au delà du campement, où Ben Joyce et sa
troupe devaient s'être embusqués. Une fois passé, Mulrady se faisait fort de distancer rapidement les convicts et de mener à bien son importante mission.

A six heures, le repas fut pris en commun. Une
pluie torrentielle tombait. La tente n'offrait plus un
abri suffisant, et chacun avait cherché refuge dans le
chariot. C'était, du reste, une retraite sûre. La glaise
le tenait encastré au sol, et il y adhérait comme un
fort sur ses fondations. L'arsenal se composait de sept
carabines et de sept revolvers, et permettait de soutenir un siége assez long, car ni les munitions ni les
vivres ne manquaient. Or, avant six jours, le *Duncan*
serait ancré dans la baie Twofold. Vingt-quatre heures
après, son équipage serait sur l'autre rive de la Snowy,
et si le passage n'était pas encore praticable, les convicts, du moins, seraient forcés de se retirer devant
des forces supérieures. Mais, avant tout, il fallait que
Mulrady réussît dans sa périlleuse entreprise.

A huit heures, la nuit devint très-sombre. C'était l'instant de partir. Le cheval destiné à Mulrady fut amené.
Ses pieds, entourés de linges, par surcroît de précaution,
ne faisaient aucun bruit sur le sol. L'animal paraissait
fatigué, et, cependant, de la sûreté et de la vigueur
de ses jambes dépendait le salut de tous. Le major

conseilla à Mulrady de le ménager, du moment qu'il serait hors de l'atteinte des convicts. Mieux valait un retard d'une demi-journée et arriver sûrement.

John Mangles remit à son matelot un revolver qu'il venait de charger avec le plus grand soin. Arme redoutable dans la main d'un homme qui ne tremble pas, car six coups de feu éclatant en quelques secondes balayent aisément un chemin obstrué de malfaiteurs.

Mulrady se mit en selle.

« Voici la lettre que tu remettras à Tom Austin, lui dit Glenarvan. Qu'il ne perde pas une heure ! Qu'il parte pour la baie Twofold, et s'il ne nous y trouve pas, si nous n'avons pu franchir la Snowy, qu'il vienne à nous sans retard ! Maintenant, va, mon brave matelot, et que Dieu te conduise ! »

Glenarvan, lady Helena, Mary Grant, tous serrèrent la main de Mulrady. Ce départ, par une nuit noire et pluvieuse, sur une route semée de dangers, à travers les immensités inconnues d'un désert, eût impressionné un cœur moins ferme que celui du matelot.

« Adieu, mylord, » dit-il d'une voix calme, et il disparut bientôt par un sentier qui longeait la lisière du bois.

En ce moment, la rafale redoublait de violence. Les hautes branches des eucalyptus cliquetaient dans l'ombre avec une sonorité mate. On pouvait entendre la chute de cette ramure sèche sur le sol détrempé. Plus d'un arbre géant, auquel manquait la sève, mais debout jusqu'alors, tomba pendant cette tempétueuse bourrasque. Le vent hurlait à travers les craquements du bois et mêlait ses gémissements sinistres au grondement de la Snowy. Les gros nuages, qu'il chassait dans l'est, traînaient jusqu'à terre comme des haillons de vapeur. Une lugubre obscurité accroissait encore l'horreur de la nuit.

Les voyageurs, après le départ de Mulrady, se blottirent dans le chariot. Lady Helena et Mary Grant, Glenarvan et Paganel occupaient le premier compartiment qui avait été hermétiquement clos. Dans le second, Olbinett, Wilson et Robert avaient trouvé un gîte suffisant. Le major et John Mangles veillaient au dehors. Acte de prudence nécessaire, car une attaque des convicts était facile, possible par conséquent.

Les deux fidèles gardiens faisaient donc leur quart, et recevaient philosophiquement ces rafales que la nuit leur crachait au visage. Ils essayaient de percer du regard ces ténèbres propices aux embûches, car l'oreille ne pouvait rien percevoir au milieu des bruits de la tempête, hennissements du vent, cliquetis des branches, chutes des troncs d'arbres, grondements des eaux, et les mille fracas de la nature.

Cependant, quelques courtes accalmies suspendaient parfois la bourrasque. Le vent se taisait comme pour reprendre haleine. La Snowy gémissait seule à travers les roseaux immobiles et le rideau noir des gommiers. Le silence semblait plus profond dans ces apaisements momentanés. Le major et John Mangles écoutaient alors avec attention.

Ce fut pendant un de ces répits qu'un sifflement aigu parvint jusqu'à eux.

John Mangles alla rapidement au major.

« Vous avez entendu? lui dit-il.

— Oui, fit Mac Nabbs. Est-ce un homme ou un animal?

— Un homme, » répondit John Mangles.

Puis tous deux écoutèrent. L'inexplicable sifflement se reproduisit soudain, et quelque chose comme une détonation lui répondit, mais presque insaisissable, car la tempête rugissait alors avec une nouvelle violence. Mac Nabbs et John Mangles ne pouvaient s'entendre. Ils vinrent se placer au vent du chariot.

En ce moment, les rideaux de cuir se soulevèrent, et Glenarvan rejoignit ses deux compagnons. Il avait entendu, comme eux, ce sifflement sinistre, et la détonation, qui avait fait écho sous la bâche.

« Dans quelle direction? demanda-t-il.

— Là, fit John, indiquant le sombre track, dans la direction prise par Mulrady.

— A quelle distance?

— Le vent portait, répondit John Mangles. Ce doit être à trois milles au moins.

— Allons! dit Glenarvan en jetant sa carabine sur son épaule.

— N'allons pas! répondit le major. C'est un piége pour nous éloigner du chariot.

— Et si Mulrady est tombé sous les coups de ces misérables! reprit Glenarvan, qui saisit la main de Mac Nabbs.

— Nous le saurons demain, répondit froidement le major, fermement résolu à empêcher Glenarvan de commetre une inutile imprudence.

— Vous ne pouvez quitter le campement, mylord, dit John, j'irai seul.

— Pas davantage! reprit Mac Nabbs avec énergie. Voulez-vous donc qu'on nous tue en détail, diminuer nos forces, nous mettre à la merci de ces malfaiteurs? Si Mulrady a été leur victime, c'est un malheur qu'il ne faut pas doubler d'un second. Mulrady est parti, désigné par le sort. Si le sort m'eût choisi à sa place, je serais parti comme lui, mais je n'aurais demandé ni attendu aucun secours. »

En retenant Glenarvan et John Mangles, le major avait raison à tous les points de vue. Tenter d'arriver jusqu'au matelot, courir par cette nuit sombre au-devant des convicts embusqués dans quelques taillis, c'était insensé, et, d'ailleurs, inutile. La petite troupe de Glenarvan ne comptait pas un tel nombre d'hommes qu'elle pût en sacrifier encore.

Cependant, Glenarvan semblait, ne voulait pas se rendre à ces raisons. Sa main tourmentait sa carabine. Il allait et venait autour du chariot. Il prêtait l'oreille au moindre bruit. Il essayait de percer du regard cette obscurité sinistre. La pensée de savoir un des siens frappé d'un coup mortel, abandonné sans secours, appelant en vain ceux pour lesquels il s'était dévoué, cette pensée le torturait. Mac Nabbs ne savait pas s'il parviendrait à le retenir, si Glenarvan, emporté par son cœur, n'irait pas se jeter sous les coups de Ben Joyce.

« Edward, lui dit-il, calmez-vous. Écoutez un ami. Pensez à lady Helena, à Mary Grant, à tous ceux qui restent! D'ailleurs, où voulez-vous aller? Où retrouver Mulrady? C'est à deux milles d'ici qu'il a été attaqué! Sur quelle route? Quel sentier prendre?... »

En ce moment, et comme une réponse au major, un cri de détresse se fit entendre.

« Écoutez! » dit Glenarvan.

Ce cri venait du côté même où la détonation avait éclaté, à moins d'un quart de mille.

Glenarvan, repoussant Mac Nabbs, s'avançait déjà sur le sentier, quand, à trois cents pas du chariot, ces mots se firent entendre :

« A moi! à moi! »

C'était une voix plaintive et désespérée. John Mangles et le major s'élancèrent dans sa direction.

Quelques instants après, ils aperçurent le long du taillis une forme humaine qui se traînait et poussait de lugubres gémissements.

Mulrady était là, blessé, mourant, mort peut-être, et

mand ses compagnons le soulevèrent, ils sentirent leurs mains se mouiller de sang.

La pluie redoublait alors, et le vent se déchaînait dans la ramure des « dead trees. » Ce fut au milieu des coups de la rafale que Glenarvan, le major et John Mangles transportèrent le corps de Mulrady.

A leur arrivée, chacun se leva. Paganel, Robert, Wilson, Olbinett, quittèrent le chariot, et lady Helena céda son compartiment au pauvre Mulrady. Le major ôta la veste du matelot qui ruisselait de sang et de pluie. Il découvrit sa blessure. C'était un coup de poignard que le malheureux avait au flanc droit.

Mac Nabbs le pansa adroitement. L'arme avait-elle atteint des organes essentiels, il ne pouvait le dire. Un jet de sang écarlate et saccadé en sortait; la pâleur, la défaillance du blessé, prouvaient qu'il avait été sérieusement atteint. Le major plaça sur l'orifice de la blessure, qu'il lava préalablement à l'eau fraîche, un épais tampon d'amadou, puis, des gâteaux de charpie maintenus avec un bandage. Il parvint à suspendre l'hémorragie. Mulrady fut placé sur le côté correspondant à la blessure, la tête et la poitrine élevées, et lady Helena lui fit boire quelques gorgées d'eau.

Au bout d'un quart d'heure, le blessé, immobile jusqu'alors, fit un mouvement. Ses yeux s'entr'ouvrirent. Ses lèvres murmurèrent des mots sans suite, et le major, approchant son oreille, l'entendit répéter :

« Mylord... la lettre... Ben Joyce... »

Le major répéta ces paroles, et regarda ses compa
gnons. Que voulait dire Mulrady? Ben Joyce avait attaqué le matelot, mais pourquoi? N'était-ce pas seulement dans le but de l'arrêter, de l'empêcher d'arriver
au *Duncan?* Cette lettre...

Glenarvan visita les poches de Mulrady. La lettre
adressée à Tom Austin ne s'y trouvait plus!

La nuit se passa dans les inquiétudes et les angoisses. On craignait à chaque instant que le blessé ne
vînt à mourir. Une fièvre ardente le dévorait. Lady
Helena, Mary Grant, deux sœurs de charité, ne le quittèrent pas. Jamais malade ne fut si bien soigné, et
par des mains plus compatissantes.

Le jour parut. La pluie avait cessé. De gros nuages
roulaient encore dans les profondeurs du ciel. Le sol
était jonché des débris de branches. La glaise, dé-
trempée par des torrents d'eau, avait encore cédé. Les
abords du chariot devenaient difficiles, mais il ne
pouvait s'enlizer plus profondément.

John Mangles, Paganel et Glenarvan allèrent dès
le point du jour faire une reconnaissance autour du
campement. Ils remontèrent le sentier encore taché de
sang. Ils ne virent aucun vestige de Ben Joyce ni de sa
bande. Ils poussèrent jusqu'à l'endroit où l'attaque avait
eu lieu. Là, deux cadavres gisaient à terre, frappés des
balles de Mulrady. L'un était le cadavre du maréchal
ferrant de Black-Point. Sa figure, décomposée par la
mort, faisait horreur.

Glenarvan ne porta pas plus loin ses investigations. La prudence lui défendait de s'éloigner. Il revint donc au chariot, très-absorbé par la gravité de la situation.

« On ne peut songer à envoyer un autre messager à Melbourne, dit-il.

— Cependant, il le faut, mylord, répondit John Mangles, et je tenterai de passer là où mon matelot n'a pu réussir.

— Non, John. Tu n'as même pas un cheval pour te porter pendant ces deux cents milles ! »

En effet, le cheval de Mulrady, le seul qui restât, n'avait pas reparu. Était-il tombé sous les coups des meurtriers ? Courait-il égaré à travers ce désert ? Les convicts ne s'en étaient-ils pas emparés ?

« Quoi qu'il arrive, reprit Glenarvan, nous ne nous séparerons plus. Attendons huit jours, quinze jours, que les eaux de la Snowy reprennent leur niveau normal. Nous gagnerons alors la baie de Twofold à petites journées, et de là, nous expédierons au *Duncan* par une voie plus sûre l'ordre de rallier la côte.

— C'est le seul parti à prendre, répondit Paganel.

— Donc, mes amis, reprit Glenarvan, plus de séparation. Un homme risque trop à s'aventurer seul dans ce désert infesté de bandits. Et maintenant, que Dieu sauve notre pauvre matelot, et nous protège nous-mêmes ! »

Glenarvan avait deux fois raison ; d'abord d'interdire toute tentative isolée ; ensuite d'attendre patiemment sur les bords de la Snowy un passage praticable. Trente-cinq milles à peine le séparaient de Delegete, la première ville-frontière de la Nouvelle-Galle du Sud, où il trouverait des moyens de transport pour gagner sur la baie Twofold. De là, il télégraphierait à Melbourne les ordres relatifs au *Duncan.*

Ces mesures étaient sages, mais on les prenait tardivement. Si Glenarvan n'eût pas envoyé Mulrady sur la route de Lucknow, que de malheurs auraient été évités, sans parler de l'assassinat du matelot !

En revenant au campement, il trouva ses compagnons moins affectés. Ils semblaient avoir repris espoir.

« Il va mieux ! il va mieux ! s'écria Robert en courant au-devant de lord Glenarvan.

— Mulrady ?...

— Oui ! Edward, répondit lady Helena. Une réaction s'est opérée. Le major est plus rassuré. Notre matelot vivra.

— Où est Mac Nabbs ? demanda Glenarvan.

— Près de lui. Mulrady a voulu l'entretenir. Il ne faut pas les troubler. »

Effectivement, depuis une heure, le blessé était sorti de son assoupissement, et la fièvre avait diminué. Mais le premier soin de Mulrady, en reprenant le souvenir et la parole, fut de demander lord Glenarvan, ou, à son défaut, le major. Mac Nabbs, le voyant si faible, voulut lui interdire toute conversation. Mais

Mulrady insista avec une telle énergie que le major dut se rendre.

Or, l'entretien durait déjà depuis quelques minutes, quand Glenarvan revint. Il n'y avait plus qu'à attendre le rapport de Mac Nabbs.

Bientôt, les rideaux du chariot s'agitèrent, et le major parut. Il rejoignit ses amis au pied d'un gommier, où la tente avait été dressée. Son visage, si froid d'ordinaire, accusait une grave préoccupation. Lorsque ses regards s'arrêtèrent sur lady Helena, sur la jeune fille, ils exprimèrent une douloureuse tristesse.

Glenarvan l'interrogea, et voici en substance ce que le major venait d'apprendre.

En quittant le campement, Mulrady suivit un des sentiers indiqués par Paganel. Il se hâtait, autant du moins que le permettait l'obscurité de la nuit. D'après son estime, il avait franchi une distance de deux milles environ, quand plusieurs hommes, — cinq, croit-il, — se jetèrent à la tête de son cheval. L'animal se cabra. Mulrady saisit son revolver, et fit feu. Il lui parut que deux des assaillants tombaient. A la lueur de la détonation, il reconnut Ben Joyce. Mais ce fut tout. Il n'eut pas le temps de décharger entièrement son arme. Un coup violent lui fut porté au côté droit, et le renversa.

Cependant, il n'avait pas encore perdu connaissance. Les meurtriers le croyaient mort. Il sentit qu'on le fouillait. Puis, ces paroles furent prononcées : « J'ai la lettre, dit un des convicts. — Donne, répondit Ben Joyce, et maintenant, le *Duncan* est à nous! »

A cet endroit du récit de Mac Nabbs, Glenarvan ne put retenir un cri.

Mac Nabbs continua :

« A présent, vous autres, reprit Ben Joyce, attrapez le cheval. Dans deux jours, je serai à bord du *Duncan*, dans six, à la baie de Twofold. C'est là le rendez-vous. La troupe du mylord sera encore embourbée dans les marais de la Snowy. Passez la rivière au pont de Kemple-pier, gagnez la côte, et attendez-moi. Je trouverai bien le moyen de vous introduire à bord. Une fois l'équipage à la mer, avec un navire comme le *Duncan*, nous serons les maîtres de l'océan Indien. — Hurrah pour Ben Joyce! » s'écrièrent les convicts. Le cheval de Mulrady fut amené, et Ben Joyce disparut au galop par la route de Luknow, pendant que la bande gagnait au sud-est la Snowy-river. Mulrady, quoique grièvement blessé, eut la force de se traîner jusqu'à trois cents pas du campement où nous l'avons recueilli presque mort. Voilà, dit Mac Nabbs, l'histoire de Mulrady. Vous comprenez maintenant pourquoi le courageux matelot tenait tant à parler. »

Cette révélation terrifia Glenarvan et les siens.

« Pirates! pirates! s'écria Glenarvan. Mon équipage massacré! Mon *Duncan* aux mains de ces bandits!

— Oui! car Ben Joyce surprendra le navire, répondit le major, et alors...

— Eh bien ! il faut que nous arrivions à la côte avant ces misérables ! dit Paganel.

— Mais comment franchir la Snowy? dit Wilson.

— Comme eux, répondit Glenarvan. Ils vont passer au pont de Kemple-pier, nous y passerons aussi.

— Mais Mulrady, que deviendra-t-il? demanda lady Helena.

— On le portera! On se relayera! Puis-je livrer mon équipage sans défense à la troupe de Ben Joyce? »

L'idée de passer la Snowy au pont de Kemple-pier était praticable, mais hasardeuse. Les convicts pouvaient s'établir sur ce point et le défendre. Ils seraient au moins trente contre sept ! Mais il est des moments où l'on ne se compte pas, où il faut marcher quand même.

« Mylord, dit alors John Mangles, avant de risquer notre dernière chance, avant de s'aventurer vers ce pont, il est prudent d'aller le reconnaître. Je m'en charge.

— Je vous accompagnerai, John, » répondit Paganel.

Cette proposition acceptée, John Mangles et Paganel se préparèrent à partir à l'instant. Ils devaient descendre la Snowy, suivre ses bords jusqu'à l'endroit où ils rencontreraient ce pont signalé par Ben Joyce, et se dérober surtout à la vue des convicts qui devaient battre les rives.

Donc, munis de vivres et bien armés, les deux courageux compagnons partirent, et disparurent bientôt en se faufilant au milieu des grands roseaux de la rivière.

Pendant toute la journée, on les attendit. Le soir venu, ils n'étaient pas encore revenus. Les craintes furent très-vives.

Enfin, vers onze heures, Wilson signala leur retour. Paganel et John Mangles étaient harassés par les fatigues d'une marche de dix milles.

« Ce pont! Ce pont existe-t-il? demanda Glenarvan, qui s'élança au-devant d'eux.

— Oui! un pont de lianes, dit John Mangles. Les convicts l'ont passé, en effet. Mais...

— Mais... fit Glenarvan qui pressentait un nouveau malheur.

— Ils l'ont brûlé après leur passage! » répondit Paganel.

CHAPITRE XXII.

EDEN.

Ce n'était pas le moment de se désespérer, mais d'agir. Le pont de Kemple-pier détruit, il fallait passer la Snowy, coûte que coûte, et devancer la troupe de Ben Joyce sur les rivages de Twofold-bay. Aussi ne perdit-on pas de temps en vaines paroles, et le lendemain, 16 janvier, John Mangles et Glenarvan vinrent observer la rivière, afin d'organiser le passage.

Les eaux tumultueuses et grossies par les pluies ne baissaient pas. Elles tourbillonnaient avec une indescriptible fureur. C'était se vouer à la mort que de les affronter. Glenarvan, les bras croisés, la tête basse, demeurait immobile.

« Voulez-vous que j'essaye de gagner l'autre rive à la nage? dit John Mangles.

— Non! John, répondit Glenarvan, retenant de la main le hardi jeune homme, attendons! »

Et tous deux retournèrent au campement. La journée se passa dans les plus vives angoisses. Dix fois, Glenarvan revint à la Snowy. Il cherchait à combiner quelque hardi moyen pour la traverser. Mais en vain. Un torrent de laves eût coulé entre ses rives qu'elle n'eût pas été plus infranchissable.

Pendant ces longues heures perdues, lady Helena, conseillée par le major, entourait Mulrady des soins les plus intelligents. Le matelot se sentait revenir à la vie. Mac Nabbs osait affirmer qu'aucun organe essentiel n'avait été lésé. La perte de son sang suffisait à expliquer la faiblesse du malade. Aussi, sa blessure fermée, l'hémorragie suspendue, il n'attendait plus que du temps et du repos sa complète guérison. Lady Helena avait exigé qu'il occupât le premier compartiment du chariot. Mulrady se sentait tout honteux. Son plus grand souci, c'était de penser que son état pouvait retarder Glenarvan, et il fallut lui promettre qu'on le laisserait au campement, sous la garde de Wilson, si le passage de la Snowy devenait possible.

Malheureusement, ce passage ne fut praticable ni ce jour-là, ni le lendemain, 17 janvier. Se voir ainsi arrêté désespérait Glenarvan. Lady Helena et le major essayaient en vain de le calmer, de l'exhorter à la patience. Patienter, quand, en ce moment peut-être, Ben Joyce arrivait à bord du yacht ! quand le *Duncan*, larguant ses amarres, forçait de vapeur pour atteindre cette côte funeste, et lorsque chaque heure l'en rapprochait !

John Mangles ressentait dans son cœur toutes les angoisses de Glenarvan. Aussi, voulant vaincre à tout prix l'obstacle, il construisit un canot à la manière australienne, avec de larges morceaux d'écorce de gommiers. Ces plaques, fort légères, étaient retenues par des barreaux de bois et formaient une embarcation bien fragile.

Le capitaine et le matelot essayèrent ce frêle canot pendant la journée du 18. Tout ce que pouvaient l'habileté, la force, l'adresse, le courage, ils le firent. Mais, à peine dans le courant, ils chavirèrent, et faillirent payer de leur vie cette téméraire expérience. L'embarcation, entraînée dans les remous, disparut. John Mangles et Wilson n'avaient même pas gagné dix brasses sur cette rivière, grossie par les pluies et la fonte des neiges, et qui mesurait alors un mille de largeur.

Les journées du 19 et du 20 janvier se perdirent dans cette situation. Le major et Glenarvan remontèrent la Snowy pendant cinq milles sans trouver un passage guéable. Partout même impétuosité des eaux, même rapidité torrentueuse. Tout le versant méridional des Alpes australiennes versait dans cet unique lit ses masses liquides.

Il fallut renoncer à l'espoir de sauver le *Duncan*. Cinq jours s'étaient écoulés depuis le départ de Ben Joyce. Le yacht devait être en ce moment à la côte et aux mains des convicts!

Cependant, il était impossible que cet état de choses se prolongeât. Les crues temporaires s'épuisent vite, et en raison même de leur violence. En effet, Paganel, dans la matinée du 21, constata que l'élévation des eaux, au-dessus de l'étiage, commençait à diminuer. Il rapporta à Glenarvan le résultat de ses observations.

« Eh! qu'importe, maintenant? répondit Glenarvan, il est trop tard !

— Ce n'est pas une raison pour prolonger notre séjour au campement, répliqua le major.

— En effet, répondit John Mangles. Demain, peut-être le passage sera praticable.

— Et cela sauvera-t-il mon malheureux équipage? s'écria Glenarvan.

— Que Votre Honneur m'écoute, reprit John Mangles, Je connais Tom Austin. Il a dû exécuter vos ordres et partir dès que son départ a été possible. Mais qu nous dit que le *Duncan* fût prêt, que ses avaries fussent réparées à l'arrivée de Ben Joyce à Melbourne? Et si le yacht n'a pu prendre la mer, s'il a subi un jour, deux jours de retard!

— Tu as raison, John! répondit Glenarvan. Il faut gagner la baie Twofold. Nous ne sommes qu'à trente-cinq milles de Delegete!

— Oui, dit Paganel, et dans cette ville nous trouverons de rapides moyens de transport. Qui sait si nous n'arriverons pas à temps pour prévenir un malheur?

— Partons! » s'écria Clenarvan.

Aussitôt, John Mangles et Wilson s'occupèrent de construire une embarcation de grande dimension. L'expérience avait prouvé que des morceaux d'écorce ne pouvaient résister à la violence du torrent. John abattit des troncs de gommiers dont il fit un radeau grossier, mais solide. Ce travail fut long, et la journée s'écoula sans que l'appareil fût terminé. Il ne fut achevé que le lendemain.

Alors, les eaux de la Snowy avaient sensiblement baissé. Le torrent redevenait rivière, à courant rapide, il est vrai. Cependant, en biaisant, en le maîtrisant dans une certaine limite, John espérait atteindre la rive opposée.

A midi et demi, on embarqua ce que chacun pouvait emporter de vivres pour un trajet de deux jours. Le reste fut abandonné avec le chariot et la tente. Mulrady allait assez bien pour être transporté; sa convalescence marchait rapidement.

A une heure, chacun prit place sur le radeau, que son amarre retenait à la rive. John Mangles avait installé sur tribord et confié à Wilson une sorte d'aviron pour soutenir l'appareil contre le courant et diminuer sa dérive. Quant à lui, debout à l'arrière, il comptait se diriger au moyen d'une grossière godille. Lady Helena et Mary Grant occupaient le centre du radeau, près de Mulrady. Glenarvan, le major, Paganel et Robert les entouraient, prêts à leur porter secours.

« Sommes-nous parés, Wilson? demanda John Mangles à son matelot.

— Oui, capitaine, répondit Wilson, en saisissant son aviron d'une main robuste.

— Attention, et soutiens-nous contre le courant. »

John Mangles démarra le radeau, et d'une poussée il le lança à travers les eaux de la Snowy. Tout alla bien pendant une quinzaine de toises. Wilson résistait à la dérive. Mais bientôt l'appareil fut pris dans des remous; il tourna sur lui-même sans que ni l'aviron ni la godille ne pussent le maintenir en droite ligne. Malgré leurs efforts, Wilson et John Mangles se trouvèrent bientôt placés dans une position inverse, qui rendit impossible l'action des rames.

Il fallut se résigner. Aucun moyen n'existait d'enrayer ce mouvement giratoire du radeau. Il tournait avec

18.

une vertigineuse rapidité, et il dérivait. John Mangles, debout, la figure pâle, les dents serrées, regardait l'eau qui tourbillonnait.

Cependant, le radeau s'engagea au milieu de la Snowy. Il se trouvait alors à un demi-mille en aval de son point de départ. Là, le courant avait une force extrême, et, comme il rompait les remous, il rendit à l'appareil un peu de stabilité.

John et Wilson reprirent leurs avirons et parvinrent à se pousser dans une direction oblique. Leur manœuvre eut pour résultat de les rapprocher de la rive gauche. Ils n'en étaient plus qu'à cinquante toises, quand l'aviron de Wilson cassa net. Le radeau non soutenu fut entraîné. John voulut résister, au risque de rompre sa godille. Wilson, les mains ensanglantées, joignit ses efforts aux siens.

Enfin, ils réussirent, et le radeau, après une traversée qui dura plus d'une demi-heure, vint heurter le talus à pic de la rive. Le choc fut violent; les troncs se disjoignirent, les cordes cassèrent, l'eau pénétra en bouillonnant. Les voyageurs n'eurent que le temps de s'accrocher aux buissons qui surplombaient. Ils tirèrent à eux Mulrady et les deux femmes à demi trempées. Bref, tout le monde fut sauvé, mais la plus grande partie des provisions embarquées et les armes, excepté la carabine du major, s'en allèrent à la dérive avec les débris du radeau.

La rivière était franchie. La petite troupe se trouvait à peu près sans ressources, à trente-cinq milles de Delegete, au milieu de ces déserts inconnus de la frontière victorienne. Là ne se rencontrent ni colon ni squatters, car la région est inhabitée, si ce n'est par ces bushrangers féroces et pillards.

On résolut de partir sans délai. Mulrady vit bien qu'il serait un sujet d'embarras; il demanda à rester, et même à rester seul, pour attendre des secours de Delegete.

Glenarvan refusa. Il ne pouvait atteindre Delegete avant trois jours, la côte avant cinq, c'est-à-dire le 26 janvier. Or, depuis le 16, le *Duncan* avait quitté Melbourne. Que lui faisaient maintenant quelques heures de retard?

« Non, mon ami, dit-il, je ne veux abandonner personne. Faisons une civière, et nous te porterons tour à tour. »

La civière fut installée au moyen de branches d'encalyptus couvertes de ramures, et, bon gré, mal gré, Mulrady dut y prendre place. Glenarvan voulut être le premier à porter son matelot. Il prit la civière d'un bout, Wilson de l'autre, et l'on se mit en marche.

Quel triste spectacle, et qu'il finissait mal ce voyage si bien commencé! On n'allait plus à la recherche d'Harry Grant. Ce continent, où il n'était pas, où il ne fut jamais, menaçait d'être fatal à ceux qui cherchaient ses traces. Et quand ses hardis compatriotes atteindraient la côte australienne, ils n'y trouveraient pas même le *Duncan* pour les rapatrier!

Ce fut silencieusement et péniblement que se passa cette première journée. De dix minutes en dix minutes, on se relayait au portage de la civière. Tous les compagnons du matelot s'imposaient sans se plaindre cette fatigue, accrue encore par une forte chaleur.

Le soir, après cinq milles seulement, on campa sous un bouquet de gommiers. Le reste des provisions, échappé au naufrage, fournit le repas du soir. Mais il ne fallait plus compter que sur la carabine du major.

La nuit fut mauvaise; la pluie s'en mêla; le jour sembla long à reparaître. On se remit en marche. Le major ne trouva pas l'occasion de tirer un seul coup de fusil. Cette funeste région, c'était plus que le désert, puisque les animaux même ne la fréquentaient pas.

Heureusement, Robert découvrit un nid d'outardes, et dans ce nid, une douzaine de gros œufs qu'Olbinett fit cuire sous la cendre chaude. Cela fit, avec quelques plants de pourpier qui croissaient au fond d'un ravin, tout le déjeuner du 22.

La route devint alors extrêmement difficile et douloureuse. Les plaines sablonneuses étaient hérissées de « spinifex, » une herbe épineuse qui porte à Melbourne le nom de « porc-épic ». Elle mettait les vêtements en lambeaux et les jambes en sang. Les courageuses femmes ne se plaignaient pas, cependant; elles allaient vaillamment, donnant l'exemple, encourageant l'un et l'autre d'un mot ou d'un regard.

On s'arrêta, le soir, au pied du mont Bulla-Bulla,

sur les bords du creeck de Jungalla. Le souper eût
été maigre, si Mac Nabbs n'eût enfin tué un gros rat, le
« Mus conditor », qui jouit d'une excellente réputation
au point de vue alimentaire. Olbinett le fit rôtir, et il
eût paru au-dessus de sa renommée, si sa taille avait
égalé celle d'un mouton. Il fallut s'en contenter, cependant. On le rongea jusqu'aux os.

Le 23, les voyageurs fatigués, mais toujours énergi-
ques, se remirent en route. Après avoir contourné la
base de la montagne, ils traversèrent de longues prairies dont l'herbe semblait faite de fanons de baleine.
C'était un enchevêtrement de dards, un fouillis de
baïonnettes aiguës, où le chemin dut être frayé tantôt
par la hache, tantôt par le feu.

Ce matin-là, il ne fut pas question de déjeuner.
Rien d'aride comme cette région semée de débris de
quartz. Non-seulement la faim, mais aussi la soif se
fit cruellement sentir. Une atmosphère brûlante en
redoublait les cruelles atteintes. Glenarvan et les siens
ne faisaient pas un demi-mille par heure. Si cette pri-
vation d'eau et d'aliments se prolongeait jusqu'au soir,
ils tomberaient sur cette route pour ne plus se relever.

Mais quand tout manque à l'homme, lorsqu'il se
voit sans ressources, à l'instant où il pense que l'heure
est venue de succomber à la peine, alors se manifeste
l'intervention de la Providence.

L'eau, elle l'offrit dans des « céphalotes, » espèces de
godets remplis d'un bienfaisant liquide, qui pendaient

aux branches d'arbustes coralliformes. Tous s'y désal-
térèrent et sentirent la vie se ranimer en eux.

La nourriture, ce fut celle qui soutient les indigènes,
quand le gibier, les insectes, les serpents viennent à
manquer. Paganel découvrit, dans le lit desséché d'un
creek, une plante dont les excellentes propriétés lui
avaient été souvent décrites par un de ses collègues de
la Société de géographie.

C'était le « nardou, » un cryptogame de la famille
des marsiléacées, celui-là même qui prolongea la vie
de Burke et de King dans les déserts de l'intérieur.
Sous ses feuilles semblables à celles du trèfle poussaient
des sporules desséchées. Ces sporules, grosses comme
une lentille, furent écrasées entre deux pierres, et
donnèrent une sorte de farine. On en fit un pain grossier, qui calma les tortures de la faim. Cette plante se
trouvait abondamment à cette place, Olbinett put donc
en ramasser une grande quantité, et la nourriture fut
assurée pour plusieurs jours.

Le lendemain, 24, Mulrady fit une partie de la route
à pied. Sa blessure était entièrement cicatrisée. La
ville de Delegete n'était plus qu'à dix milles, et le soir,
on campa par 149° de longitude sur la frontière même
de la Nouvelle-Galle du Sud.

Une pluie fine et pénétrante tombait depuis quelques
heures. Tout abri eût manqué, si, par hasard, John
Mangles n'eût découvert une hutte de scieurs, abandonnée et délabrée. Il fallut se contenter de cette misé-

rable cahute de branchages et de chaumes. Wilson voulut allumer du feu afin de préparer le pain de nardou, et il alla ramasser du bois mort qui jonchait le sol. Mais quand il s'agit d'enflammer ce bois, il ne put y parvenir. La grande quantité de matière alumineuse qu'il renfermait empêchait toute combustion. C'était le bois incombustible que Paganel avait cité dans son étrange nomenclature des produits australiens.

Il fallut donc se passer de feu, de pain, par conséquent, et dormir dans les vêtements humides, tandis que les oiseaux rieurs, cachés dans les hautes branches, semblaient bafouer ces infortunés voyageurs.

Cependant, Glenarvan touchait au terme de ses souffrances. Il était temps. Les deux jeunes femmes faisaient d'héroïques efforts, mais leurs forces s'en allaient d'heure en heure. Elles se traînaient, elles ne marchaient plus.

Le lendemain, on partit dès l'aube. A onze heures, apparut Delegete, dans le comté de Wellesley, à cinquante milles de la baie Twofold.

Là, des moyens de transport furent rapidement organisés. En se sentant si près de la côte, l'espoir revint au cœur de Glenarvan. Peut-être, s'il y avait eu le moindre retard, devancerait-il l'arrivée du *Duncan !* En vingt-quatre heures, il serait parvenu à la baie ! »

A midi, après un repas réconfortant, tous les voyageurs, installés dans un mail-coach, quittèrent Delegete au galop de cinq chevaux vigoureux. Les postil-

lors, stimulés par la promesse d'une bonne-main prin-
cière, enlevaient la rapide voiture sur une route bien
entretenue. Ils ne perdaient pas deux minutes aux re-
lais qui se succédaient de dix milles en dix milles. Il
semblait que Glenarvan leur eût communiqué l'ardeur qui le dévorait.

Toute la journée, on courut ainsi à raison de six milles à l'heure, toute la nuit aussi.

Le lendemain, au soleil levant, un sourd murmure
annonça l'approche de l'océan Indien. Il fallut con-
tourner la baie pour atteindre le rivage au trente-septième parallèle, précisément à ce point où Tom Austin
devait attendre l'arrivée des voyageurs.

Quand la mer apparut, tous les regards se portèrent
au large, interrogeant l'espace. Le *Duncan*, par un
miracle de la Providence, était-il là, courant bord sur
bord, comme un mois auparavant, par le travers du
cap Corrientes, sur les côtes argentines?

On ne vit rien. Le ciel et l'eau se confondaient dans
un même horizon. Pas une voile n'animait la vaste
étendue de l'océan.

Un espoir restait encore. Peut-être Tom Austin
avait-il cru devoir jeter l'ancre dans la baie Twofold,
car la mer était mauvaise, et un navire ne pouvait se
tenir en sûreté sur de pareils atterrages.

« A Eden ! » dit lord Glenarvan.

Aussitôt, le mail-coach reprit à droite la route circulaire qui prolongeait les rivages de la baie, et se diri-

gea vers la petite ville d'Eden, distante de cinq milles.

Les postillons s'arrêtèrent non loin du feu fixe qui signale l'entrée du port. Quelques navires étaient mouillés dans la rade, mais aucun ne déployait à sa corne le pavillon de Malcolm.

Glenarvan, John Mangles, Paganel, descendirent de voiture, coururent à la douane, interrogèrent les employés et consultèrent les arrivages des derniers jours.

Aucun navire n'avait rallié la baie depuis une semaine.

« Ne serait-il pas parti! s'écria Glenarvan, qui, par un revirement facile au cœur de l'homme, ne voulait plus désespérer. Peut-être sommes-nous arrivés avant lui! »

John Mangles secoua la tête. Il connaissait Tom Austin. Son second n'aurait jamais retardé de dix jours l'exécution d'un ordre.

« Je veux savoir à quoi m'en tenir, dit Glenarvan. Mieux vaut la certitude que le doute! »

Un quart d'heure après, un télégramme était lancé au syndic des ship-broker de Melbourne.

Puis, les voyageurs se firent conduire à l'hôtel *Victoria*.

A deux heures, une dépêche télégraphique fut remise à lord Glenarvan. Elle était libellée en ces termes :

« Lord Glenarvan, Eden,

« Twofold-bay.

« *Duncan* parti depuis 18 courant pour destination « inconnue.

« J. Andrew. S. B. »

19

La dépêche tomba des mains de Glenarvan.

Plus de doute! L'honnête yacht écossais aux mains de Ben Joyce était devenu un navire de pirates!

Ainsi finissait cette traversée de l'Australie, commencée sous de si favorables auspices. Les traces du capitaine Grant et des naufragés semblaient être irrévocablement perdues; cet insuccès coûtait la vie de tout un équipage; lord Glenarvan succombait à la lutte, et ce courageux chercheur, que les éléments conjurés n'avaient pu arrêter dans les Pampas, la perversité des hommes venait de le vaincre sur le continent austral.

TABLE.

735 — Paris, Imp. Laloux fils et Guillot, 7, rue des Canettes

Prix — Étrennes — Bibliothèques populaires — etc.

BIBLIOTHÈQUE IN-18

3 Fr.
Broché

D'ÉDUCATION & DE RÉCRÉATION

4 Fr.
Cartonné

VOLUMES IN-18

Brochés, 3 fr. — Cartonnés toile, tranches dorées, 4 fr.

AMPÈRE (A.–M.).....	Journal et correspondance...	1 v.
ANDERSEN..........	Nouveaux Contes suédois...	1 v.
BERTRAND (J.)......	Les Fondateurs de l'astronomie	1 v.
BIART (Lucien).....	Avent. d'un jeune naturaliste.	1 v.
—	Entre frères et sœurs......	1 v.
BLANDY (S.)........	Le Petit roi...........	1 v.
BOISSONNAS (Mme B.)..	Une famille pendant la guerre 1870-71 (*ouv. cour*).	1 v.
BRACHET (A.)......	Grammaire historique (préface de LITTRÉ) (*ouv. cour*)...	1 v.
BRÉHAT (de).......	Aventures d'un petit Parisien.	1 v.
CARLEN (Émilie).....	Un brillant Mariage.......	1 v.
CHAZEL (Prosper)....	Le Chalet des Sapins......	1 v.
CHERVILLE (de).....	Histoire d'un trop bon Chien.	1 v.
CLÉMENT (Ch.)......	Michel-Ange, Raphaël, etc. .	1 v.
DESNOYERS (Louis)...	Les Mésaventures de Jean-Paul Choppart.........	1 v.
DURAND (Hip.)......	Les grands Prosateurs......	1 v.
—	Les grands Poëtes.......	1 v.
ERCKMANN-CHATRIAN.	Le Fou Yégof ou l'Invasion..	1 v.
—	Madame Thérèse........	1 v.
—	**Histoire d'un Paysan** (COMPL.)	4 v.
FOUCOU...........	Histoire du travail.......	1 v.
GRAMONT (Comte de)..	Les Vers français et leur prosodie...........	1 v.
GRATIOLET (P.).....	De la physionomie.......	1 v.
GRIMARD..........	Histoire d'une goutte de séve.	1 v.
—	Le Jardin d'acclimatation...	1 v.
HIPPEAU (Mme).....	Cours d'économie domestique.	1 v.
HUGO (Victor)......	Les Enfants (LE LIVRE DES MÈRES).........	1 v.
IMMERMANN.......	La Blonde Lisbeth.......	1 v.
LA FONTAINE (Jouaust).	Fables annotées par Buffon..	1 v.

LAPRADE (V. de)	Le Livre d'un père	1 v.
LAVALLÉE (Th.)	Histoire de la Turquie	2 v.
LEGOUVÉ (E.)	Les Pères et les Enfants au XIXe siècle (ENFANCE ET ADOLESCENCE)	1 v.
—	Les Pères et les Enfants au XIXe siècle (LA JEUNESSE)	1 v.
—	Conférences parisiennes	1 v.
LOCKROY (Mme)	Contes à mes Nièces	1 v.
MACAULAY	Histoire et Critique	1 v.
MACÉ (Jean)	Histoire d'une Bouchée de pain	1 v.
—	Les Serviteurs de l'estomac	1 v.
—	Contes du Petit Château	1 v.
—	Arithmétique du Grand-Papa	1 v.
MALOT (Hector)	Romain Kalbris	1 v.
MAURY (commandant)	Géographie physique	1 v.
MULLER (Eugène)	La Jeunesse des Hommes célèbres	1 v.
—	La Morale en action par l'histoire	1 v.
ORDINAIRE	Dictionnaire de mythologie	1 v.
—	Rhétorique nouvelle	1 v.
RATISBONNE (Louis)	Comédie enfantine (ouv. cour.)	1 v.
RECLUS (Elisée)	Histoire d'un Ruisseau	1 v.
RENARD	Le Fond de la Mer	1 v.
ROULIN (F.)	Histoire naturelle	1 v.
SANDEAU (Jules)	La Roche aux Mouettes	1 v.
SAYOUS	Conseils à une mère sur l'éducation littéraire	1 v.
—	Principes de littérature	1 v.
SIMONIN	Histoire de la Terre	1 v.
STAHL (P.-J.)	Contes et récits de Morale familière (ouvr. couronné)	1 v.
—	Histoire d'un Ane et de deux jeunes Filles (ouvr. cour)	1 v.
—	La famille Chester	1 v.
—	Les Patins d'argent (ouv. cour.)	1 v.
—	Mon premier Voyage en mer, d'après une traduction de Thoulet	1 v.
—	Les Histoires de mon parrain	1 v.
STAHL et DE WAILLY	Scènes de la vie des enfants en Amérique	
—	Les Vacances de Riquet et Madeleine	1 v.

STAHL et DE WAILLY.	Mary Bell, William et Lafaine.	1 v.
STAHL ET MULLER. . .	Le nouveau Robinson suisse.	1 v.
SUSANE (général). . . .	Histoire de la Cavalerie	3 v.
THIERS	Histoire de Law.	1 v.
VALLERY RADOT (René)	Journal d'un Volontaire d'un an.	
	(*ouvr. couronné*)	1 v.

VERNE (Jules). . . . . .

Aventures du capitaine Hatteras :
— Les Anglais au pôle Nord. 1 v.
— Le Désert de Glace . . . . . 1 v.
Les Enfants du capitaine Grant:
— L'Amérique du Sud. . . . . 1 v.
— L'Australie. . . . . 1 v.
— L'Océan Pacifique. . . . . . 1 v.
Aventures de 3 Russes et de
3 Anglais . . . . 1 v.
Cinq semaines en ballon . . . . 1 v.
De la Terre à la Lune. . . . . 1 v.
Autour de la Lune. . . . . . . 1 v.
Histoire des grands Voyages
et des grands Voyageurs . . 1 v.
Le Pays des Fourrures. . . . . 2 v.
Le Tour du Monde en 80 jours. 1 v.
Vingt mille lieues sous les Mers 2 v.
Voyage au centre de la Terre. 1 v.
Une Ville flottante. . . . . . . 1 v.
Le docteur Ox. . . . . 1 v.
Le Chancelior. . . . . 1 v.
L'Ile Mystérieuse:
— Les Naufragés de l'air. . . 1 v.
— L'Abandonné. . . . . 1 v.
— Le Secret de l'île . . . . . . 1 v.
Michel Strogoff. . . . . 2 v.
Les Indes-Noires. . . . . 1 v.

VOYAGES

EXTRAORDINAIRES

COURONNÉS

PAR L'ACADÉMIE

FRANÇAISE

ZURCHER ET MARGOLLÉ	Les Tempêtes	1 v
—	Histoire de la Navigation . . .	1 v.
—	Le Monde sous-marin	1 v

SÉRIE DES VOLUMES IN-18, AVEC OU SANS GRAVURES

BROCHÉS, **3 fr. 50.** — CARTONNÉS, TR. DORÉES, **4 fr. 50**

(Suite de la Collection *Éducation et Récréation.*)

ANQUEZ.	Histoire de France	1 v.
BERTRAND (Alex.). . .	Lettres sur les révol. du globe	1 v.
BOISSONNAS (B.)	Un Vaincu.	1 v.
FARADAY (M.).	Histoire d'une Chandelle . . .	1 v.
FRANKLIN (J.).	Vie des Animaux	6 v.

Hirtz (Mlle)	Méthode de coupe et de confection pour les vêtements de femmes et d'enfants. 154 gr. .	1 v.
Lavallée (Th.).	Les Frontières de la France (*Ouvrage couronné*)	1 v.
Mayne-Reid.	William le Mousse	1 v.
—	Les Jeunes Esclaves.	1 v.
—	Le Désert d'eau.	1 v.
—	Les Chasseurs de Girafes . . .	1 v.
—	Les Naufragés de l'île de Bornéo	1 v.
—	La Sœur perdue.	1 v.
—	Les Planteurs de la Jamaïque.	1 v.
—	Les deux Filles du Squatter. .	1 v.
—	Les Jeunes voyageurs.	1 v.
Mickiewics (Adam). .	Histoire de la Pologne . . .	1 v.
Mortimer d'Ocagne.	Les grandes Ecoles civiles et militaires de France. — Historique. — Programmes d'admission. — Régime intérieur. — Sortie, carrière ouverte.	1 v.
Nodier (Ch.).	Contes choisis.	2 v.
Parville (de).	Un Habitant de la planète Mars.	1 v.
Silva (de).	Le Livre de Maurice	1 v.
Susane (général) . . .	Histoire de l'Artillerie	1 v.
Tyndall	Dans les Montagnes	1 v.

SÉRIE IN-18. — PRIX DIVERS

(Suite de la Collection *Éducation et Récréation.*)

Block (Maurice)	Petit Manuel d'économie prat.	1 fr.
A. Brachet.	Dictionnaire étymologique de la langue franç. (*ouv. cour.*	8 fr.
Chennevières (de). . .	Aventures du petit roi saint Louis devant Bellesme. 1 vol. in-18, broché	5 fr.
Clavé (J.)	Principes d'économie pol. in-18	2 fr.
Dubail.	Géogr. de l'Alsace-Lorraine.	1 fr.
Dumas (A.)	La Bouillie de la comtesse Berthe. 1 vol. in-18, broché.	2 fr.
Grimard (Ed.).	La Botanique à la campagne, 1 vol.	5 fr.
Macé (Jean)	Théâtre du Petit Château. . . .	2 fr.
—	Arithmétique du Grand-Papa (édit. pop.).	1 fr.
Nodier (Charles). . .	Trésor des Fèves et Fleur des Pois. Un volume in-18, avec nombreux dessins, broché.	2 fr.
Souviron	Dict. des termes techniques. .	6 fr.

HISTOIRE, POÉSIE, VOYAGES, ROMANS, LITTÉRATURE

FRANÇAISE ET ÉTRANGÈRE

VOLUMES IN-18 A 3 FR.

AUDEVAL.	Les Demi-Dots	1 v.
—	La Dernière	1 v.
BADIN (Adolphe)	Marie Chassaing	1 v.
BENTZON (Th.).	Un Divorce.	1 v.
LUCIE B..	Une maman qui ne punit pas.	1 v.
—	Aventures d'Edouard et justice	
	des choses.	1 v.
BIART (Lucien)	Le Bizco	1 v.
—	Benito Vasquez.	1 v.
—	La Terre chaude.	1 v.
—	La Terre tempérée.	1 v.
—	Pile et Face	1 v.
—	Les Clientes du Dr Bernagius.	1 v.
CHAMPORT.	(Edition Stahl)	1 v.
COLOMBEY	Esprit des voleurs	1 v.
DAUDET (Alphonse). . .	Le Petit Chose.	1 v.
	Lettres de mon moulin.	1 v.
DOMENECH (l'abbé) . . .	La Chaussée des Géants . . .	1 v.
—	Voyages et avent. en Irlande.	1 v.
DURANDE (Amédée), . .	Carl. Joseph et Horace Vernet.	1 v.
ERCKMANN-CHATRIAN..	Le Blocus	1 v.
—	Le Brigadier Frédéric	1 v.
—	Une Campagne en Kabylie. .	1 v.
—	Confidences d'un joueur de	
	clarinette.	1 v.
—	Contes de la montagne.	1 v.
—	Contes des bords du Rhin. . .	1 v.
—	Contes populaires.	1 v.
—	Le Fou Yégof	1 v.
—	La Guerre	1 v.
—	Histoire d'un Conscrit de 1813.	1 v.
—	Hist. d'un homme du peuple.	2 v.
—	Hist. d'un paysan, compl. en	4 v.
—	Histoire d'un sous-maître . . .	1 v.
—	L'illustre docteur Mathéus . .	1 v.
—	Madame Thérèse.	1 v.
—	— *Edition allemande avec les*	
	dessins hors texte, 1 v., 3 fr.	
—	Maître Gaspard Fix.	1 v.

J. HETZEL ET Cie, 18, RUE JACOB

ERCKMANN-CHATRIAN .	La Maison forestière	1 v.
—	Maître Daniel Rock	2 v.
—	Waterloo..	1 v.
—	Histoire du plébiscite.	1 v.
—	Les Deux Frères..	1 v.
	Souvenirs d'un ancien chef de chantier.	1 v.
—	Le Juif polonais, pièce à 1 50.	1 v.
ESQUIROS (Alph.) . . .	L'Angleterre et la vie anglaise.	5 v.
FAVRE (Jules)	Discours du bâtonnat.	1 v.
FLAVIO	Où mènent les chemins de traverse	1 v.
GENEVRAY	Une Cause secrète.	1 v.
GOURDOT.	Essai sur la jeunesse contemporaine.	1 v.
GOZLAN (Léon)	Emotions de Polydore Marasquin.	1 v.
GRAMONT (comte de). .	Les Gentilshommes pauvres .	1 v.
—	Les Gentilshommes riches . .	1 v.
JANIN (Jules).	La Fin d'un monde. Le neveu de Rameau.	1 v.
—	Variétés littéraires.	1 v.
LAVALLÉE (Théophile).	Jean-sans-Peur.	1 v.
MULLER (Eugène). . . .	La Mionette.	1 v.
MORALE UNIVERSELLE.	Esprit des Allemands	1 v.
—	Anglais.	1 v.
—	Espagnols.	1 v.
—	Grecs	1 v.
—	Italiens	1 v.
—	Latins.	1 v.
—	Orientaux.	1 v.
OLIVIER (Just).	Le Batelier de Clarens.	2 v.
PICHAT (Laurent)	Gaston	1 v.
—	Les Poëtes de combat.	1 v.
—	Le Secret de Polichinelle . . .	1 v.
POUJARD'HIEU	Les Chemins de fer	1 v.
—	La Liberté et les intérêts matériels.	1 v.
PRINCESSE PALATINE. .	Lettres inédites (trad. par Roland).	1 v.
QUATRELLES	Voyage autour du grand monde	1 v.
—	La Vie à grand orchestre. . .	1 v.
—	Sans Queue ni Tête	1 v.
—	L'Arc-en-ciel.	1 v.
RIVE (DE LA).	Souvenirs sur M. de Cavour..	1 v.
ROBERT (Adrien).	Le Nouveau Roman comique.	1 v.
ROQUEPLAN	Parisine	1 v.

SAND (George)	Promenades autour d'un village	1 v.
STAHL (P.-J.)	LES BONNES FORTUNES PARISIENNES :	
—	— Les Amours d'un pierrot	1 v.
—	— Les Amours d'un notaire	1 v.
—	Histoire d'un homme enrhumé, Voyage d'un étudiant	1 v.
—	Histoire d'un Prince et Voyage où il vous plaira	1 v.
TEXIER et KÆMPFEN	Paris capitale du monde	1 v.
TOURGUÉNEFF (J.)	Dimitri Roudine	1 v.
—	Fumée (préface de MÉRIMÉE)	1 v.
—	Une Nichée de gentilshommes	1 v.
—	Nouvelles moscovites	1 v.
—	Histoires étranges	1 v.
—	Les Eaux Printanières	1 v.
—	Les Reliques vivantes	1 v.
—	Terres vierges	1 v.
TROCHU (Général)	Pour la vérité et pour la justice	1 v.
—	La politique et le siége de Paris	1 v.
WILKIE COLLINS	La Femme en blanc	2 v.
—	Sans Nom	2 v.
H. WOOD (Mme)	Lady Isabel	2 v.

LIVRES IN-18 EN COMMISSION (3 FR.)

ANONYME	Mary Briant	1 v.
ARAGO (Étienne)	Les Bleus et les Blancs	2 v.
BAIGNIÈRES	Histoires modernes	1 v.
—	Histoires anciennes	1 v.
BASTIDE (A.)	Le Christianisme et l'esprit moderne	1 v.
BERCHÈRE	L'Isthme de Suez	1 v.
BOULLON (E.)	Chez nous	1 v.
BUGEAUD (Gérôme)	Jacquet-Jacques	1 v.
CARTERON (C.)	Voyage en Algérie	1 v.
CHAUFFOUR	Les Réformateurs du XVIe siècle	2 v.
DOLLFUS (Charles)	La Confession de Madeleine	1 v.
DUVERNET	La Canne de Me Desrieux	1 v.
FAVIER (F.)	L'Héritage d'un misanthrope	1 v.
FOS MARIA de)	Les Cercles de feu	1 v.
GRENIER	Poëmes dramatiques	1 v.

2 Mars 9

HABENECK (Ch)	Chefs-d'œuvre du théâtre espagnol	1 v.
HUET (F.)	Histoire de Bordas Dumoulin	1 v.
LANCRET (A.)	Les Fausses Passions	1 v.
LAVALLEY (Gaston)	Aurélien	1 v,
LAVERDANT (Désiré)	Don Juan converti	1 v.
—	Les Renaissances de don Juan	2 v.
LEFÈVRE (André)	La Flûte de Pan	1 v.
—	La Lyre intime	1 v.
—	Les Bucoliques de Virgile	1 v.
LEBAACK (D')	Les Eaux de Spa	1 v.
NAGRIEN (X.)	Prodigieuse Découverte	1 v.
PAULIN PARIS	Garin le Lohérain	1 v.
RÉAL (Antony)	Les Atomes	1 v
SIMONIN (Louis)	Les Pays lointains	1 v.
STEEL	Haôma	1 v.
VALLORY (Mme)	A l'aventure en Algérie	1 v.
WORMS DE ROMILLY	Horace (traduction)	1 v.

LIVRES EN COMMISSION

Prix divers

ANONYME	Le Prisme de l'âme	6 fr.
—	Rome	6 fr.
LAVERDANT (Désiré)	Appel aux artistes	1 fr.
PAULTRE (E.)	Capharnaüm	6 fr.
PIRMEZ	Jour de solitude, 1 vol. in-8	6 fr
RAYNALD	Histoire de la Restauration	5 fr.
RIVE (DE LA)	Souvenir de M. de Cavour	6 fr.
ANONYME	Mademoiselle Segeste	2 fr.
ANTULLY (Albéric d')	Fantaisie	2 fr.
BRUIÈRE (S.)	Une Saison en Allemagne	1 fr.
GUIMET (Emile)	Croquis égyptiens	3 50
—	L'Orient d'Europe au fusain, in-18	2 fr.
—	Esquisses Scandinaves, 1 vol. in-18	3 fr.
SCHNÉEGANS (A.)	Contes. 1 vol. in-18	2 fr.

www.ingramcontent.com/pod-product-compliance
Lightning Source LLC
Chambersburg PA
CBHW050147030726
47505CB00005B/1266